地表付近、広範囲に細かな氷の粒を
無数に生み出しつつ、
風に乗せて周囲を舞わせる。
密度を濃くしながら巻き上げた風を、
頭上を通してもう一度地上へと戻す。
風のパイプを作るように
周囲を覆い尽くしていけば――
視界が一気にホワイトアウトしていく。
境界迷宮と異界の魔術師
14
小野崎えいじ
ONOSAKI EIJI
鍋島テツヒロ
ILLUSTRATION
Sigritta
シグリッタ
ホムンクルス3人娘の一人。
ややダウナー系
Marceska
マルセスカ
ホムンクルス3人娘の一人。
天真爛漫な性格
Shion
シオン
ホムンクルス3人娘の一人。
3人のまとめ役

Theodor
異界の魔術師
テオドール＝ガートナー
「散れ――」

水風雷、
多重複合第9階級魔法——
ストームコンフリクト。
魔法陣から冷気を帯びた
細い竜巻が生まれて、
中空を舞うケルベロスの
身体を捉え、巻き上げる。
中心部から生まれた
紫電を纏う竜巻から、
いくつもの閃光が
落ちてあたりを焼き焦がし、
轟音が響き渡った。

「ああ。テオ」
俺の姿を認めたグレイスがプールの中から
笑みを浮かべてこちらに手を振ってきた。
まあなんというか……
露出が少な目な湯あみ着ではあるが、
みんなの白い腕や太腿などは
こうやって近くで見ると色々目の毒だな。
Grace
ヴァンパイアの血を引く、
テオドールの従者
グレイス

境界迷宮と異界の魔術師 14

Boundary Labyrinth and magician of alien world

著／小野崎えいじ
イラスト／鍋島テツヒロ

前回までのあらすじ

Summary of Boundary Labyrinth and magician of alien world

グレイスの両親を死へ追いやった仇敵・オーガストを討ったテオドールたちは、魔人を崇拝する“デュオベリス教団”の調査のため、更に南下し、幾多の冒険者を惑わす森へ向かった。

そんな一行を待っていたのは、月の民の末裔たちだった。

地下都市ハルバロニスに住まう月の民と交流を深め、共闘関係を結んだテオドールたち一行に、ハルバロニスの長であるフォルセトが加わることになった。

そしてタームウィルズへ帰還したテオドールたち。冬の訪れに休息を得る一行だったが、貴族の兄妹を助けたことで事態は急変。その事件の先で、テオドールは人間に憑依した凶悪なる夢魔・グラズヘイムと相対し——!?

登場人物紹介

Boundary Labyrinth and magician of alien world character

シーラ

獣人。あまり感情を顔や口に出さないが、その耳や尻尾は雄弁。

アシュレイ

若くしてシルンを治める才女。兄は討魔騎士団エリオット。

グレイス

テオドールの従者にしてダンピーラの少女。得物は鎖付の両刃斧。

テオドール

その実力と実績から異界大使の任に就いている少年。前世の記憶を保有している。

クラウディア

月神殿にて崇められている、月女神その人。

ローズマリー

稀代の人形師にして薬師。魔力糸を戦闘に用いることもある。

マルレーン

エクレールやデュラハンなどの召喚獣を従える少女。

イルムヒルト

ラミアの少女。弓の名手であると同時に、リュートの名手。

コルリス

巨大土竜。ステファニアの使い魔であり、鉱石が好物。

アドリアーナ

シルヴァトリア第1王女。炎の魔術を繰る明朗快活な少女。

セラフィナ

音を操作することができる、家妖精の少女。

ステファニア

ヴェルドガル王国第1王女。アドリアーナは無二の親友。

境界迷宮と異界の魔術師 14
Boundary Labyrinth and magician of alien world

Contents 目次

第151章　青空の下で　005
第152章　シオン達の迷宮探索　030
第153章　王城に流れる旋律　060
第154章　火精温泉での休息　074
第155章　ウロボロス新生　098
第156章　氷雪の森　122
第157章　魔法料理と試食会　148
第158章　王城の料理長　169
第159章　水田作り　194
第160章　星球庭園　222
第161章　裏面　庭園の激闘　245
第161章　表面　極炎と流星と　258
幕　間　笑う魔人　280
番外編　異界大使と公爵家の一日　287

第151章　青空の下で

ドリスコル公爵家の夢魔グラズヘイムとの戦いに絡んでの後始末ということで――メルヴィン王からの沙汰が言い渡された。

ドリスコル公爵の弟……レスリーは夢魔に操られて公爵家の家督を奪うためにあちこちで暗躍していたようだからな。結構な大事なのでメルヴィン王もそのあたりを調査して対応を伝えないというわけにもいかない。

内容としては体調が戻り次第、自身の起こしてしまった事態の後始末に尽力するようにというものだ。

レスリーの表情は、何やら決然としながらも吹っ切れたように見えた。グラズヘイムに操られていた記憶なども含め、今後の彼にとって立ち向かっていくべきものとなったのだろう。

形式上の沙汰でもある。人の精神に絡んで操る夢魔の仕業でもあるし、心の隙に付け込まれたのを厳しく裁くのも忍びない話だ。その上でレスリーは自分を責める気持ちを持っているから、その辺の罪の意識を解消させてやりたいというメルヴィン王の思いやりもあるのだろう。

襲撃の実行犯達《たち》もグラズヘイムの能力により、悪夢の中で揉《も》め事《ごと》を起こしたり投獄されたりといった事件をでっち上げたものらしく、こちらもグラズヘイムが滅びたことで今頃は違和感や記憶の齟齬《そご》を覚えているのではないかとのこと。

夢魔が絡んでいたという事情の説明と理解、そして襲撃そのものへの反省が見られるなら、レスリー共々夢魔事件の事後処理を手伝うことで手打ちになるだろうとメルヴィン王は明言していた。職も失わないようにドリスコル公爵が手を回すという話で……まあ、こちらも温情判決だな。夢魔がいなくなれば悪夢は悪夢。何もかも元通り……とまではいかないが、影響が大きくならないよう対処が取られるというわけだ。

「——ああ、テオドール君。デボニス大公から伝言を預かっている」

王城での話し合いを終えて帰ろうとした時に、ジョサイア王子から声を掛けられた。

「なんでしょうか?」

「先程ドリスコル公爵とも話をした上でのことなのだが……円満に和解の日を迎えることができそうだし、その立役者である君にも同席してはもらえないかと、デボニス大公から言伝《ことづて》を頼まれているのだが、どうだろうか?」

そうだな。夢魔の一件でごたごたとしてしまったが、確執のある公爵家と大公家和解が今回の両家のタームウィルズ訪問の理由でもある。夢魔も片がついたのでそちらの話も前に進めていけるだろう。

「なるほど。僕でよければ。では、デボニス大公へのお礼とご挨拶もその際に」

「そうだね。デボニス大公には私からお伝えしておくよ」

「よろしくお願いします」

ジョサイア王子に一礼して、迎賓館から外に出るとリンドブルムが待っていてくれた。家まで送っていってくれるというわけだ。軽く撫《な》でると小さく喉を鳴らす。

「では、また明日かしらね」

「はい。ステファニア殿下。午前中、少し遅めの時間ぐらいに公爵家別邸へ向かうつもりです」

「分かったわ。では、その時に会いましょう」

見送りに来てくれたステファニア姫達に頷《うなず》き、リンドブルムに跨《また》がる。

コルリスとラムリヤも練兵場に姿を見せて、こちらに向かって手を振っていた。コルリスの肩に乗ったラムリヤも砂の腕を作って手を振るなんて芸を見せているが……。あれはコルリスに影響されたのだろうか。

苦笑してこちらも手を振り返す。もう一度一礼して空に舞い上がり、帰路についたのであった。

◆◆◆◆◆

――そして明くる日。

「ん……」

朝の光に目を覚ます。隣にはアシュレイとマルレーンがいて……2人が俺に寄り添うように寝息を立てていた。

アシュレイの隣にグレイス。マルレーンの隣にクラウディア、その隣にローズマリーという並びだ。アシュレイは俺の胸元に頬を寄せるようにして。マルレーンは俺の手を握っているという状態である。いつもよりみんなが密着しているように感じるのは……夢魔の幻覚の一件があったからかも知れない。

母さんの記憶、か……。

んん。まだ朝早いので時間的にはのんびりできる。みんなが起きるまで、このままゆっくりさせてもらうとしよう。

ふむ。何と言えばいいのか。アシュレイとマルレーンの寝顔を見比べてみると思うのだが、アシュレイの寝顔は普段起きている時よりあどけない印象を受ける。このあたり、普段はシルン男爵家当主として気を張っているからなのだろう。眠っている時はマルレーンと比べても年相応の幼さが表に出る感じがあるというか。

マルレーンは……元々あどけない印象ではあるのだが、アルフレッドによると昔より安心しているのか笑顔が多いとのことだ。

寝顔の印象が起きている時と若干違うといえば、クラウディアもだろう。彼女も2人と同様、起きている時よりも幼い印象だ。クラウディアは女神という肩書きや経歴も持っているし、それにふさわしい振る舞いを心がけているようだが……日常生活の中では油断するのか普通の女の子という反応も割と見せてくれるのである。

ローズマリーも静かに寝息を立てている。……うん。寝顔はさすがに無防備だな。

軽く手を伸ばして顔にかかっていた前髪を除《よ》けてやると、小さく声を漏らして微笑《ほほえ》むような表情になった。

「ん……」

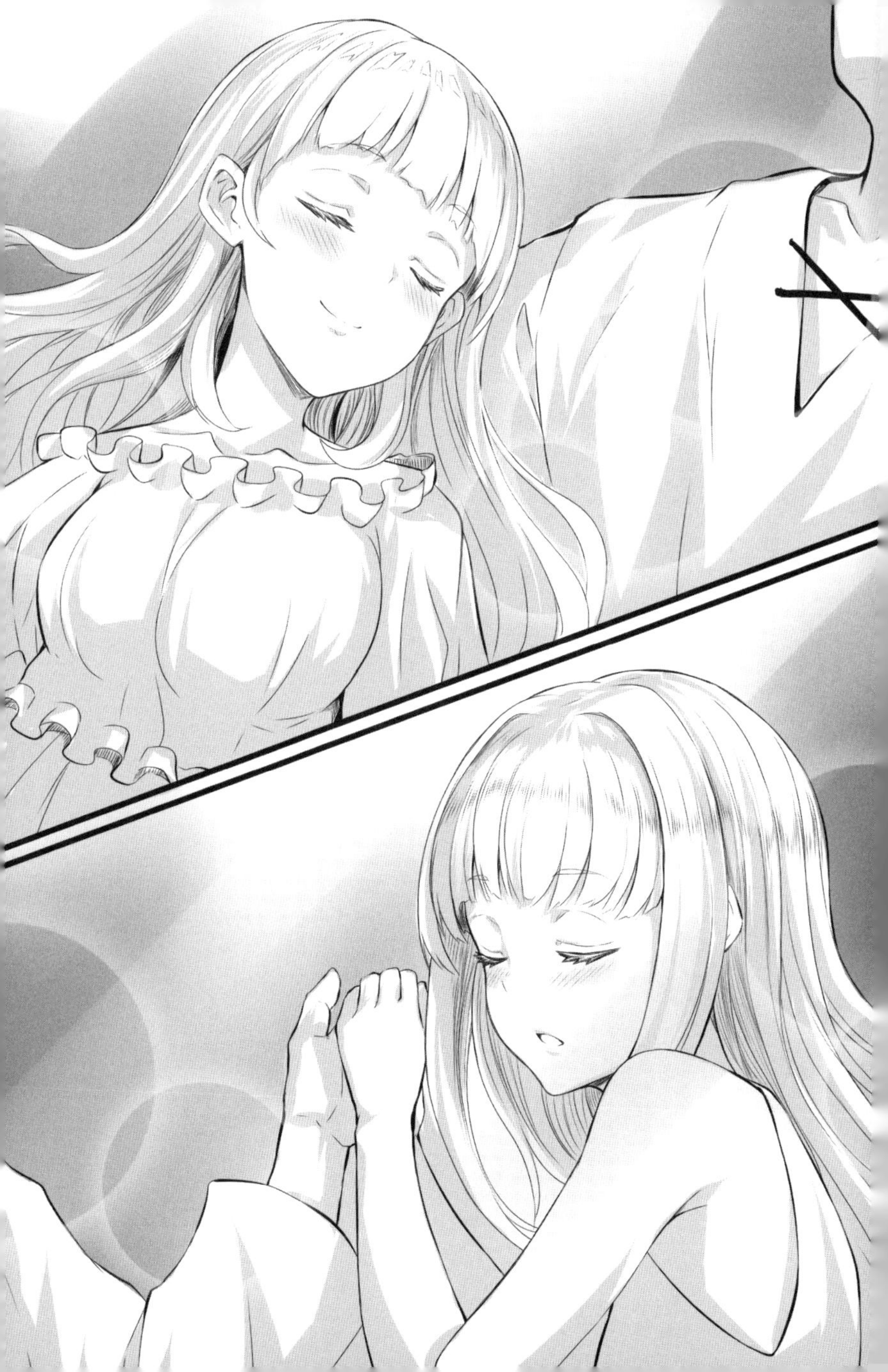

と、小さく声を漏らしたグレイスが、薄く目を開ける。

「おはよう」

みんなを起こさないように小声で朝の挨拶をすると、グレイスも横になったまま微笑みを浮かべて、小さく頷いた。

「よく眠れましたか？」

グレイスもまた小声で返してくる。

「ん。ゆっくり休めたよ。落ち着いてる」

そう答えると、グレイスは嬉《うれ》しそうに笑みを深くした。細い指を伸ばしてきて、俺の頬に触れる。ややくすぐったいが、そのまま撫でられるに任せる。グレイスの嬉しそうな表情を目蓋の裏に焼き付けて目を閉じる。

まあ……丁度良い頃合いになればセシリア達が呼びに来てくれるだろう。そのまま暖かな寝台の心地良さと僅かな眠気に身を任せることにした。

◆◆◆◆◆

みんな揃《そろ》ってやや遅めの朝食をとり、少しのんびりしてから公爵家別邸へ赴くことになった。

割と冷涼な空気だが、良く晴れて気持ちの良い日だ。

フォルセト達もレビテーションが使えるので、一緒に後片付けを手伝ってくれるそうだ。庭の手入れもあるのでドライアドのフローリアとハーベスタも一緒である。ハーベスタの鉢植えを手に、フローリアはにこにこと上機嫌な様子だ。

「おはようございます、テオドールさん。お元気そうで何よりです」

準備をして玄関先に出たところで挨拶をしてきたのは冒険者風の出《い》で立《た》ちの眼帯を付けた女性——迷宮商会の店主ミリアムであった。

俺がバハルザード王国から帰ってきたから、昨日挨拶に来てくれたらしいが……昨日は俺があちこちに出かけていて不在だったからな。

「おはようございます。ミリアムさんこそお元気そうで。昨日は挨拶に来てくださったようですが、家を空けていて済みませんでした」

「いいえ。テオドールさんがお忙しいのは承知しておりますので。実は私もドリスコル公爵からお声がかかったのです」

と、ミリアムが朗らかに答えてくれる。

「ミリアムさんに？」

「そうですね。迷宮商会の品を売ってほしいとのことで。後は……色々な家具が壊れてしまったとのことで……買い替える物と修復する物が出るから、見積もりの試算や他の商人の紹介をしてほしい、ということですよ」

「なるほど。そういうことでしたか」

公爵はタームウィルズに到着してから迷宮商会から魔道具を買っていたようだからな。ミリアムにしてみると既にお得意様ということなのだろう。

そしてミリアムは商人仲間に顔が利くようだし、目利きも確かだ。

迷宮商会で扱っていない品についても彼女の紹介や仲介があれば確かに便利だろう。何が再利用できて何を廃棄しなければならないかも今のところ不明だから、ミリアムがいればそのへん、買い替えるのに色々とスムーズになるというわけだ。彼女としても他の商人に貸しを作れるというわけで、悪い話ではないのだろう。

ミリアムは自分の乗ってきた幌馬車《ほろばしゃ》の御者席に戻っていく。……荷台にダーツボードやらビリヤード台が積んであるな。受注生産なのでこれは公爵が新しく注文した品ということだろう。

「テオドール。みんな準備できた」

と、別の馬車の御者席からシーラが言った。

「分かった。それじゃ行こうか」

頷いて馬車に乗る。人数が多いので何台かの馬車に分乗して公爵家へ向かう形になる。みんなが乗り込んだのを確認して合図を送るとゆっくりと馬車が動き始めた。では……公爵家別邸へ向かうとしよう。

◆◆◆◆◆

「おはようございます、大使殿。皆様方」

「おはようございます、公爵」

別邸に到着すると公爵一家以下、使用人達と警備兵が既に揃っていて、動きやすそうな格好で待機していた。レスリーはまだ養生中なのだろう。クラークもいないところを見るとレスリーの付き添いかも知れない。

中庭にある東屋《あずまや》のあたりに机に鍋、簡易の竈《かまど》、椅子などが用意されていた。既に使用人達が炊事を始めているようで、食材を切ったり鍋で煮たりと……昼食の準備を進めていた。昼食は公爵が用意してくれるという話になっているのだ。

「少し早めに来て、無事な鍋や食器などを見繕っていたのです」

ヴァネッサが笑みを浮かべる。なるほど。

これから片付けなどした後に中庭で食事をすると考えると……青空の下で無事だった椅子やソファに腰かけてみんなで昼食というのは、割合風情があるような気もする。キャンプ的というか屋外でのイベント的なというか。

入口のところに馬車がやってくる。降りてきたのはステファニア姫、アドリアーナ姫、エルハーム姫だ。コルリスとラムリヤも一緒である。馬車の後ろからついてきたようだ。

「おはよう」

「おはようございます」

うむ。これで顔触れも揃った。

「では僕達も早速取りかかろうと思います」

そう言って、マジックサークルを展開する。

「起きろ」

「おお……。これが大使殿の……」

クリエイトゴーレムで瓦礫《がれき》からゴーレムを量産していく。公爵がそれを見て感心したような声を上げた。

さて。まずは、グラズヘイムとの戦いで破壊された箇所——壁や床などの補修から始めるとしよう。

公爵家の別邸は中央区にある。王城と似た石造りの建材でできているから、砕いた部分を埋めるようにゴーレムを形成し直し、壁や床、天井に作り変えていくというのは比較的容易である。

埋め直した箇所と無事だった箇所。その接合部の色合いや形状をなるべく丁寧に継ぎ合わせ、違和感の無いように仕上げ直していく。

「俺、こんな数のゴーレム初めて見た」

「噂《うわさ》には聞いてたけど、こりゃ凄《すご》いな……」

「精霊までいらっしゃるとは……」

ゴーレムが亀裂の隙間に身体《からだ》を埋《うず》め、再形成で壁と一体化。その光景に公爵一家と警備兵や使用人達が目を見開いた。

「むう……。これはまた……一度壊れたとは思えませんな。どこからが継ぎ目なのか、直してしまった後では分からないほどとは……」

直した箇所を見て公爵が唸《うな》る。公爵としては他にも目移りするらしく、フローリアやハーベスタを見て目を白黒させている。

「破損した部分はこの調子で直していこうと思います。その間に、散らかってしまった部分を他のゴーレム達に片付けさせますので」

修復に必要なだけのゴーレムを手元に残し、余ったゴーレム達で部隊を作ってカドケウス班とバロール班に分けて並行作業を進めていく。各班の片付けの様子は五感リンクで把握、制御しながら更に俺自身は修復を進めていくという形だ。

中庭に壊れた家具を並べ、破損の程度が酷《ひど》い物と比較的軽い物に分類していく。壊れた家具にしても木魔法である程度の破損なら修復が可能だろう。

「じゃあ……細かな破片を集めさせるわ……」

シグリッタが本から小さな猿のような生物を模したインクの獣を呼び出し、廊下に飛び散った皿の破片などを丁寧に拾い集めさせていく。細かな埃《ほこり》はラムリヤが砂を操り、集めて屋敷の外へ出していくような形で処理。

その後でステファニア姫とアドリアーナ姫がゴーレムを用いて雑巾がけをしたりといった調子で修復が終わった箇所から掃除していく。

「茂みの奥に食器が散らばってる」

「手を切らないようにね」

シーラがあちこちに散ったものを目ざとく見つけたり、ローズマリーがマルレーンの隣について怪我《けが》をしないように見守ったり。

ローズマリーから注意を受けたマルレーンは嬉しそうにこくこくと頷き、ローズマリーは羽扇で口元を隠していた。そのやり取りにクラウディアが穏やかな表情で目を細める。

「今日は風が弱くて良かったですね」

「そうですね。日差しも暖かいです」

グレイスとアシュレイが笑みを向け合いながら庭に転がっていた机を運んでいった。こんな調子で暖かい日差しの中、作業は和やかに進んでいく。

レビテーションを使える班はと言えば、ゴーレム達と同じようにあちこちに散乱している家具を集めたり、瓦礫を資材として一ヶ所に積んだりといった具合で作業を進めてくれている。集めた瓦礫は崩れないようコルリスがブロックに形成し直して丁寧にピラミッド状に積んでいった。

エルハーム姫はゴーレムに金槌《かなづち》を握らせて、凹《へこ》んだ鍋やら置物の鎧《よろい》やらといった金属関係を元通りに打ち直している。中々に賑《にぎ》やかな光景だ。

「はい。みんな起きてー」

木の精霊ドライアドのフローリアが倒れた庭木に向かって手を打つと、庭木達が燐光《りんこう》を帯びて自らの身体を持ち上げる。夢魔の影響で動いた時と違ってあくまで樹木のままだが、根っこを足のように使って歩いて、元々埋まっていた場所に身体を落ち着けていく。

フローリアの影響で強化を受けているのはノーブルリーフのハーベスタも同じらしい。フローリアに抱えられて燐光を帯びているハーベスタであったが、庭木の亀裂に近付いて葉っぱを近付ける……と、裂けていた箇所が元通りに治っていく。

意外な隠し技だが……木魔法版の治癒魔法のようなものだろうか。フローリアとハーベスタの合わせ技みたいなものかも知れない。庭に散乱した家具を拾っていた警備兵達がその光景に目を丸くしていた。

とまあ……屋敷中でインクの獣であるとかゴーレムやら庭木やらが動き回って、非常に賑やかな片付け作業の風景となっている。

昨晩の夢魔の時も蜂の巣を突いたような騒ぎだったが、それとはまた違う、秩序だった賑やかさという感じで……なかなか悪くない。

瓦礫などの運搬にしてもレビテーションなりゴーレムなりの魔法を使ってのものなので、警備兵達がぽかんと口を開けてしまうぐらいのインパクトはあるようだ。

俺の方はと言えば……壁、床、天井の破損箇所を概《おおむ》ね修復し終わったので、ゴーレムの収集作業を続けながら窓の修復に取り掛かったところだ。割れた窓ガラスを集められるだけ集めて、魔法陣の中に置いてマジックサークルを展開する。

シリウス号の外装を作った時のあれだな。魔法陣の中に積まれた窓ガラスが、宙に浮かんだ光球の中に溶けるように吸い込まれて一枚一枚元通りに形成され直して出てくる。

「凄い……」

「綺麗《きれい》な魔法ね。兄様」

それを目にしたオスカーやヴァネッサも上機嫌な様子だ。

修復した窓ガラスは、無事な窓枠に嵌《は》め直していけばいい。アクアゴーレム達を庭の噴水から生産し、窓枠に嵌めさせていく。

窓枠が壊れているものに関しては、修復可能なら修復を。無理そうなら注文という形になるが……ガラスそのものは注文しなくていいので比較的安上がりになるだろう。

窓ガラスを配置していく作業はゴーレムに任せ、続いて家具の修復に移っていく。これはミリアムや公爵を交えて相談しながらの作業となる。

「こっちに積んであるものは、修復するより買い替えたほうが早いかも知れないですね」

「なるほど。では、目録を作って大体の見積もりを出してみましょう」

真っ二つにされたテーブルなどは、木魔法で元通りにくっつけたりできる。

砕けたり、焦げたり、潰れたりといった……綺麗な修復が難しいものに関しては買い替えの必要が出てくるか。……まあ、極力直せるように手を加えてみよう。

「ふむ。思った以上に廃棄処分されるものが少なくて済みそうですな」

「破損の酷いものは端材にして再利用しましょうか」

「ほう……。徹底しておりますな」

「夢魔などに操られて壊すことになってしまいましたし……良い家具なのに勿体《もったい》ないと言いますか」

「なるほど。……いや、確かにそうですな。うむ」

公爵は何かを感じ入るように目を閉じて頷いている。

後片付けを申し出た理由の1つはそこにもあったりするのだ。あんな夢魔などの被害は軽減可能な限り軽減してやりたいというか。

破損部分を切り出し、木材の種類や色を合わせて分類。どの程度の家具が作れるのか大体のところを見ていく。ふむ……。ロッキングチェアなどはどうだろうか。椅子なら小さな部品を組み合わせて作れるしな。

「ほう。安楽椅子ですか。しかしこれはまた、随分背面や座面が複雑に湾曲しておりますな」

「そうですね。腰に負担がかからないように全体で体重を分散して受け止める、というのを目的とした形状です」

座面と背面の形状を工夫して、椅子全体で身体を支えることで体重が分散されるような形に仕上げている。これによって座っている際の腰への負担などを軽減するというわけだ。

人体工学に基づいた……と言うほどではないが、長時間座っていても身体の負担になりにくい椅子を目指したつもりだ。

「少し座ってみても？」

「どうぞ。試してみてください。構造強化もしているので滅多なことでは壊れないと思います」

「では、失礼いたしまして」

公爵はロッキングチェアに腰かけて楽しそうに揺らす。

「おお……。これはいい具合ですな。背中や腰、太腿《ふともも》を後ろから包まれている感じと言いますか……」

「迷宮商会の商品に加えてみますか？　新しい設計思想の椅子ですよね」

ミリアムは商品化に意欲を見せている。

「それも良いかも知れませんね。安楽椅子でなくても座面や背面の形状は応用が利きますし」

「うむ……。これは良い……。実に良い物ですぞ」

公爵は絶賛してくれている。捨てるしかなかった家具が新しい品に生まれ変わってご満悦といった様子だ。まあ、試作品第1号ということで。

「後は……避難部屋でも増設しますか」

というと、庭に散らばった破片を片付けていたステファニア姫とアドリアーナ姫がそれがいい、とばかりに頷いていた。うん。2人が隠し部屋が好きなことは知っている。

「避難部屋、ですか？」

「ええ。ぱっと見では分からないように隠し扉などを設けて、そこから有事の際に避難できるように……という感じですね」

「ほほう。それは面白そうですな」

やはり公爵もこういう話に食いつきが良いようだ。目を輝かせてロッキングチェアから立ち上がる。

さてさて。隠し部屋への入口はどこにしたものか。公爵や、オスカー、ヴァネッサ達と共に屋敷の中を移動する。

「お屋敷のどの辺りに作りましょうか？」

「オスカーとヴァネッサの部屋の近くが安心ですな」

「なるほど」

では……2人の部屋の壁と壁の間に空間を作って、そこから地下に避難できるような隠し通路を作ることにしよう。

「通路が新しく作られる分、部屋が若干狭まりますが」

「僕は問題ありません」

「私もです。1人で過ごすには十分な広さのある部屋ですから」

と、オスカーもヴァネッサも乗り気なようである。では遠慮なく加工していこう。壁をゴーレムにして広げ、また固めて壁に戻すことで隠し通路となる空間を確保する。

後は入口だな。やはり家具を利用するのが良いだろう。オスカーの部屋からは絵画をどんでん返しに。ヴァネッサの部屋からは衣装簞笥《だんす》の奥をスライドさせる形で隠し通路の入口とする。

どちらも留め金を外さないと隠し通路に入れない。内側からも、仕掛けを固定できるようにして、避難後に侵入できないような構造にする。

通路から螺旋《らせん》階段を下りて地下へ。土をどんどんとゴーレムに変えて除けていく。

「テオドール。ここに柱を立てて」

「了解」

地下通路を作り、壁や床、天井を石化させて固め、セラフィナと相談しながら柱を立てたり構造強化して避難部屋の補強を行う。

更にトイレとして使える小部屋などを設け、最後に、避難経路として屋敷の裏手から脱出できる通路を作ってやれば完成だ。脱出路に続く道は例によってどんでん返しで。両側から閂《かんぬき》が掛けられるようにしておこう。警報装置などを備え付けてやれば、中央区という立地から考えても防犯体制は完璧だろう。

というわけで避難部屋を作り終えて中庭に戻ってくる。

「避難部屋を作る際に出た土砂は煉瓦《れんが》にでもしてしまいますか」

「うーむ。無駄がないですな。では、後で中庭に物置きでも作らせてもらいましょう」

「分かりました」

土ゴーレム達を石化させて分割。煉瓦にして積み上げていく。さて。そろそろ昼食の時間だろうか。良い匂いが中庭の一角から漂ってきている。

「ここまでのことをしていただくと……何か私としてもお返しを考えねばなりますまいな」

移動する途中で公爵は思案するような様子を見せていたが、やがて妙案を思いついたとばかりに顔を上げる。

「そう……。お礼は島などというのはどうですかな？　正式な話は大公との和解後になりますが。まあ……メルヴィン陛下が難色を示すようならまた別の物を考える必要があるかも知れませんが」

「……島、ですか？」

「ええ。公爵家の保有する領地の話ですな。南西部に手頃な大きさの無人島がありましてな。そこに館を建てて保養地にするという計画を考えていたのです。水源もあるし浜辺もある。深い入り江があってそこを船着き場として利用できそうという中々恵まれた地形で……港町と漁場、航路も元々近くにあるので、補給などの面から考えても悪くないと思われますぞ」

ふむ。そこに別荘を建てて避寒地にしてはどうか、という話なわけだ。流石《さすが》は公爵家というか、お礼というには……なかなかスケールの大きな話ではあるかな。行き来も飛行船と転移魔法があるわけだから、そう苦にはならないだろうし。

南西部は暖かくて海は透明度が高く、風光明媚《ふうこうめいび》という話だからな。魅力的な話ではある。

◆◆◆◆◆

「ん。美味《おい》しいですね。何というか、こっちの食材は今まで食べたことのない風味がします」

シオンがスープを口にして表情を明るくする。シオンが口に運んでいたのは魚介のスープだ。貝に白身魚に野菜等々ふんだんに具材の入った、たっぷり時間をかけて煮込まれたスープである。

確かに、ハルバロニスでは魚介類は望むべくもなかったからな。

「本当。味わいに深みがあると言いますか……」

シオンだけでなく、エルハーム姫、フォルセト、マルセスカ、シグリッタ共々、潮の臭いが駄目ということもないようで何よりである。

シーラとシグリッタが並んで黙々と昼食を口に運んでいる様は中々シュールではあるかな。あれはあれで昼食に舌鼓を打っているのだろう。

「お口に合いますかな？」

「ええ、美味しいです。みんなも夢中のようで」

と、笑みを浮かべて返す。

「それは何よりです」

公爵はコルリスに手ずから鉱石を食べさせながら笑みを浮かべた。

コルリスもみんなと一緒に昼食中だが……公爵自ら鉱石を食べさせたいとステファニア姫に申し出たのである。早速ロッキングチェアに腰かけながらコルリスに鉱石を食べさせ頭を撫でたりして喜んでいる。……新しい物好きとは聞いていたが中々に物怖《ものお》じしない人だ。

昼食は青空の下でのんびりと。不揃いの椅子やソファに座ってという、間に合わせ感があったが、それはそれで如何《いか》にも修繕作業の現場という印象があって、中々味わいのあるものであった。

椅子や机は間に合わせでも、料理のほうは一級品だろう。魚介のスープに、ふっくらとしたパン、滑らかなチーズ数種類、肉汁を閉じ込めるように時間をかけて丁寧に焼かれた厚切り肉、瑞々《みずみず》しい果実等々……厨房《ちゅうぼう》が使えない状態でも、さすがは公爵家の食卓という感じである。

「では温泉の設備に似た物が後から浴槽に取り付けられると」

「そうですね。魔道具ですので浴槽の下に敷くような形で機能してくれます」

オスカーとミリアムが商談らしき話を進めている。どうやらジャグジー風呂を取り付けるかどうかという話のようだ。

「魔道具にしては値段も安いのね。父様、これは決めてしまってもいいのではないかしら？」

ヴァネッサが尋ねると、公爵は少し思案するような様子を見せたが頷いた。

「うむ。そうだな。だがまずは火精温泉で実物を味わってからと決めていてな」

「では……。大公家との和解の日取りの後で搬入してもらうということで」

「かしこまりました」

どうやら、ジャグジー風呂の導入も決まったようだ。

公爵と大公の和解当日に火精温泉に行くかどうかはまだ聞いていないので分からないが、少なくとも和解の後にようやく公爵のタームウィルズ観光が解禁されるということなのだろう。

と、そこに、正門に馬車が止まり、中から騎士に付き添われてレスリーとクラークが降りてくる。

それを見た公爵やオスカー、ヴァネッサが立ち上がってレスリーを迎えに行く。

「叔父上！」

「おお、レスリー！　もう良いのか？」

「兄上。みんなも……そして大使殿……。お騒がせしました。魔法審問も手早く済ませていただいて……公爵家に帰っても大丈夫だとメルヴィン陛下よりお言葉を頂戴しています」

公爵一家に迎えられたレスリーは穏やかな笑みを浮かべて、こちらに一礼してきた。

「顔色も良くなったようで、何よりです」

「ありがとうございます、大使殿のお陰です」

レスリーとそんな言葉をかわす。静かな印象は相変わらずだが……何となく物腰が柔らかくなったような気がする。夢魔が離れて時間が経《た》ち、体調も戻ってきたからだろうか。

「さあさ、レスリー様。どうぞこちらへ。昼食はもうお済みなのですか？」

「いや、実はまだなんだ。では軽く頂こうかな」

使用人達からも笑顔で食卓に案内されて、レスリーとクラークも昼食の輪に加わる。

レスリーに関する心配事も少なくなり、別邸の修繕も大方の目途が立ち……明るい話題が多いからか、公爵は終始上機嫌な様子であった。

◆◆◆◆◆

――昼食後にはイルムヒルトがリュートを奏で、それに合わせてセラフィナが歌を歌ったりして……和気藹々《わきあいあい》とした時間を過ごした。

少し大きめの椅子に腰かけたマルレーンが、にこにこしながら歌に合わせて足を揺らしていたりと、中々に和む光景であった。

のんびりと休憩時間を取った後で、午後からは修復した家具類を部屋に搬入していく作業となる。

破損箇所で修繕可能な部分は全て修繕したし、庭や廊下、部屋内の掃除も概ね終わっている。だから後は、直した物を部屋に運び込んで配置していけば今日の作業も完了というわけだ。

「この寝台はどちらの部屋へ？」

グレイスが寝台をレビテーションの魔道具で浮かせて尋ねる。

「これは西側2階の客室に置かれていたものですね。案内いたします」

「はい。よろしくお願いします」

公爵家のメイドが明るい笑みを浮かべ、グレイスと共に浮かんだ寝台を運んでいった。

家具の場所は使用人達がよく分かっているというわけだ。

「マルセスカ。その壺《つぼ》は片方、僕が運ぶよ」

「うん。じゃあ一個ずつ運ぼう」

「じゃあ私はこれ」

「みんな、丁寧に運ぶのですよ」

「はーい」

シオン達も楽しそうに仕事をしているな。フォルセトは割れ物を3人に扱わせることが若干心配なようだが……粗雑に扱うということもなさそうだ。レビテーションを使って、しっかりと壺を抱きかかえるように、3人は使用人達の後ろについていく。

「――では、この黒猫をゴーレム達の目や耳だと思っていただければ」

「分かりました。案内します」

俺は俺でゴーレムと使い魔の組み合わせを公爵家の使用人にサポートしてもらう形を取る。では、残りの作業を進めていくとしよう。

◆◆◆◆◆

――そして夕暮れ。粗方の作業が終わり、掃除や家具の配置が終わった居間でお茶を飲んで寛《くつろ》いで……そろそろお暇《いとま》しようかという話になった。

「今日は……いえ、先日からのことも含め、ありがとうございました。大使殿。今の公爵家があるのも大使殿と皆様のお陰です」

正門の前まで見送りに来てくれた公爵が静かに一礼する。

「いえ。僕こそ、今日はありがとうございました。昼食美味しかったです」

そう答えると、公爵は嬉しそうな顔で頷く。

「テオドール様。ありがとうございました」

「またお目にかかれましたら光栄に存じます」

オスカーとヴァネッサが揃って貴人に対する挨拶をしてくる。

「本当に何とお礼を言ったら良いのか。大使殿に救っていただいたこの御恩、ヴェルドガル王国の貴族として、しかと務めを果たしていくことでお返ししていきたいと思っております」

レスリーが静かに目を閉じて言う。

「はい。ですが、当分は無理をなさらず、ゆっくり静養なさってください」

そう答えると、レスリーは頷いて穏やかな笑みを浮かべた。

「次に会うのは……デボニス大公との和解の席かも知れませんな。それほど時間が空くわけでもありませんが、大使殿は迷宮へ潜ったりもすると聞いております。くれぐれもご自愛ください」

「ありがとうございます。気を付けます」

そんな言葉を交わして、皆がそれぞれの馬車に乗り込む。

「ああ、そうでした。ステファニア殿下」

「何かしら？」

迷宮に潜るという話で思い出した。ステファニア姫を呼び止め、シオン達とコルリスの話を通しておくことにした。

「実は、フォルセトさんやシオン達にも迷宮に慣れてもらうために、コルリスと一緒に旧坑道に潜ってもらうのはどうかと考えていまして」

「ええ、それならばいつでも歓迎だわ」

ステファニア姫が笑みを見せる。

「では、日時を合わせまして、迷宮に降りる日を決めてしまいましょうか」

「それなら――」

と、軽くではあるが打ち合わせめいたやり取りを交わして、ステファニア姫やアドリアーナ姫、エルハーム姫と別れの挨拶をする。

「それではまた」

「ええ、またね」

手を振るコルリスとラムリヤにも手を振り返し、公爵一家にも一礼して馬車に乗り込んだ。

正門前まで見送りに来てくれた公爵家の面々はこちらの姿が見えなくなるまで見送ってくれるのであった。

第152章 シオン達の迷宮探索

ジョサイア王子が段取りを組んだデボニス大公とドリスコル公爵の和解の日程は明後日《みようごにち》となる。家に王城から使者がやってきて、招待状も受け取ったので後は当日を待つばかりだ。

温室建築に関しては……資材や魔道具を揃《そろ》えたりと準備を整えている最中。討魔騎士団も日々の訓練を再開したりと、みんなそれぞれに動き出している。

そして、俺達《たち》も先日打ち合わせした通り、ステファニア姫とアドリアーナ姫、それからコルリスを連れてフォルセト達と共に旧坑道へとやってきた。

「迷宮も久しぶりだわ」

周囲を見渡してアドリアーナ姫が言うと、ステファニア姫が頷《うなず》く。

「そうね。みんなと一緒でないと、父上は心配なようだし」

「迷宮に降りるのを自重しているというわけですか」

「一応ね。私達ももっと戦いの役に立てたらいいのだけれど」

ステファニア姫はメルヴィン王の名代として諸外国に対する外交官としての役割を担っているからな。アドリアーナ姫の近くにいるのもそれが理由だし、当のアドリアーナ姫も立場的にはステファニア姫と同様である。シルヴァトリアの国王、エベルバート王の名代としてヴェルドガルにいるわけだから、2人とも前線に出て無理をするわけにもいかないということだろう。

しかしその一方で、メルヴィン王としては迷宮に潜って魔物と戦うことは体力や魔力などを分か

りやすく成長させてくれるので、魔人との戦いが控えている今の状況なら推奨しているところもある。旧坑道でこの面子《メンツ》なら安全マージンも十分だしな。

「もしよろしければ、使い魔召喚に協力しましょうか？」

「あら、本当？」

アドリアーナ姫が嬉《うれ》しそうな表情をする。そう。魔法具店を覗《のぞ》いたら召喚儀式用の青転界石もようやく新しいものが入荷していたのだ。

とかく青転界石の製造には時間がかかる。相変わらずあまり数は無いのだが、マルレーンの新しい召喚獣を増やしつつアドリアーナ姫の使い魔も、というのは効果的な使い方だろう。アドリアーナ姫自身の護衛にもなるしな。

「ええ。では、次の満月の晩に召喚儀式を行いましょうか」

「それは楽しみね」

「何が来るのかしらね」

ということで……アドリアーナ姫と約束を交わす。アドリアーナ姫の得意な術は火魔法系統という話だったか。火に親和性の高い魔物ね。何が来ることやら。

「――で、叩《たた》き付けて砕くと外に出られる。だけど赤い方を使うと迷宮で手に入れたものは無くなってしまう」

「なるほど……」

シーラが脱出用の赤転界石の使い方をレクチャーしていた。確認を終えたところで、フォルセトが頷く。

「では参りましょうか。慎重に進むのですよ」

「はい、フォルセト様。よろしくね、コルリス」

シオンが笑みを浮かべてコルリスに手を差し出すと、コルリスは大きな爪をそっと前に出して握手に応じる。まあ、握手と言うよりはシオンがコルリスの爪の先を握るような形だが。

「私もー！　よろしくね、コルリス！」

「……よろしく」

マルセスカとシグリッタとも同様に握手を交わす。といったやり取りを経た後で、いよいよ迷宮探索開始だ。

俺達は付いていくが基本的に戦うのはシオン達である。それからステファニア姫とアドリアーナ姫、コルリスが援護として加わる形だ。

前衛にシオンとマルセスカ。それに続いてフォルセト、シグリッタ。後衛としてステファニア姫とアドリアーナ姫が魔法で援護。殿《しんがり》をコルリスが務める。

シグリッタが本から出したネズミが斥候役となって先行、それに付いていくようにシオンとマルセスカが通路を奥へと進む。シオン達は地下都市に住んでいたということもあって、真剣な表情ではあるがそれほど気負ったところはないようだ。

迷いの森には魔物が生息していたし、戦闘慣れもしている。後は迷宮ならではの部分に注意がいけばそうそう問題は起こらないだろう。

通路を歩きながらシグリッタのインクの獣があちこちから転界石を拾い集めてくる。

と、十字路に差し掛かるというところで先行していたネズミが小さく声をあげた。

「何か……来るわ。犬の頭をした魔物……。緑色の変なのが……たくさん。みんな武器を持ってる」

通路の奥からやってくるのはコボルトとホブゴブリンの群れのようだ。

「シグリッタ、左右からは？」

「……来るわ……。3方向からの待ち伏せ。右と左は正面より数が少ない」

……斥候に石の収集にと、シグリッタの術は迷宮探索でかなり有用だな。不意打ちを防ぎ、効率的な探索を可能にしている。

「マルセスカと正面の敵を押さえます」

「うんっ、行こうシオン」

「では、私とシグリッタで右を」

「なら、左は私達が」

フォルセトとシグリッタが右。ステファニア姫とアドリアーナ姫が左からの通路を押さえると。背後はコルリスが守っているわけだから、後ろから敵がやってくるようなことになったら結晶の壁を作って封鎖してしまえば良いというわけだ。

剣を抜いたシオンとマルセスカが構える。次の瞬間2人が超人的な瞬発力で踏み込んだ。床を蹴って、通路の壁を足場にし——ピンボールのように跳躍を繰り返しながら、正面から来る魔物の群れへと突っ込んでいく。

最初に接敵したのはマルセスカだった。身体《からだ》ごと風車のように剣を回転させて、当たるを幸い斬撃を見舞う。一瞬遅れてシオンが突っ込む。魔力の輝きを残しながらすれ違いざまにシオンの剣が振るわれれば通り過ぎた後にバタバタとコボルトとホブゴブリン達が倒れていく。

「来ますよ」

フォルセトが短く言って錫杖《しゃくじょう》を構えた。大上段にツルハシを振りかぶって力任せに打ち下ろしてくるホブゴブリンの一撃に対し——力の向きを逸《そ》らすように地面へ向かって受け流す。ぼんやりとした魔力の輝きを纏《まと》った錫杖が回転すると、ホブゴブリンの巨体も回転するように宙を舞う。何かの術式というのともまた違う。

錫杖に帯びさせた魔力を直接操り、吸い付けるような性質を付加させているのだろうか。体勢が崩れて無防備になったホブゴブリンに、至近から雷撃の掌底を見舞えば、感電しながらホブゴブリンが吹き飛んでいく。

……何というか、フォルセトは特殊な魔力の操作と相手の力を利用するような体術を組み合わせ、魔法を叩き込むというような戦い方をするようだ。

確かに以前戦ったガルディニスを彷彿《ほうふつ》とさせる戦法だな。

「邪魔——」

シグリッタの本の頁《ページ》が独りでに高速で捲《めく》られて、突っ込んできたコボルトの集団に向かって巨大な拳が叩き込まれた。あれは……オーガの拳か？

思いもしない攻撃をカウンターでもらったコボルトの一団が薙《な》ぎ倒された——と思った瞬間には
シグリッタがシオン達にひけを取らない速度で地面を蹴って天井に貼り付く。

倒れたコボルトの直上から——ベリルモールの上半身が姿を現して両手の爪でコボルト達へ左右から挟み込むような一撃を加えると、すぐに本の中へと引っ込んでいった。それを見たコルリスは丸い目玉を瞬かせている。

なるほど……。近距離戦用の隠し玉みたいなものまであるわけだ。シオン達と同様に超人的な身体能力も持っている。

純粋な体術ではシオンやマルセスカに一歩劣るようだが、前衛ができないというわけではない。保有している特異な術の数々を考えると一概に優劣は付けられない気がするな。本の中には色々と奥の手がありそうだし。

「ステフ、右から抜けようとしているわ」

「ええ。任せて」

そして——ステファニア姫とアドリアーナ姫の戦法はと言えば、やはり魔法による射撃が主体である。ステファニア姫が土魔法で壁を作って敵の動きを制限、アドリアーナ姫がそこから相手の動きを読んで、真っ赤な熱線を容赦なく叩き込んでいく。

火魔法第5階級バーニングレイ。直線軌道の熱線を放つ魔法で、直撃すればコボルトやホブゴブリンなどではひとたまりもないだろう。

中級魔法を余力すら持って連発するあたり、魔法王国の王族の面目躍如といったところか。

しかも2人とも息がぴったりで、相手の動きをきっちり読んで無駄のない魔法行使をしている。固定砲台と化したアドリアーナ姫の魔法攻撃に、たまらずコボルトが土壁に隠れようとするが、その遮蔽物はステファニア姫が作り出したものだ。遮蔽物に向かってアドリアーナ姫が熱線を放てば、命中する直前に土壁が左右に分かれて隠れていた魔物に直撃する。

魔物が集団で突貫しようとするが、一塊になったところを四方から岩壁が囲み、上から爆発する火球がその中へと投げ込まれていた。

盤上の駒の動きを読む、詰め将棋のような戦法。集団戦を念頭に置いた戦い方を想定しているように思えるのは、王族であるが故だろうか。嗜《たしな》みとして身に付けたものかも知れない。

何にせよ、ステファニア姫達もフォルセト達も、危なげが無いのは確かである。

「この分なら、シオンさん達も安心ですね」

それを見ていたアシュレイが嬉しそうに微笑《ほほえ》む。

「……姉上達もね。あれはゴーレム相手に集団戦の戦闘訓練か何かをしている動きじゃないかしら。恐らく昔からやっていたのでしょうね。息が合いすぎているもの」

ローズマリーが羽扇で口元を隠しながら目を閉じて呟《つぶや》くように言う。マルレーンはにこにことしていたが、グレイスとクラウディアはローズマリーの反応にやや苦笑していた。

魔物を撃退したところでステファニア姫が俺達の隣にいるコルリスに向かって嬉しそうに手を振ると、コルリスは親指を立ててサムズアップで応じる。

この顔触れでは旧坑道程度では鎧袖一触《がいしゅういっしょく》というところか。ここで最も障害になるであろう魔物が、岩に擬態しているロックタートルなのだが……シグリッタのインクの獣が囮《おとり》となって擬態を解除させてしまうし、ロックタートル程度の防御力ではシオンやマルセスカにとって問題にならない。

つまり旧坑道では、相手になるような魔物がいないということだ。

まあ……迷宮がどんな場所か分かってもらうという点でなら、分かりやすい場所であったと思う。

「何だか、外の魔物と違うよね」

「うん。怖がらないし、いっぱいいるし」

……迷いの森にいた魔物との違いはシオン達もすぐに理解したようだ。

外の魔物と違って迷宮の魔物は戦況が不利という程度では撤退をしない点。外では考えられないほど大挙して攻めてきたり、地形を活《い》かした待ち伏せをしたりする点など様々な違いがある。

「恐らく、迷宮を守っているからでしょう。この場所は浅い階層だと聞きます。深い場所へ行けばもっともっと強い魔物がいるはずですよ。ここの魔物だけを見て、くれぐれも慢心しないように」

「分かりました」

「うんっ」

「……分かったわ」

――と言ったやり取りをシオン達とフォルセトが交わす。

「地下20階より下には、時々守護者《ガーディアン》がうろついてる」

シーラがシオン達に言うとマルセスカが首を傾《かし》げる。

「強いの？」

「テオドールと戦って……戦いの形になるぐらいには強い。シリウス号のアルファも元は守護者で、かなり強い。あれはテオドールじゃないと無理かも」

「それは……すごいですね」

その言葉にシオンが真剣な面持ちで頷き、マルセスカとシグリッタも納得するように首を縦に振っていた。

いや……。物差しの基準が俺というのはどうなんだろうか？

まあ……油断に繋《つな》がらないのならそれで良しとしておくか。シオン達の表情も引き締まったことだし。

「問題になるのは魔物だけではなく地形もですね。暗闇の森、水没している洞窟、毒の沼に砂だらけの場所、高熱の砦《とりで》等々……他にも色々ありますし、場所によっては対策装備が必要になるでしょう。新しい区画に行く場合は、その前に教えて頂ければ情報を提供しますので」

「ありがとうございます。それなら私としても安心です」

俺の言葉に、フォルセトが笑みを浮かべた。

さてさて。そんな話をしているうちにインクの獣が石碑を発見したようだ。鉱石や宝石は十分に集まっているので石碑の前に陣取り、戦利品の転送や帰還の方法など実践してみるとしよう。

「これが石碑。石碑の女神像に転界石を渡してやれば帰還の魔法円が開くんだけど……この人数だとこの転界石の量じゃ足りないかな」

迷宮に降りるパーティーメンバーは冒険者の場合、通常6人1組までを想定している。7人以上の人数で降りると帰還に必要な転界石の量がどんどん増えていくし、通路の狭い場所では人数の多さが有利に働くということもなく、結果として非効率的になってしまうからだ。

俺のパーティーも余裕でオーバーしているのだが、そこはクラウディアがいるから不便がないというわけである。

「ちなみに6人までならこの量で足りる。7人ならこれぐらいで、8人なら……このぐらいは必要になるかな」

必要な転界石の量を目分量ではあるが具体的に示しておく。土魔法で形成した石でおおよその量を提示する形だな。

「ほんとだ。7人からどんどん増えていくんだね」

「加速度的に増えていると言いますか」

「だけど、今回は6人分の帰還に必要な量だけ残して、後は戦利品の転送をそれぞれにやってもらおうと思ってる」

「私がいない場合、と仮定しての訓練ということね。人数も6人以内で迷宮に降りているという想定でお願いするわ」

クラウディアが言うと、フォルセト達も頷いた。

「分かりました」

ということで、それぞれが転界石を使って転送円を引いて、鉱石や宝石を地上に送る。

冒険者ギルドでレクチャーも受けているので、みんなスムーズに転送を行うことができた。ハルバロニスも魔法技術が高水準だからな。こういうのは得意分野だろう。

「というわけで……帰還のための転界石は残しつつ、探索や戦闘の邪魔にならない程度に戦利品を送っていくんだけど……帰ろうと思った時に転界石を使ってしまっていたりすると、場合によっては下の階層に余分に降りるようになったりするから……そのあたりの見極めが重要になってくる」

一番いいのは6人分の帰還に必要な転界石の量と、同程度の重さの砂や小石を入れた袋を持ち歩くことだな。それなら見誤ることもない。

そういった小技も紹介しつつ、6人分の転界石を使用して魔法円を広げ——クラウディアの転移魔法で帰還して今日の探索は終了となった。

光に包まれて迷宮の入口にある石碑に戻ってくる。

「どうだった?」

「何となく楽しかったです。戦闘がとかじゃなくて、迷宮の雰囲気がという意味でですね」

「地下に広がってて、ハルバロニスみたいだもんね」

「……うん、楽しかったわ」

感想を聞いてみると……うむ。中々悪くないようだ。確かに、地下というのはシオン達にとっては生まれ育った場所だしな。

「……絵の題材も増えたし。魔物の場合、実物がいなくても魔石と魔法陣があれば良い性能の絵になるの。魔石は……無くなっちゃうけど」

なるほど。となると、ロックタートルやコボルト、ホブゴブリンあたりがシグリッタの手札に加わることになるだろうか。ロックタートルは中々、待ち伏せを仕掛ける分には良いかも知れない。

「それじゃあ、機会を見てあちこち行ってみるか」

「……ありがとう。楽しみだわ」

インビジブルリッパーなど、特殊な魔物の能力もコピーできるのか、それとも形だけなのか。試してみなければ分からないが、少なくともガーディアンの魔石などはかなり強力な絵になるのではないだろうか。

◆◆◆◆◆

初めての迷宮探索の成果は上々といったところだ。後は……探索後のお楽しみと言えるのが戦利品の換金だろうか。

「これはまた、大猟ですね」

転送した戦利品などを纏めてカウンターに持っていくと、受付嬢のヘザーが笑みを浮かべた。

「僕達は後ろから付いていっただけなので、今回は彼女達の成果ということになりますね」

「なるほど……。初めての探索でこれだけの成果というのは素晴らしいですね。将来有望な方が多くて冒険者ギルドとしては嬉しい限りです」

ヘザーの手放しの称賛に、シオン達が顔を見合わせて嬉しそうな表情を浮かべた。

早速査定してもらい、宝石類や魔石の余りを換金して、お金を受け取る。労働の対価ということで、シオン達は何やら貨幣を受け取って盛り上がっていた。後はその配分だが……。

「僕達は今回付き添いだけで戦闘していなかったので結構ですよ。異界大使の仕事かなと思っていますし」

そう言うと、ステファニア姫とアドリアーナ姫が顔を見合わせて頷いた。

「私達が迷宮に潜るのはコルリスの食事のためだから、鉱石だけ確保できればそれでいいわ」

「そうね。私も本国から支援を受けている身だし」

「そう、ですか？　なんだか悪い気がしますが……」

シオンが言うと、ステファニア姫は柔らかい笑みを浮かべる。

「私達が迷宮に降りるのは、昔からの憧れみたいなところがあるから。気にする必要はないわ」

「ええ。私達は遊んでいたようなものと思ってくれればいいのよ」

という2人の言葉で、シオンは何となく納得したような怪訝《けげん》そうな、微妙な様子で頷く。

「おお、皆元気そうじゃな。旅から帰った後に疲れと安心から体調を崩すものもおるから気になっておったのじゃ」

ギルドの奥から顔を出したアウリアに声をかけられる。気軽な様子でアウリアに手を振られて、コルリスもそれに応じた。

コルリスはバスケットを鉱石で山盛りにして上機嫌な様子だ。これから巣に帰ってゆっくりと食べるのかも知れない。

「こんにちは、アウリアさん。いや、アウリアさんもお元気そうで」

「うむ。留守中に仕事が溜《た》まっていてな。消化をしなければならんのでそれなりに忙しいが、元気ではあるのう。今は、少し息抜きがてらに綿あめを買ってこようというわけじゃな」

というアウリアの言葉に、ヘザーを含めたギルドの職員達が満面の笑みを浮かべて見ている。

買ったらすぐに戻ってくるようにとプレッシャーをかけているような気がしないでもない。

「綿あめの魔道具もギルドに置くべきかも知れませんね」

「いや。買うからこそ風情というものが感じられるのじゃな。うむ」

ヘザーとアウリアの水面下の牽制《けんせい》は……まあ、日常茶飯事のようなので大丈夫だろう。

ステファニア姫達は王城に引き上げるようだ。

「それじゃあ……次に会うのは大公と公爵の和解の日になるかしら」

「そうですね。その時にお会いしましょう」

「ええ。それではね」

「はい。ではまた」

そしてステファニア姫とアドリアーナ姫は冒険者ギルドから出ると、2人でコルリスの背中に乗って王城へ向かって飛び立っていくのであった。

◆◆◆◆◆

「お迎えに上がりました」

大公と公爵の和解が行われる日――。王城からの使いが来たのは正午を少し回ってからの時間だった。

「ありがとうございます。みんな、準備は？」

「大丈夫です。できています」

グレイスが答える。みんなを見渡すと、それぞれに頷き返してくる。

俺と同様、みんなも参列者として招待されている。バハルザードとハルバロニスの代表としてエルハーム姫やフォルセト達もデボニス大公に挨拶をしたいとのことなので、フォルセト達も招待客だ。ジークムント老達も招待されているのはシルヴァトリアに対しての宣言でもあるということを詳《つまび》らかにする意味合いもあるるか。

女性陣はみんなフォーマルなドレス姿である。揃ってドレス姿で並ぶという光景は、中々眼福ではあるかな。式典用の正装というわけだ。

正装に関してはフォルセト達もハルバロニスから持参してきているので、こちらも準備に抜かりはない。少し様式は違うが、基本的にはドレスということで違いはないようだ。

「……こういう格好はやっぱり慣れないんだけどなぁ」

「大丈夫だよ、シオン似合ってる」

「……うん。シオン可愛《かわい》い」

「うう……」

シオンはややドレス姿に抵抗があるようだ。マルセスカとシグリッタに笑みを向けられて少し頬を赤くしながらかぶりを振っていた。

フォルセトがそれを見て柔らかい表情で微笑む。まあ……シオンは思い切りが良いところがあるので家を出たら後は腹を括《くく》るかなとは思うが。

ともあれ、準備はできているようなので、王城へ向かうとしよう。

◆◆◆◆◆

そして俺達を乗せた馬車が王城に到着する。季節が季節だけにタームウィルズを訪れている貴族家は多いはずだが、まだ他の貴族達は来ていないようだな。

両家の和解を広く示すために祝いの席を設ける予定らしいが、その前に大公と公爵が直接話をするのが前提となる。まずはそれを済ませてからではないと、その後の祝いの席も始まらないというわけだ。

「お待ちしておりました、テオドール様。どうぞこちらへ」

馬車から降りると女官がやってきて俺達を案内してくれる。迎賓館の一室に通されると、そこにはやはりドレス姿のエルハーム姫が待っていた。やはりヴェルドガルのドレスとは様式が違うかな。髪や顔を覆う薄いヴェール、袖から伸びる薄布など……こちらにはない、バハルザード特有のデザインだ。

「こんにちは、皆様」

「はい、エルハーム殿下」

エルハーム姫と挨拶を交わして部屋の中に入る。

「皆様が揃いましたらデボニス大公からこの部屋に挨拶をしに行きたいとのことです」

案内してくれた女官が言った。

ということは、大公はもう王城にやってきているということか。ジョサイア王子は式典などが始まってしまったらゆっくりとした時間が取れないから先にデボニス大公との挨拶の時間を作ると言っていたけれど。

「分かりました。しかし、僕達からお伺いするのが筋では？」

「テオドール様はヴェルドガルのためにバハルザードへ向かったので、それに協力するのは当然のことと仰《おつしや》っておりました。任務を終えて無事に戻ってきたのであれば、尚《なお》のこと礼を言うべきはヴェルドガル王国の臣民である自分のほうだと。ですので、大公からこちらにと希望しておいでです。それに、エルハーム殿下もご一緒ですから」

「なるほど。わかりました」

頷くと女官は一礼して部屋を出ていった。

「少し緊張します。バハルザードにとっても恩のあるお方ですから」

部屋に腰を落ち着けるとエルハーム姫は自分を落ち着けるように軽く深呼吸をしていた。

「デボニス大公は話からは厳格な印象を受けますが、内実はお優しい方だと思いますよ」

俺が言うと、マルレーンも微笑んで頷く。

立場があってなかなか自分の思うように動けなかったようだが、マルレーンのことは気にしていたわけだしな。

それに、バハルザードとの関係を重んじているからこそ自分から挨拶にという形を取りたかったのだろうし。

「少し安心しました。ああ、それと。ビオラさんとウロボロスの強化装備に関して色々試作してみたのですが……ある程度納得のいくものが試作できました。後日になってしまうかなとは思いますが、一度見ていただけますか。使い手であるテオドール様に意見を伺いたいのです」

「分かりました。ではアルフレッドと連絡を取って、後日工房に顔を出します」

「はい」

もしかしたらそのままオリハルコン加工の工程に移れるかも知れないな。杖《つえ》に対する後付けの強化装備というのはさすがにビオラやエルハーム姫にも経験がないので、俺の希望——つまりバランスや長さといった使用感をあまり変えずにという意見を基に、色々試行錯誤してみると言っていたのだ。

「上手《うま》く加工できると良いですね」

アシュレイが壁に掛けられたウロボロスの頭を軽く撫《な》でると、ウロボロスも小さく喉を鳴らしていた。

「そうだな。ウロボロスも乗り気みたいだし」

そうこうしているうちに、部屋の扉がノックされる。

「デボニス大公をお連れしました」

「はい。お通ししてください」

女官の声に答えると扉が開いてデボニス大公が部屋の中へ入ってきた。

「これは、大公」

俺の挨拶に合わせるように、みんなも立ち上がってデボニス大公に一礼する。

「夢魔事件のことは耳にしました。バハルザードでの任務共々、ご無事で何よりです大使殿。中々お会いできずに申し訳ありませんでしたな」

「いいえ。こちらこそ、バハルザードに向かう際はお世話になりました。デボニス大公にしたためていただいた書状にはとても助けられました」

「それは何よりです。陛下から伺っておりますが、遊牧民とも良好な関係を築いていらっしゃった様子。私としても治安の安定や今後の交易にも期待が持てるというものです」

まずはバハルザード行きに際して仲介の書状を用意してくれた事についてのお礼を伝えるとデボニス大公は静かに笑みを浮かべ、そんなふうに言って向こうからも一礼してくる。続いてエルハーム姫とフォルセト達を大公に紹介する。

「バハルザード王国のエルハーム殿下、そして旧ナハルビア王国関係者の代表としてフォルセト様。同じく彼女達はシオン、マルセスカ、シグリッタの3人です」

「初めまして、デボニス大公。書状では何度か挨拶を交わしておりますが、こうして直接お会いすることができて光栄です。エルハーム＝バハルザードです。父、ファリード＝バハルザードの名代としてヴェルドガル王国へ参りました」

「ハルバロニスという町から参りました、フォルセト＝フレスティナと申します。ハルバロニスはやや特殊な町ではありますが、ナハルビアの隠れ里という位置づけになるのかも知れません」

ナハルビアは現在、バハルザードに編入されているが、ハルバロニスは立地にしろ住人にしろ、色々特殊な立ち位置だからな。

バハルザードの安定がハルバロニスの安定にも繋がるのだし、フォルセトも大公との良好な関係は望むところだろう。

「は、初めまして」

シオン達3人もやや緊張した面持ちながらもデボニス大公に挨拶をする。デボニス大公は3人の様子に僅かに微笑ましいものを見るように相好を崩すとエルハーム姫とフォルセトに向き直って言う。

「これはご丁寧に。私もファリード陛下とは末永いお付き合いをしていきたいと思っておりますゆえ、今後ともよろしくお願い致しますぞ」

「はい、デボニス大公」

「ナハルビアとハルバロニスについての詳しい事情については……知るべきことは陛下が知っているのでしょうから、ここでは私が敢《あ》えて尋ねることでもありますまい。しかし、フォルセト殿達がこれよりバハルザードと共に歩むというのであれば、手を取り合うことはできましょう」

「こちらこそ、よろしくお願いします」

ふむ。これでデボニス大公への挨拶も完了といったところか。エルハーム姫とフォルセトの挨拶が終わったところで、マルレーンが大公の前まで行ってスカートの裾を摘《つ》まんで一礼すると、大公は眩《まぶ》しいものを見るように目を細めて頷いていた。

そうして……一息ついたというところでデボニス大公が言った。

「さて……。せわしなくて申し訳ありませんな。あまりドリスコル公爵を待たせるわけにもいきません。私は陛下と王太子、それから公爵とお会いしてこなければ」

「ではご一緒します」

祝いの席は全員出席だが、和解の席の立ち会いは俺だけで顔を出すという形になる。デボニス大公がメルヴィン王やドリスコル公爵と会うということは、俺もデボニス大公に同行するということだ。デボニス大公に続いて立ち上がり、部屋を出る前に皆に向き直った。

「じゃあ、少し行ってくる」

「ええ。また後で。和解反対派は今更動かないと思うけれど、テオドールが一緒なら色々安心よね」

「そうね。行ってらっしゃい、テオドール」

と、ローズマリーとクラウディアが小さく笑う。

「和解、上手くいくと良いですね」

グレイスが微笑んで俺を見送ってくれる。

「ん。そうだね」

「行ってらっしゃいテオドール様」

アシュレイの言葉に頷いて、こちらを見てくるマルレーンに笑みを返すように頷いて。それから部屋を出た。

まあ、ドリスコル公爵は勿論《もちろん》、デボニス大公に関しても心配いらないと思っているが。

先程マルレーンと相対した時のデボニス大公は何といえばいいのか……。そう、孫娘を見る祖父といった印象を受けたのだ。

勿論厳格であるのは確かなのだろうが、前に会った時より物腰というか表情の作り方が柔らかくなっている気がした。シオン達を見た時の反応もそうだ。

大公もマルレーンに胸の内を吐露したことで、色々と良い方向への変化があるのかも知れないな。

デボニス大公と共に迎賓館の別の一室へと向かうと、そこには既にメルヴィン王とジョサイア王子、そしてドリスコル公爵の姿があった。大公に続いて、一礼して入室すると、3人とも立ち上がってこちらを出迎えてくれた。

「これは陛下。そして殿下、公爵もお揃いで。お待たせしてしまったようですな」

「いや、今日はめでたき日ゆえ。ゆっくりと茶を飲みながら談笑していたところなのだ」

大公が挨拶するとメルヴィン王が穏やかに笑った。

「お待ちしておりました大公。今日という日、今この時を無事に迎えられたことを真《まこと》に嬉しく思います」

ジョサイア王子が立ち上がり、部屋に入ってきた大公を出迎え、デボニス大公はジョサイア王子に笑みを返す。

「このような老骨のために……殿下には随分とお手間を取らせてしまいましたな」

「いいえ。この会合が今後のヴェルドガル王国の……そして王家、大公家、公爵家の前途にとって、明るいものとなることを願っております」

デボニス大公がその言葉に頷く。

「そして大使殿。今日、この席に立ち会っていただけたことを感謝します。大使殿の助力なくば今日という日は訪れなかったでしょう」

「こちらこそ、ありがとうございます。しかしジョサイア殿下の働きかけがあってこそのものかと」

ジョサイア王子に大公家と公爵家の橋渡しをしようという気が無かったならば、他の様々な問題が解決していたとしても、こういう状況には中々ならなかっただろうからな。

俺としては国内の安定が進めば進んだだけ魔人に対抗する態勢も整うということなので、異界大使としての仕事もやりやすくなるわけだし、感謝というなら俺からも言うべきだ。

「これは大公、お会いできて光栄です。しかし我が家の事情で最後まで気を揉《も》ませてしまって、申し訳ないことをしてしまいました」

ドリスコル公爵は大公に挨拶をしてから、タームウィルズに着いてから揉め事が起きてしまった不手際を謝罪する。

「いや、夢魔事件の事情ならばジョサイア殿下より聞き及んでおりますぞ。公爵は勿論のこと、レスリー殿にも非はありますまい」

「そう言っていただけると助かります。私も大使殿にはすっかりお世話になってしまいましてな」

そう言って公爵は、俺に穏やかな笑みを向けてきた。こちらも一礼して応じる。

そして再び――大公と公爵が向かい合う。僅かな緊張と沈黙があった。

公爵が緊張した空気を和らげるかのように表情を崩して口を開き掛け、メルヴィン王も何事か言いかけたが、最初に行動を起こしたのは大公であった。

静かに右手を前に出す。大公がしたことはそれだ。

握手、というのは確かに……。和解や仲直りの形として分かりやすいものかも知れない。

公爵は年長者である大公から握手を求めてきたことに些《いささ》か驚いた様子だったが、再び笑みを浮かべると頷いて大公の手を取る。急速に張りつめていた空気が霧散していった。メルヴィン王も静かに目を閉じ、ジョサイア王子も安堵《あんど》した様子だ。

「ここまで周囲の者にお膳立てしてもらっておいて、年長である私が率先して動かないというのも、些か恰好《かっこう》がつかないものでしてな。このうえ、陛下や殿下のお手を煩わせるわけにもいきますまい」

「なるほど。確かに、仲直りの前にあれこれと言葉を重ねるのも無粋というものかも知れません」

公爵は大公の言葉に頷いた。そしてメルヴィン王も2人に言う。

「王家は大公家や公爵家と殊更反目し合っているわけではなかったが……関わり方に問題があったのは事実だ。両家が牽制し合うことを望んだ王が過去には確かにいたのだから。今日に至るまでの両家の不仲は、王家の不徳に端を発することでもある」

二大貴族である大公家、公爵家の利害がぶつかっていがみ合えば、王家の影響力が大きくなることに繋がるというわけだ。

金山の話に限らず、様々な利害に関するぶつかり合い全般も含めた話かも知れない。

「しかし王家はその後に調停を執り行い、見事今日まで火種を抑えたではありませんか」

「確かに。そもそも代々の当主達に責任が無かったということにはなりますまい。大きすぎる火は害にしかなりません。それに……私とて、王宮で起きたことには責任の一端がある。己の批判を正しいと信じて疑わず、それが自分の役目と信じた結果があれでは……」

大公がかぶりを振る。……マルレーン暗殺未遂事件の話だな。

「それを言うのならば、大公に苦言を呈させてしまった私にも責任がありましょう。我等《われら》は他の貴族の模範となるべき立場。大公の仰った言葉は正しい。己のやり方で他の者を纏めることができると我を通した私もきっと、状況をこじらせて陛下が動くことを難しくしてしまった」

暗殺未遂事件が起こってからの追及が難しかったのは、ロイが大公と公爵の対立を利用していたからだ。だから、自分が折れていればメルヴィン王も事件の後に身動きしやすく、ロイが事件を起こすことも無かった、ということだろうか。

メルヴィン王は2人の悔恨の告白に目を閉じていたが、やがて静かに言った。

「後悔や責任は……余にもある。父親なのだ。責任が、ないはずがない。だからこそ……今度こそ手を取り合いながら国を安定と平穏に導くことはできぬだろうか。いや、それさえできなければ、余は誰にも顔向けできぬ。余に力を貸してくれぬか」

「是非もありませぬ。我等の腹の探り合いで誰かが犠牲になるなど馬鹿げている」

「同じく。否やがあろうはずもありません」

　メルヴィン王と大公と公爵の３人は頷いて両手を差し出し、しかと手を結びあった。

「……座って、これからのことをゆっくりと話をするとしようか。三家の長が顔を突き合わせ、こうして腹を割って話をするというのも今まで無かったことではあるのだし」

「そうですな」

　メルヴィン王の言葉に大公と公爵は揃って頷き、それぞれが椅子に座る。女官がすぐにやってきてお茶を淹《い》れてくれた。

　３人は深く腰掛けて、ゆっくりと茶を飲み干して一息つく。それから気持ちを切り替えるように表情を引き締めて、今後のことについての話を続ける。

「とは言え……今の方針さえ定まってしまえば、殊更取り決めることもありませんな。情勢が安定している今、現状を無理に変えようとは思いません。大公はいかがですかな？」

「私にも現状維持に異存はありませんな。貴族である故に……互いの陣営には、より多くを望む者もいるでしょうが……彼らを上手く宥《なだ》めすかすのも我等の仕事の内。しかしそれは、今までもやってきたこと」

「うむ……。余等が互いの友誼《ゆうぎ》を深めるならば手綱も握りやすくなろう」

　和解は行われ、国内の状況や今までの取り決めは現状維持。つまり……三家の力で国内の貴族を纏めていくという従来の方針に変わりはないが、根本にある理念が違うというわけだ。

何が違ってくるのかと言えば……例えば互いの陣営への不満を抱く者がいたとしても、主人の定めた方針に逆らってまで対立を煽《あお》ろうとするのは難しいということになる。

強硬路線を堅持しようとすれば、それこそ三家を敵に回して国内では完全に孤立無援になってしまうということだし。

ジョサイア王子は話の流れを見て取ると、俺に視線を向けて静かに頷くのだった。

「――ああ。そうでした」

と、そこで公爵が何かを思い出したようにはた、と手を打つ。

「どうなさいましたか？」

「いや、現状維持で良いと言った手前、なんなのですが……実は大使殿に夢魔事件で助けていただいたお礼として、西方にある無人島に別荘などを建ててもらい、好きに使っていただきたいと考えておりましてな。しかし大使殿は今や我が国にとって重要人物。三家の均衡を考えると、お二方にも話をお通ししてからにしたほうが良いだろうと思っていたのです」

「ほう」

「ふむ」

公爵の言葉に、2人は目を見開く。

「領地の割譲、という名目でなければ問題はないのではないですかな。……そう、きっとマルレーン殿下も喜ぶでしょう」

と、あっさりと大公が言う。少し公爵は驚いたようだったが、大公は苦笑する。

「私のやり方は古い。公爵は若くして爵位を継ぎ、私のやり方とは全く違う方法でありながら、充分な成果を残しておいでですからな。きっと、悪い方向に行ってしまうということはありますまい」

大公の言葉に、公爵は何か思うところがあるらしく目を閉じる。

領地経営を行ううえで色々苦労もした、ということだろうか。方法論で衝突もあった相手からそう言われるというのは、色々と感慨深いものがあるのかも知れない。

「では……島の管理者をテオドールという形にすればよいかな」

メルヴィン王の言葉に2人が頷く。島に関しては俺に関わることでもあるし、何か言っておくか。

「せっかくですので……今回の和解に組み込んでしまうというのはどうでしょうか？　島1ついただいても全ては使い切れませんし、勿体《もったい》ないかと。僕の別荘だけでなく、三家の方々に利用していただけるような施設を作ってしまおうかと考えているのですが」

俺が言うと、3人は少し驚いたような表情をした後、思案してから頷いた。

「余に異存はない。公爵からの礼であるというのに、そう言ってくれるというのは頭が下がるところではあるな」

「確かに。大使殿の厚意を無駄には致しますまい。となると……大使殿に使っていただく資材の調達などは折半でということでどうでしょうか」

「名目上それが良いでしょうが……しかし、公爵は島を出した分、多く出費することになってしまうのでは？」

「島は大使殿へのお礼です。折半の内には入りますまい」

「なるほど……」

ということで、島の扱いだとか細々としたことも決まったようだ。

ジョサイア王子はそんな3人を見た後、穏やかな笑みを浮かべて俺に言った。

「これで祝いの席も無事に迎えられそうだ。私としても安心した」

確かに。島の話に限らず、色々纏めるべきところも纏まり、落ち着くところに落ち着いたという印象ではあるかな。

第153章 王城に流れる旋律

「ただいま」

「お帰りなさい」

大公と公爵の話し合いを終えて戻ってくると、みんなが笑顔で出迎えてくれた。

「大公と公爵はどうだったのかしら？」

王城でのやり取りが気になっているのか、ローズマリーが尋ねてくる。

「問題は無かったよ。握手をして、互いの胸の内を確認して……お互い気を遣っていたみたいだし、三家の関係はこれから良くなるだろうと思う。国内のことや今までの取り決めについては落ち着いているから現状維持だってさ」

そう答えるとマルレーンは笑みを浮かべ、ローズマリーは羽扇で口元を覆いながら少し思案するような様子を見せた。

「……となれば、それぞれの陣営にいる貴族達《たち》も、ほとんどはその方針になびくのではないかしらね。彼らの今まで持っていたものが脅かされるわけでもなく、それ以上を望めば三家から睨《にら》まれる、ということでしょう？」

「そうだな。今までと違う立場にならざるを得ないと思うよ」

反対派はそれぞれの陣営に確かにいるのだろうが、それは上の方針が自分の主張と一致しているという免罪符を得ている状況だったと言える。

リスクを負ってまで三家に逆らうか、と言われるとどうだろうか。ローズマリーも失脚してからは、それまで付き合いのあったほとんどの貴族が距離を置いてしまったわけだし、経験上、大半の貴族は風見鶏《かざみどり》という見解のようである。まあ、その見立ては正しいのだろう。

「それから……きちんとした理由のある一部の貴族に対してはしっかり配慮をするという話もしてたな」

「そうなるでしょうね。父上らしい話ではあるけれど」

「一部の貴族というのは……直接金山を統治している領主達についてでしょうか？」

「うん。方針変更で不利益を被るようなことはさせないってさ」

アシュレイが尋ねてきたので頷《うなず》くと、静かに微笑《ほほえ》んで彼女も頷く。アシュレイもまた、領地を抱える領主だし、そういった部分には敏感なのだろう。

「そう、ね。彼らの場合は他の貴族達と違って、理屈や利害ではなく感情的な部分もあるし、そもそも反発しているのは彼らの責任であるとも言えないでしょう」

クラウディアが目を閉じる。まあ、さすがにこのあたりは王族や貴族である彼女達は強い分野ではあるな。

金山の領主に関しては、言うなれば今までの方針における功労者でもあるし、環境故にそうならざるを得なかったという部分もある。上の方針が変わったことで彼らが不利益を被るのは理不尽だ。だから他の者と違って彼らには配慮しなければならないということで、メルヴィン王達は意見の一致をみている。

「多分、今までの功労に対しての恩賞があるんじゃないかな」

その上で大公と公爵がわだかまりの解消に動いていくという形になるだろう。

「綺麗《きれい》に纏《まと》まりそうで良かったですね」

「そうだな。反対派だって、理由がないわけじゃないんだし」

微笑むグレイスに頷く。

「ああ、それから、公爵の言っていた島の話もしてきたよ」

そう言って先程決まった話をみんなにしていると、そこに女官がやってきた。

「お待たせいたしました。準備が整いました」

祝いの席の会場の準備、ということらしい。

「シーラとイルムヒルトは……もう準備に行ってるのかな?」

「うん。さっき呼ばれて出ていったよ」

セラフィナが嬉《うれ》しそうに笑みを浮かべて答える。

「お2人にもご協力を頂いて、有り難い限りです」

女官が一礼した。ふむ。では……移動するとしよう。

迎賓館のバルコニー席に向かうと、その一角に大公と公爵、公爵夫人とオスカーにヴァネッサ、ジョサイア王子、ステファニア姫、アドリアーナ姫が陣取っていた。俺達もそこに案内される。

そうそうたる顔触れだな。メルヴィン王は広場近くの塔から祝いの席を観覧する、とのことだ。

バルコニー席にジョサイア王子とステファニア姫が来ているのは、王家が今回の両家の和解に深く関わっているという表れだろう。

俺達とアドリアーナ姫達シルヴァトリア組、そしてエルハーム姫やフォルセト達バハルザード組も並んで座るというのは、魔人対策のために国内外が一致していくという方針であると知らしめる意味合いもそこにはあるのだろう。

「お疲れ様。和解の場に同席するのは、中々大変だったのではないかしら？」

バルコニー席に先に来ていた面々に一礼しながら席に着くと、ステファニア姫が笑みを浮かべる。

「ありがとうございます。まあ、僕は意見を述べたりする立場でもありませんでしたので」

「魔人と相対するにはそれだけの胆力が必要ということなのかな。あれだけの顔触れと同席をするとなると、それだけで緊張してしまう貴族は多いのだよ」

ジョサイア王子が苦笑する。

「……なるほど」

だが俺の場合、メルヴィン王や公爵は気さくであると最初から知っているし、デボニス大公の厳格さは為政者である貴族が好き勝手しないよう諫《いさ》めるためのもので、実際は思慮深いということも知っているので、それほど緊張する理由もないというか。

「実際、頼もしい限りではあるな。魔人に対して大使殿を矢面に立たせてしまうのはやはり心情的には心苦しいものはあるが……」

「あの光の柱を目にしてしまえば異論を差し挟む余地もない、というところですかな」

「確かに……そうなるのも分かります」

デボニス大公の言葉を公爵が引き継ぐと、大公も頷く。

夢魔を倒した時のあれか。夜間であの魔法は、確かに目立っただろうとは思うが……悪魔相手にきっちり滅ぼしに行くならあれぐらいはやっておかないとという部分もあるので、あまり気にしないことにしよう。

話をしているうちに次々と料理も運ばれてくる。香草詰めのターキーやら魔光水脈の食材をふんだんに使った料理やら……王城の料理なので言うまでもないが、かなり豪勢だ。そして他の貴族達も続々と集まってきているようであった。

広場には王城お抱えの楽士隊。そしてその隣にシーラとイルムヒルト、それからセイレーンのユスティア、ハーピーのドミニク、ケンタウロスのシリルの姿。イルムヒルトは、俺と視線が合うと楽しそうに笑みを向けてきた。シーラはいつも通りの表情だが尻尾が立っているな。

ジョサイア王子からは王城の祝いの席で演奏してもらえないかと打診を受けている。満月の日ではないので劇場でとはいかないため、王城に出張演奏という形である。

楽士隊の演目の次にイルムヒルト達が演奏する段取りだそうだ。帰ってきてすぐではあったし夢魔事件もあったので、シーラとイルムヒルトは割と準備に追われてしまったところはあるようだが……まあ、そこは普段から練習をしているし劇場でも演奏しているので、新しい演目でなければ問題ないようだ。

王城で演奏するとなると問題になるのは舞台装置であるが……それに関しては簡易のものを俺の留守中にアルフレッドが作っていたようである。飛行船に乗せればどこでも開演できるようになる、と豪語していた。

当人は……何故《なぜ》だかアルバート王子としてではなく、魔法技師アルフレッドとして練兵場広場で舞台装置のチェックに余念が無かったりする。楽しそうに機材を弄《いじ》っているが……まあ、当人が満足そうだからいいか……。

迎賓館は集まってきた貴族達で賑《にぎ》わいを見せていたが、これからメルヴィン王の挨拶があるからか、それとも集まっている面子《メンツ》が面子だからか、挨拶回りは見合わせている状況のようだ。

大公と公爵の和解の席であるということも考えると、迂闊《うかつ》に動くわけにもいかないという部分もあるだろう。状況を見極めて、というところかも知れない。

そしてほとんどの貴族達が席に着いたところで……塔のバルコニー席にメルヴィン王と宰相ハワード、騎士団長ミルドレッド、宮廷魔術師リカードといった側近の面々が姿を見せた。

メルヴィン王が手を広げると、集まった貴族達のざわめきが静まっていく。話し声が聞こえなくなったところでメルヴィン王が口を開いた。

「——皆の者、今日は良く集まってくれた。既にある程度のことを聞き及んでいる者もいようが……此度《こたび》王太子ジョサイアの働きかけと、異界大使の活躍により、我が国において新たな歴史が刻まれた。余——王家と大公家、公爵家の長がそれぞれ手を取り合い、ヴェルドガルとそこに住まう民の安寧のために共に歩んでいくということを確認し合ったのだ。この席は栄光あるヴェルドガルの、今後ますますの発展と、新たなる門出を祝う席であると心得るが良い」

そう言ってメルヴィン王は一度言葉を切り居並ぶ諸侯を見渡す。バルコニー席ではメルヴィン王の言葉を裏付けるかのように隣同士に座る大公と公爵が立ち上がり、笑顔で握手を交わしていた。その光景に、貴族達の拍手が巻き起こる。

「さて。新たなる門出となればそなた達も気になることが多いであろう。そのことを気にするあまりに酒宴を楽しめぬなどということがあっては興醒《きょうざ》めというもの。宴《うたげ》を始める前に、いくつかこれからのことについて触れておかねばならぬ。まず、今までの王家、大公家、公爵家の間での取り決めについては何ら変わりはない。余らが手を取り合っているということを念頭に置きながら、今まで通り、それぞれが成すべきことに邁進《まいしん》するが良い」

和解は成ったが取り決めについては現状維持。その通達というわけだ。

「そしてもう1つ……」

メルヴィン王が貴族の名を呼んで、立ち上がるように呼びかける。大公家と公爵家それぞれの陪臣となる貴族家の家長達。つまり――金山の領主2人だ。

「そなた達はこれまでヴェルドガルの取ってきた方針に従い、良く国に、そしてそれぞれの主《あるじ》に仕えてくれた。それ故にそなた達の忠節を称《たた》え、ここに恩賞を取らす。ヴェルドガルは今日より新たな歩みを始めるが――それは決して今までの歩みと、そこに刻まれた思いを軽んじるものではない。そしてこれより始まる新たな歩みも、やはりそなた達の忠節無くしては成し得ぬものであろう。それ故、余は――いや、余らはそなた達の、変わらぬ忠節に期待している。そして周囲の者達は主人共々、これを盛り立てよ」

みんなの前で忠節を称え、褒美を与えるというわけだ。様子見をしている者達が風見鶏になるのは仕方がないにしても、２人を軽んじるようなことは許さない、というわけだ。

２人は深々とメルヴィン王に一礼する。こういう場で言うということは……事前に話を通してあったのだろうし、和解についても了解させていたのだろう。

顔を上げると２人ともどこか吹っ切れたような表情を浮かべていた。どちらからともなく歩み寄り、主人である大公、公爵と同様に……ややぎこちないながらも笑みを浮かべて握手を交わせば、また大きな拍手が巻き起こった。

メルヴィン王はその光景に頷くと、酒杯を掲げた。

「では、これより祝いの宴を始める！　皆、存分に楽しんでいくが良い！」

そしてメルヴィン王、大公、公爵を称える歓声が響く。その歓声が落ち着くのを見計らうかのように、楽士達が音楽を奏で始めて。

アルフレッドと魔術師隊所属のアニー、それから孤児院のブレッド少年という、境界劇場の舞台演出を手掛けている面々によって魔道具が操作される。

そうして光や泡の舞台演出を受けながら、宮廷楽士達の演奏が始まった。静かな滑り出しから徐々に盛り上がっていく勇壮な曲が奏でられたかと思えば、一転して酒宴に相応《ふさわ》しい楽しげな曲になったり、それぞれの楽器の奏者が卓越した技巧を惜しみなく披露してくれる。

全体としての息の合わせ方等も一糸乱れぬといった調子で、さすがは宮廷楽士といった印象だ。

アルフレッドによると普段行っている舞台演出と比べた場合、できないこともあるもののかなり近いことは可能ということで……この演出も、普段劇場で行っているものに近いのかも知れない。

アニーやブレッドは手慣れた調子で魔道具を動かしているし、曲調の変化に光の演出がぴったり合って、視覚的な相乗効果を齎《もたら》している。打ち合わせや計算が入念に行われたもの、という印象を受けた。

公爵一家は拍手喝采。大公にはこういった新しい演出は受け入れられるのかなと思ったが……中々楽しんでくれているようだ。宮廷楽士達の演奏が終わると笑みを浮かべて惜しみない拍手を送っていた。

「いや、劇場の新しい舞台装置、堪能させてもらいました。実は……劇場の噂《うわさ》を聞いておりましてな。公爵と共に鑑賞するのなら、物珍しい方が公爵に楽しんでもらえるのではと、ジョサイア殿下と話をしましてな」

そうなのか。それなら、劇場から招待して演奏という内容の発案についてはデボニス大公からという可能性もあるかな。というよりデボニス大公の意向が分からないと、色々冒険になってしまうのは事実ではあるし。

「そうだったのですか。いや、気を遣っていただいて申し訳ない。劇場にも足を運ぼうと思っていたのですが……」

「私もこれからは色々と考え方を変えていかなければと思っておりましてな」

公爵と大公が和やかに談笑する。その光景を周囲の貴族達が興味深そうに見ていた。

さて。少しの休憩を置いて次はイルムヒルト達の演奏の番だ。

ジョサイア王子の主導。そしてメルヴィン王や大公の了承を得た上で王城セオレムに呼ばれて宮廷楽士達と共に公演を行うというのは……メルヴィン王の方針、クラウディアの理想や異界大使の仕事に絡む話でもあり、割合大きな意味合いを持つところがあるかも知れない。

そして……広場のほうではイルムヒルト達の準備が整ったようだ。

楽器を持ったままのイルムヒルト達は背中合わせのまま動かず目を閉じて――舞台装置によって光の雨が降り注ぐのと共に、一斉に人化の術を解く。

劇場に足を運んだことのない者もいるのだろう。どよめきが起こった。しかしイルムヒルト達はまだ動かない。観客が落ち着くのを待ってから、ユスティアが静かにハープを爪弾き、ドミニクが澄んだ歌声を響かせ出すと、先程とは違う、僅かなざわつきがあったが、それはすぐに静まっていく。

翼をはためかせて空に浮かびながら歌うドミニクと、空を泳ぎながらハープを奏でるユスティア。イルムヒルトも空を舞い――3人は空中でゆっくりと交差しながら光と泡の漂う中から歌声を響かせる。

今彼女達が奏でているのは呪歌や呪曲ではなく、通常の歌曲だな。それでも十分に人を惹《ひ》き付けるだけのものを持っていると思う。

始まりの曲が終わると大きな拍手が起こった。それが収まるのを待って次の曲目に移る。シリルのタップダンスに合わせるようにシーラのドラムスティックが乱舞して軽快なリズムを刻んだ。舞台装置がリズムに合わせて光を何度も弾《はじ》けさせる。

静かな始まりとは打って変わって賑やかな展開だ。小気味よい打楽器の音と、楽しげなリズム、そして視覚効果も相まって2人の技巧に目が行く内容かも知れない。

シーラとシリルの持ち味を存分に出した内容と言えよう。更にイルムヒルト、ユスティア、ドミニクもそれぞれを主役に据えた曲目を披露する流れになった。

打楽器が目立たないよう抑えめにリズムを刻んで裏方に徹するシーラと、バグパイプに持ち替えたシリル、そして魔道具の演出がイルムヒルト達を引き立たせていく。

祝いの席ということで楽しげな曲が多いな。迷宮村の祭りで聞いた曲なども奏でられている。酒の席でもあるので観客達も喜んでいるようだ。

そして全ての曲を終えて、5人が並んで一礼すると、大きな拍手が巻き起こった。声援に応えるようにアンコールに移るが……今度は宮廷楽士達と合同での演奏という形になった。イルムヒルト、ユスティア、ドミニクの3人のハーモニーを響かせ、シーラとシリル、宮廷楽士達が1つの旋律を奏でる。

その光景にジョサイア王子は何らかの手応えを感じているようだ。伝統ある宮廷楽士達と、新しい形態での公演を行っているイルムヒルト達を共演させることで、大公と公爵の和解になぞらえる、という意味合いも込められているのかも知れない。

アップテンポで壮大な曲。光が乱舞して足元を緑色の輝きが薙《な》いでいく。その場で躍動するシリルと空を泳ぐように身体《からだ》をくねらせるイルムヒルトとユスティア。両手を広げて楽しそうに歌うドミニク。実際には進んでいないが、光が左から右へと流れていく様は——まるで草原を疾走しているかのような演出だ。曲の盛り上がりが最高潮となったところで、曲と光が同時に弾けるように演奏が終わった。

メルヴィン王も大公も公爵も、そしてフォルセト達、エルハーム姫も……その場にいる者達が立ち上がって、割れんばかりの拍手喝采が巻き起こり、歓声が上がる。イルムヒルト達と宮廷楽士達はその歓声に謝意を示すように揃《そろ》って深々とお辞儀をすると広場を去るのであった。

◆◆◆◆◆

「いや、実に良かったですな！」

「全くです。素晴らしい物は新旧問わず素晴らしいと称賛できるものということでしょう」

公爵と大公は楽しそうに先程の演奏に関する話で盛り上がっている。

「凄《すご》かったね！」

「うんっ。すごく綺麗だった」

「……絵にしたい場面が多すぎるわ」

大公達だけでなく、シオン達も大いに気に入ってくれたらしい。

「いやはや。外の世界というのは進んでいるのですね。魔法の使い方が目新しくて面白いです」

「いや、ここまでになるとタームウィルズならではかも知れませんね。劇場に関してはテオドール様が関わっていると工房で聞きましたから」

フォルセトとエルハーム姫がやり取りを交わすとその言葉を聞いていたオスカーとヴァネッサが

頷く。

「僕達は一足先に劇場で見て来たけど……やっぱりすごいね」

「大使様の魔法の使い方は素敵です」

とまあ、概《おおむ》ね好評のようだ。

「ただいまー」

イルムヒルト達がバルコニー席に戻ってくる。

「おかえり。どうだった？」

「んー。とっても楽しかったわ」

イルムヒルトが笑みを浮かべて軽く背伸びをする。シーラは無言でサムズアップしているが……楽しかったということだろう。

その仕草は昨日の今日なのでコルリスもしていたのを思い出すが……当人は演奏中に巣穴の中から顔を覗《のぞ》かせて、リズムに合わせて小さく鼻先を縦に振っていたっけな。

「今日は他の人とも演奏できたしね」

「まあ、余り時間がなくて、一曲しか合わせられなかったけれど」

ドミニクの言葉にユスティアが少し残念そうに言う。

「終わってからも演奏していいって。バルコニー席なら安全だからって言ってたわ」

「そうなんだ。じゃあ、交代で食事をしながらかな」

ユスティア達はそんなやり取りを交わし、祝いの席でこのまま楽士代わりとなって音楽を奏でることにしたらしい。

「この後祝いの席が一段落してから火精温泉に向かう予定になっております。今日の夜は貸し切りなので、割合気兼ねなくゆっくりとしていただけるかと」

と、ジョサイア王子。

「例の温泉ですな。実は楽しみにしておりました」

「ふむ。良い気分ですが酒は控え目にしておいたほうが良さそうですな」

ジョサイア王子の言葉に大公と公爵が相好を崩す。

この反応……。大公は温泉が元々好きなのかも知れないな。火精温泉は特殊だが、温泉は温泉である。伝統とか新しいとか論じるのも違うと思うので。

しかしまだ火精温泉に足を運んでいなかったということは、公爵が和解前にタームウィルズ観光を自重しているならということで、大公としても気を遣って温泉には行かなかったのかも知れない。

まあ……色々落ち着いたし、今日は俺も温泉でのんびりさせてもらうとするかな。

第154章 火精温泉での休息

「おお……あれが噂《うわさ》の……」

火精温泉内を入口のゲートから見回して公爵がプールの設備に目を輝かせる。

「落ち着いてください、父様」

「……うむ。んっ、んん」

ヴァネッサにブレーキを掛けられ、公爵は小さく咳払《せきばら》いをして体裁を整えていた。大公の前だからということなのだろうが、大公は穏やかに笑みを浮かべると公爵の隣まで行って温泉内の設備を見やる。

「確かに、物珍しいものばかりですからな。お気持ちも分かりますぞ」

「いや、お気を遣わせてしまって申し訳ない」

「まあ、祝いの日に無粋は無しということにしましょう。身内ばかりで気楽な場でもありますし」

大公と公爵はそんなやり取りをかわす。公爵は領地経営に関してはしっかりしているし、結果を出している。その点で大公も公爵を認めているからこその言葉とも言える。

無礼講と言っていいのかは分からないが、あの2人に関しては心配なさそうだ。

「それじゃ、俺は風呂に入ってくるよ。その後、設備周りの点検もしてくる」

「はい。ではまた後程」

「うん。監視塔にはカドケウスを置いておくから」

「分かったわ」

まずは風呂へ、ということでみんなと一旦別れる。

脱衣所で湯あみ着に着替え、扉を開いて大浴場へ進むと、オスカーが歓声を上げた。

「これはまた……すごいですね」

「これが大浴槽、そこが洗い場で、あちらが打たせ湯です。それから泡風呂の浴槽と――」

初めて来た面々に設備の説明をする。

「大使殿が魔法建築で作ったと聞いておりましたが、あの像なども？」

質問してきたのは大公だ。湯船にお湯を注いでいる塑像を指して尋ねてくる。

「はい。専門家ではないので内装の様式などは学舎にある書物などを参考にさせていただきましたが」

「いや、見事なものです」

「息継ぎの跡も見えずに滑らかなものですからな。相当な名品かと思いますぞ」

んー。公爵の審美眼的な観点には魔法による加工品についての知識もある、ということなのだろうか。

公爵は美術品の類には詳しそうだが、奇をてらったものではないのでそういう意味では無難だし、作った本人としてはあまり芸術品という気はしない。魔法的な技術に関しての評価ということで聞いておこう。

「ふっふ。では、湯を頂くとするか」

メルヴィン王は慣れた様子だ。洗い場で身体《からだ》を流すと大浴槽にゆっくりと浸《つ》かる。

みんなもそれに倣うように身体を流してから湯船に身を沈めた。

「おお……」

と、誰からともなく声が漏れる。

「……疲れが湯に溶けていくようですな」

「うむ。それはハワードも言っていたな」

「温泉には定期的に足を運んでおりますが……疲れなどが次の日に残りませんからな」

「うむ。重宝しておるよ」

公爵の言葉にメルヴィン王とジークムント老が答える。そのまましばらく、お湯の心地良さを堪能していると、公爵が言った。

「ふうむ。こうなってくるとやはり、あの泡の出る風呂というのが気になりますな」

「父上はずっと気になっておいででしたからね」

「私はうたせ湯というのも気になりますな。順番に試していってみることにしましょうか」

「うたせ湯か。あれは肩こりや腰によく効くのだ」

「ほほう」

メルヴィン王と共に、大公、公爵、ジークムント老、オスカーといった面々はジャグジー風呂やうたせ湯を試してみるらしい。

「おや、アルバート。着替えてきたのか」

「ええ、兄上」

そこに変装用の指輪を外してアルバートがやってきた。アルフレッドでは貸し切りの温泉には入れないが……アルバートでなら突入可能というわけだ。

「ふぅ……。今日もよく働いたな」

身体を流してから浴槽に入ってきたアルバートは脱力しながらもどこか満足そうな様子でそんなことを言う。

「ん。お疲れ様」

「テオ君こそ」

「まあ、同席しただけだからそこまで気疲れはないけどね」

大公と公爵の和解の席の後にも祝いの席での貴族の挨拶回りもあったのだが、大公と公爵が揃《そろ》って寛《くつろ》いでいたので、大挙して押しかけるという雰囲気でもなく、比較的高い地位の貴族家の当主などがそれぞれの派閥を代表して来たぐらいで全体的な数は控え目だったと言える。

大変だったのは金山を統治する二家の領主だろう。バルコニー席には気軽に来られない分、挨拶回りはあちらに集中していたようだから。

それぞれの貴族家にしてみると、三家の目の前で自分の立場を表明するのに丁度良かったのかも知れない。少なくとも金山の領主達《たち》が孤立するということは無さそうだし……そのへんも計算されていたりするのだろう。

金山の領主達も、後から手が空いたのを見計らって揃って大公と公爵に挨拶に来たが……労《ねぎら》いの言葉を掛けられて2人とも穏やかな表情を浮かべていたのが印象的であった。

「もう少ししたら、遊泳設備の点検に行ってくるよ」

「ああ。分かった。僕は湯船でのんびりさせてもらうかな」

「その後は……父上と大公は休憩所に向かうだろう。公爵は遊泳場のほうに向かわれるかも知れないが」

と、アルバートとジョサイア王子。

「分かりました。湯中《ゆあた》りしないようにお気をつけて」

「そうだね。それについてはアルやオスカー殿と共に留意しておこう」

◆◆◆◆◆

程々のところで湯船から上がって遊泳場――プールのほうへと向かう。まずは流水プールの点検からだろう。

「ああ。テオ」

俺の姿を認めたグレイスがプールの中から笑みを浮かべてこちらに手を振ってきた。グレイスだけでなく、みんなプール側に来ている。ヴァレンティナとシャルロッテも一緒のようだ。

俺が点検に行くという話をしていたからか、今回女性陣は入浴よりプールで遊ぶのを優先にしたようだ。

「ん。みんなこっちに来てたんだ」

「ええ、そうね。テオドールが魔道具の点検をするというから」

ローズマリーは丁度一周してきたところのようだ。泳いでいたのだろう。プールサイドに上がって軽く呼吸を整え、濡《ぬ》れた髪をかき上げながら言った。

「水流に関してはどこも異常はないようですよ。排水周りはまだです」

「さっきマルレーンと一緒に滑ってきたけれど、滑った分には異常は無かったわね」

アシュレイとクラウディアが言うとマルレーンがにこにこして頷《うなず》いた。

水流関係に関しては一足先にチェックしてくれていたようで。

まあなんというか……露出が少な目な湯あみ着ではあるが、みんなの白い腕や太腿《ふともも》などはこうやって近くで見ると色々目の毒だな。

「この季節で寒くはない？」

敷地は外壁に沿って風魔法の結界で防御しているから、外気温よりは結構暖かいはずだが。

「水温が温かいですから、泳いでいるなら寒さは感じないかなと。私達はテフラ様の祝福がありますが……水から上がって長時間風に当たらない限りは大丈夫ではないでしょうか？」

グレイスが少し思案するような様子を見せながら答えてくれる。

なるほど。俺も実際に泳いで参考にさせてもらうとしよう。

泳ぐわけではないスライダー周りには階段などに火魔法の防御もある。後から体感温度を調べに行くが、恐らくこちらも大丈夫だろう。

「ありがとう。じゃあ排水口の点検を済ませてくるよ」

「はい。お待ちしています」

さて。早めに点検を済ませてしまうことにしよう。その後はみんなとプールで遊ぶ予定であるし。

流水プールに点在している排水口を開いてきちんと排水できているか。安全装置がきちんと機能するかなどを確かめていく。ふむ。問題無さそうだ。水質も……しっかりと浄化の魔道具は動いているようだな。

「ん。テオドール発見」

「あっ、テオドール君、お疲れ様」

いくつか点検を終えたところでシーラが脱力したまま仰向《あおむ》けに流されていった。その後ろを人化の術を解いたイルムヒルト、ユスティア、ドミニクとシリルが続く。

「こ、これは楽しいかも知れません」

「不思議な乗り心地と言いますか……」

「でしょう？　空を飛ぶ時も楽しいのよ」

そして……ヴァネッサとエルハーム姫、ステファニア姫とアドリアーナ姫を背中に乗せて、水面から鼻先を出したコルリスがゆっくりと身体をくねらせながら水を掻《か》き分けて泳いでいった。コルリスの頭の上に、セラフィナも乗っかっている。

んー……。中々楽しそうにしているな。あれも公爵家令嬢接待の一環ということだろうか。

コルリスに関してはまあ、流水プールは使っても問題ないとのことで事前に話が通っている。バハルザードのオアシスでもそうだったが……コルリスは随分と泳ぎが達者なようだな。元々地下暮らしだからか、泳げないといざという時に問題があるからかも知れない。

続いては、スライダーの確認に行くとしよう。

プールサイドから直接レビテーションでスライダー側に飛んで、構造体や転落防止のネットなどに異常がないか確かめていく。

後は一度上から滑って、下のプールを点検してやればいいだろう。

「ああ、テオドール様」

そこにフォルセトがシオン達を連れてやってくる。

「え、えっとその。こんばんは」

シオンは湯あみ着で若干露出が増えているのが恥ずかしいのか、頬を赤らめ、胸の前で腕を交差しながらそんなことを言った。さっき入口で別れたばかりで挨拶というのもなんだが……若干の混乱が見えるな。

まあ、火精温泉の湯あみ着はそれほど露出部分も多くないし透けないように工夫もされているのだが。

「テオドールも滑りに来たの？」

マルセスカが尋ねてくる。

「ん。点検だね。滑り台が傷んでないかとか、水がちゃんと流れるようになっているかとか」

「……そっか。テオドールが作った場所だから」

シグリッタが納得するように頷く。

「滑るのならお先にどうぞ。色々確かめることがあるからゆっくり行くし」

「それじゃあ……」

「次はシオンがフォルセト様と一緒だね」

「うんっ」

「ふふ」

フォルセトは楽しそうにシオンの背中側に着く。マルセスカとシグリッタが隣のコースに座る。

「……それじゃあ、出発」

というシグリッタの声を残し、2人1組になって4人一斉に滑っていくのであった。

んー。まあ、フォルセトと一緒にそれぞれが滑っているということは、最低でも3回は滑る形なのだろう。フォルセトも3人からは随分と慕われているようで。

ともあれ火精温泉未経験の面々にも楽しんでもらえているようで何よりである。

そのままスライダーを滑り、下のプールの点検を済ませてグレイス達の所へ移動する。

ふとプールサイドから休憩所を見やると、テフラも姿を見せていた。どこか嬉《うれ》しそうにみんながプールで遊んでいる様子を見ていたが、俺と視線が合うと手を振ってくる。こちらも手を振り返すとテフラも満足げに頷いていた。

みんなが火精温泉に集まるということで様子を見に来たのかも知れないな。

◆◆◆◆◆

「んー……コツが摑《つか》めてきた」

後ろから迫ってきたシーラが高速で水上を滑っていく。楽しそうに笑いながらマルセスカがそれを追いかけていった。

「シーラさん速いですね」

「そうだな……。泳ぐ場合は浮かんで流されるのになんでなんだか……」

隣を滑るグレイスに答える。

水上歩行と水流操作の魔法の併用で、流水プールの水面を滑走しているのだ。水上を滑るので流水プール周辺を風魔法で防護して身体が冷えないように工夫もしていたりする。

みんなと一緒に泳いだりしてある程度楽しんだので、一風変わったことをと思って始めたのだが……流水プールがスケートリンクになったようで中々楽しいかも知れない。

俺はと言えば、みんなと手を繫《つな》いだりしながらゆったりとした速度で周回したりしているのだが、シーラとマルセスカは高速周回に情熱を燃やしているようで。

シーラ達はともかくとして、アシュレイやマルレーンも楽しんでくれているようだ。アシュレイはグレイスと一緒に俺に手を引かれて。マルレーンは片足でバランスを取って、クラウディアに手を引かれて楽しそうにしている。

「そろそろ手を繫ぐ相手を交代しますか」

「いや、わたくしは別に……」

ローズマリーは渋ったが……グレイスは笑みを浮かべると、小さく首を横に振って俺から離れた。

それを見たローズマリーは一瞬目を閉じたが交代して俺と手を繋ぐ。

それを見たアシュレイ達もそれぞれ手を離し、別のパートナーと一緒に滑る形になった。

俺とローズマリー、クラウディアの組み合わせ。グレイスが両手でアシュレイとマルレーンと手を繋いで楽しげに水上を滑走する。

「……これも、靴型の魔道具があれば再現できるかしらね？」

ローズマリーが言う。

「転倒だとか、そういった危険を考えるともう少し設備側をそれ用に弄《いじ》ってやる必要があるかも知れないな。縁に頭を打ったりしたら危険だし」

それに水上滑走をしている時は普通に泳ぐのが難しくなるし。色々考える必要はあるかも知れない。

「テオドールー！　あははっ！」

と、今度は楽しそうなセラフィナの声。

今度はステファニア姫達を乗せたコルリスが水上を滑ってきたのだ。但し、足ではなくペンギンのように腹這《はらば》いで。

そして——触発されたのか、ラヴィーネが足元に氷のボードのようなものを形成してコルリスの後ろを滑っていった。ラヴィーネの頭の上にエクレールやラムリヤも乗っている。……あちらはあちらで楽しんでいるのかな。みんな手を振ると楽しそうに振り返してくる。

ふむ……。バロールとカドケウスも遊ばせてやるか。俺がプールサイドにいる間は大丈夫だろう。

◆◆◆◆◆

女性陣は水上滑走で少し汗をかいたので温泉に入ってくる、とのことだ。今回はみんなプール側を優先したので入浴はまだだったらしい。

俺は一度入浴しているので、プールで普通に泳いだ後で休憩所へと向かった。

メルヴィン王達も休憩所に移動していたようだ。俺と丁度同じぐらいのタイミングで大公と公爵一家、それからジョサイア王子も休憩所に戻ってきたところのようだ。

「大丈夫ですか、あなた」

「いやはや。童心に返ってしまったよ」

ドリスコル公爵はやや遊び疲れたといった印象でかぶりを振っている。風呂から上がった後で、オスカーやヴァネッサと共にスライダーを何度か滑っていたようだったからな。

「後学のために一度ぐらいはと思ったのですが……。若い頃に地竜を走らせたことを思い出しましたぞ」

と、タオルで髪を拭いている大公。大公もスライダーを試してみたらしい。

苦笑しているが不愉快そうには見えない。試してみたら案外楽しかったということだろうか。

ジョサイア王子もそんな2人の様子に朗らかな笑みを浮かべていた。

「楽しんでいただけましたか？」

「それはもう。大浴場も遊泳場も堪能させていただきました」

「そうですな。領地ではこういったこともありませんからな」

声をかけると公爵と大公が頷く。それは何よりだ。

休憩所には何やら美味《うま》そうな匂いが漂っている。夜食としてつまめる物をと王宮の料理人が休憩所に詰めているそうだ。泳ぐも良し、風呂でのんびりするも良し、小腹を満たしながらゆっくり談笑するも良しと、至れり尽くせりの環境である。

メルヴィン王とジークムント老、それからアルバートとテフラは揃って休憩所でビリヤードに興じていたらしい。

俺達が近付くと、テフラが9番ボールをポケットに落として勝利するところであった。

「おお。やりますな、テフラ殿」

「お見事です。テフラ様」

「ふふ。何度もアルバートに勝たせるわけにもいかないのでな」

中々白熱した試合だったようである。話を聞いている限り、アルバートがビリヤードの腕前を上達させているようだけれど、テフラも時々家の遊戯室で遊んでいたりするから侮れない腕前のはずだ。精霊がビリヤードの上達というのも不思議な感覚だが。

「丁度一段落したところであるし、皆で茶でも飲むとしようか」

そこでメルヴィン王は顔をこちらに向けて言う。

その前に……テフラに関しては大公や公爵一家は初対面なので俺から互いに紹介しておくとしよう。俺が互いの名を告げると、テフラが相好を崩して言った。

「テフラという。よろしく頼むぞ」

「これは……高位精霊とは。デボニス＝バルトウィッスルと申します」

「オーウェン＝ドリスコルです」

2人は火精温泉の名の意味に納得したといった様子でテフラに挨拶をしていた。

というわけで、皆で腰を落ち着けて炭酸飲料やら茶やらを飲みながら談笑することになった。

「――私の息子も公爵家との和解には賛成でしてな。今回は領地の留守を預けていますが、次は公爵やオスカー殿やヴァネッサ殿に挨拶をしたいと言っておりましたぞ」

「ほう。では、是非お会いする機会を設けたいところですな」

「ええ。喜んで」

大公と公爵は次の世代を見据えた話をしているようだ。

大公家の長男夫妻も感じの良い人達だったからな。オスカーとの相性も悪くなさそうだ。

いつ、どこで会うのかなど話を纏《まと》めて、それから話題も変わっていく。テフラの話から俺の交友関係が広いという話題になって……そこで公爵が俺を見て言った。

「そういえば……件《くだん》の島の近くには人魚種が現れるという話がありましてな」

件の島、というのは、公爵が俺に預けた島のことだろう。

「人魚種……。セイレーンですか？　マーメイドですか？」

「私には区別はつきかねますな。海の種族との商取引もありますが、そうしたものを持ってくるのは人魚種以外の者が交渉役であったりしますし。私は個人的には……残念ながらユスティア嬢以外に人化の術を解いた人魚種と接した事がありませんので」

まあ……両者の違いは呪歌、呪曲が使えるかどうかかな。判別しにくいのは確かだ。それらを聞いた者がいればセイレーン、ということになる。

「確か、公爵領では人魚種との交易がありましたな」

「ええ。港町で水蜘蛛《みずぐも》の糸で編んだ織物や衣服を交易する程度の付き合いはしております。距離は離れているのでその部族と同一かどうかは分かりませんが……。転覆した漁船の漁師を海岸に運んだりと……人間に対しては敵対的な部族でもないようですな」

と、大公の質問に答える公爵。水蜘蛛の織物ね。つまり人魚達の衣服であり、俺達にとっては水着になるあれだ。公爵領で交易して手に入った織物がタームウィルズに入ってきている、というわけである。

人魚種に関しては友好的な者が多い。公爵によれば公爵領内の各地区の領主や兵士、冒険者ギルドに対しては人魚達に危害を加えないよう通達を出したりしているらしい。島付近に出没した人魚達も同様の扱い、ということだそうだ。

……んー。もしかすると西の島に行った際に、その人魚達に会う可能性も無きにしも非《あら》ずといったところか。そこは気に留めておくとしよう。

ともあれ……大公と公爵も大分打ち解けたようで、茶を飲みながら盛り上がっていた。今回の目的から考えると大成功と言っていいだろう。そんな風にして、大公と公爵の和解の日は穏やか且つ賑《にぎ》やかに更けていったのであった。

◆◆◆◆◆

大公と公爵の和解も無事に終わり――明けて一日。温泉でのんびりとしたからか、体調が良いような気がする。

朝食をとって少しのんびりした後、昨日エルハーム姫と話をしていた通り、ウロボロスの試作品を見に行くために工房へと向かった。

「おはよう、テオ君」

「おはようございます」

「うん、おはよう」

アルフレッドやビオラ、エルハーム姫、タルコット、シンディーといった面々とそれぞれ挨拶を交わす。今日はアルバートの婚約者である、オフィーリア嬢も来ているな。

オフィーリアにも朝の挨拶をすると静かに頷く。

「バハルザードへの旅、それに夢魔事件も。無事で何よりですわ」

「今、例の物を持ってきますね」

ビオラは……今日俺が来た理由は分かっているのか、早速工房の奥の部屋へと走っていき、追加装備を装着した竜杖《りゅうじょう》のレプリカを持ってきてくれた。

「とりあえず何点か試作してみたのですが、あたし達としてはこれが一番良くできたかなと」

「それじゃあ、中庭で少し試してみようかな」

ビオラからレプリカを受け取って、重さやバランス、使い勝手を確かめてみることにする。

興味深そうにこちらを見ている本物のウロボロスを工房の壁面に立てかけ、まずはデザイン面を見てみる。

形としては追加装甲に近いものだが……細かく竜鱗《りゅうりん》を再現したようで、試作品であるのに細かな仕事ぶりがうかがえる。このあたり、職人肌であるが故だろう。

先端の竜の像は一回り大きくなったかな。そして、もう一対翼が増えている。元からあった翼も少し大きくなっているようだ。

全体的な印象としてはそこまで変わっていないが、やや複雑で攻撃的なシルエットになった。同系統で正統強化すればこうなるかもという、元々の印象を崩さない方向でのデザインかも知れない。

杖《つえ》の根本から先端までコーティングが施され——杖の直径も心持ち太くなったか。石突き側も僅かに伸びて、ここで先端が重くなった分の重心などを調整してあるらしい。

持った感じでは……全体的なバランスは前とそれほど変わらない。つまりビオラとエルハーム姫の仕事ぶりは完璧ということだ。

レプリカでは素材が違うので断言できないが、実物も重量が以前より増すはずだ。だがレプリカで取り回しの感覚があまり変わらないというのはさすが本職と呼ぶべきだろう。

そして重量の増加に関しては、魔力循環で身体能力を補強した状態で振り回すわけだから、それほど問題はあるまい。元々こちらの能力を増強してくれるウロボロスに関しては重さを感じていたわけではなかったし。

「ふむ」

レプリカを構え、魔力を通さないように気を付けながら軽く振り回してみる。転身。魔法を撃つ際の動き。薙《な》ぎ払い、刺突、袈裟懸《けさが》けに振り下ろし、先端と末端を掬《すく》い上げるように撥《は》ね上げ、杖の中ほどを持って風車のように振り回す。

相手の攻撃を受ける時。回避や空中移動の際の取り回し。色々な状況を想定しながら工房の中庭を1人で演武するように振り回し、シールドを蹴って飛び回る。

持つ場所を替え、両手で、片手で振り回し——と、思いつく限りの動きを一通り試してから、固唾を呑《の》んで見守っていたビオラとエルハーム姫に向き直って感想を述べる。

「いや、お見事です。基本的にはこの形で良いかと」

そう言うと、2人は胸を撫《な》で下ろす。

「ああ、良かった。緊張しましたよ」

「安心しました。2人で色々と話し合って今の形に纏まったので」

なるほど。2人にとっての自信作というわけだ。

「それにしても、テオドール様の演武は見事ですね。隙が見当たらないと言いますか」

フォルセトが言うと、シーラがしみじみと頷く。

「まあ……僕の戦い方も特殊なので」

地上戦を想定している武術とは前提が変わってきてしまうところもあるからな。空中戦を含めた戦い方に技術の応用を利かせる必要があるので、自分で相対した時にどうするのか、ということを考えてしまうと色々と戸惑うこともあるのだろう。フォルセトのようにしっかりとした武術を身に付けている者ならば尚更《なおさら》だ。

まあ、ウロボロスのレプリカはビオラに返却しよう。

「テオ君、今日はこれからどうするんだい？　2人はもしかしたらオリハルコンの加工ができるかもしれないと気合を入れていたようだけど」

アルフレッドが尋ねてくる。それは俺としても望むところだな。

「んー。オリハルコンの加工に関して少し相談というか案があってさ。こっちの意思をオリハルコン側に伝える必要があるなら、加工の段階から循環錬気を使ってみてはどうかなって考えてるんだけど」

そう言うとビオラとエルハーム姫は少し驚いたような表情を浮かべたが、やがて真剣な表情で頷く。

「なるほど。実際に武器を使うテオドール様が加工の段階からそういう形で関わってくるというのは効果的かも知れませんね」

「あたしも、できることは最初から全てやって臨むのが良いと思います」

では、加工の際に循環錬気を活用していく、という案は採用か。循環錬気に効果があろうとなかろうと、長丁場の作業に対しても体力を補強してやれるから足しにはなるだろうと見ている。

「このままオリハルコン加工となると工房に留《とど》まることになりますし、私達もお昼や夕食、夜食までここで作れるよう準備をしてきました」

「なるほど……。だから馬車に食材を積んできたわけですね」

「はい。お昼はお任せください」

というグレイスの言葉に、ビオラは嬉しそうに笑みを浮かべた。

「それでは……頑張りましょう。エルハーム殿下」

「はい、ビオラさん」

と、2人の鍛冶師は気合を入れ直すのであった。

◆◆◆◆◆

ウロボロスを左手に。右手をエルハーム姫の背中あたりに添える形で循環錬気を行っていく。

まずは金属塊を熱して打ち延ばしてやる必要がある。

そのためにエルハーム姫が炉の火を管理、更にエルハーム姫のゴーレムで金属塊を支え、ビオラが熱されたオリハルコンを打って加工していくという役割分担になるわけだ。

火の入った炉に風魔法で空気を送り込み、熱せられるオリハルコンの様子を見ながら火魔法で火勢を強化して温度を徐々に上げていく。

「やっぱり……一筋縄ではいかないようですね」

「とっくにミスリルでも加工できるようになる温度なのですが……」

ビオラとエルハーム姫が呟《つぶや》くように言う。オリハルコンの様子を見ながら炉の温度を更に上げていく。

白々とした炎が轟音《ごうおん》を立てて炉の中で燃え盛る。熱波をまともに浴びないように魔法で軽減しているが、部屋全体の温度も徐々に増しているようだ。

それでもオリハルコンの金属塊の見た目には、普通の金属ならそうなるであろう、真っ赤に熱されるなどの変化は生じていなかった。業火を物ともせず、変わらずその場に鎮座するだけだ。

だが、それもまた予想の範囲内と言える。真っ当なやり方でなんとかなるのなら、バハルザードが長年死蔵してしまうようなことも無かっただろう。

「ですが、これだけの魔力を使っても、余力を感じられるというのは頼もしい限りです。もう少し……頑張ってみます」

エルハーム姫の言葉に頷く。エルハーム姫はますます魔力を込めて炉の温度を高めていく。

鍵は……やはり、オリハルコンとの対話だろう。それを魔力を介して伝えるために循環錬気を組み込んだのだ。俺自身が使うものであるがゆえに、その説得を人任せにはできない。

大きく息を吸って目を閉じ、なんのために力を求めるのかということを、自問するように思い返し、その思いを、記憶を魔力循環の中へと練り込んでいく。

――そう。ただただ、悔しかったんだ。自分が無力であることが。

思い返すことは容易だ。先日、夢魔によって記憶を呼び起こされたばかりだったから。

あの――酷薄な笑みを浮かべる魔人の姿。死睡の王と戦う母さんの姿。守られてばかりで、何もできない自分への不甲斐《ふがい》なさ。

光芒《こうぼう》と瘴気《しょうき》。ぶつかりあって爆《は》ぜる閃光《せんこう》。

落ちていく母さんに駆け寄る。俺やグレイスが無事で良かったと笑う母さんの笑みは、涙で滲《にじ》んでいて。

力。力が欲しかった。だから、求めたのだ。あの日からずっと。

けれど、まだ足りない。もっと。もっともっともっと力が欲しい。

なんのために？　決まっている。今度は誰にも、何も、奪わせないようにするために――。

「テ、テオドールさん！」

ビオラに名を呼ばれ、目を薄く開く。金色の輝きが、俺とウロボロスの身体の周りに纏わりつくように舞っていた。

「これは……」

輝きは炉の中から。オリハルコンの金属塊から立ち上る煙のようなものが、俺とウロボロスを撫でるように舞う。不快な感じはしない。

それはまるで、俺やウロボロスを理解しようとするかのような――。

「見てください！　オリハルコンが――」

見る間に赤く、白く。熱せられていく。

「こんな――自分で熱を受け入れたみたいな。こ、こんな金属は、初めてです」

「これなら……いけるかも知れません」

どこか熱に浮かされたようなエルハーム姫の声に、ビオラが力強く頷く。

炉から取り出されたオリハルコンに向かって、ビオラの握るミスリル銀の鎚《つち》が振り下ろされた。

甲高い、澄んだ音があたりに響く。

そう……。オリハルコンの加工はここからだ。俺とオリハルコンの対話も。

ビオラの背に触れて、その手にする鎚までも循環錬気に組み込み、打ち下ろされる鎚の一振り一振りに今日に至るまでの気持ちを練り込んで伝えていくのであった。

第155章 ウロボロス新生

「本当に――不思議な金属。あたしがどんなものを作りたいのか、自分が何になるのかを知っているみたい」

ビオラがミスリル銀の鎚《つち》を振るう度になんとも小気味の良い、澄んだ音が部屋に響き渡る。打ち下ろされる火花が部屋を舞う金色の風に巻き込まれて、ますます輝きが強くなる。

――3日。

オリハルコンの加工に移ってからこれまでの日数だ。

工房を拠点に、朝となく夜となくオリハルコンの加工を続けていた。一度加工することができる状態になってしまえば、非常に素直で扱いやすい金属のように感じる、というのはビオラの弁である。

「ウロボロスさんに装備させるのも……固定もしていないのに一体化しているみたいですね」

エルハーム姫が驚きに目を瞬かせつつ言う。

工程に関しては既に8割方が終わっている。形成したオリハルコンの部品は、自分の収まるべきところを知っているように、金色の煌《きら》めきの中に舞い上がり、独りでに俺の握るウロボロスに組み合わさっていくのだ。なんとも不思議な光景だが……1つ1つ組み上がる度に杖《つえ》の力が増していくのも感じられた。

「テオ、大丈夫ですか？」

「ああ、魔法で補えているから、今のところは大丈夫。みんなも無理はしないように。疲れたら循環錬気で補うから言ってくれ」

グレイスにそう答えると、彼女は困ったように笑って頷《うなず》く。アシュレイも、マルレーン、クラウディア、ローズマリー。そしてシーラとイルムヒルト、セラフィナにジークムント老達《たち》とフォルセト達。みんなが見守る中、ウロボロスは完成へと近付いていく。

「もう少しです。頑張りましょう」

「はいっ」

ビオラとエルハーム姫の2人は顔を見合わせて力強く頷く。

「2人は大丈夫？」

「私達は休めていますし、循環錬気で補って頂いているせいかも知れませんが、力が漲《みなぎ》っている気がします」

そうか。なら、このまま最後まで行けるだろうか？

終わりが見えてきているということもあり、みんな並んで祈りを捧《ささ》げているような状態になってしまっているが……。

ビオラとエルハーム姫を含め、他の面々は休憩や睡眠を取るが、俺はと言えば生理的生活時間以外はオリハルコンに付きっきり、という状態である。少なくとも睡眠はとっていない。

……何となくではあるが、加工が終わるまで俺の気持ちを切らせてしまっては駄目な気がする。

そんなわけで中座は本当に最低限で済ませていた。

単なる勘――というわけでもない。身体《からだ》の周囲を舞う金色の霧のようなものは時間が経《た》てば経つほど濃くなっていくのだ。

オリハルコンに意思があるというのなら、向こうも俺に対して伝えていることがあるから、こうして確信めいた予感を得ているということなのだろう。

というわけで、ウロボロスと共にほとんどオリハルコンの前から離れず、蓄積していく疲労や眠気、消耗される体力、集中力などは魔法で解消しながら、ぶっ通しの対話を続けさせてもらっている。

その煽《あお》りでみんなに負担を強いてしまっていることは間違いないし申し訳なく思うのだが……。

ビオラとエルハーム姫は休憩や食事、睡眠以外の時間はほとんどずっとオリハルコンの加工に携わっているし、部屋の隅で祈りを捧げるように手を合わせているグレイス達もそうだ。俺がオリハルコンにかかり切りなので付き合わせてしまっているところがある。

更にお忍びで様子を見に来たステファニア姫とアドリアーナ姫まで巻き込む形になってしまっているのだ。2人は食料品や飲み物などの差し入れにきてくれたのだが……一度工房に足を運んでしまうとやや離脱が難しくなるところがある。

オリハルコンの煌めきは部屋に来る者が誰であれ問い掛けるのだ。それに応じるように俺とのことや今までのことを思い描くことで、俺の周囲に舞う輝きも強くなる。そんなわけで……交代で休憩をとり、部屋を訪れ、食事を作り……そして祈り、現在に至る。

「もう少し……いえ。最後まで気を抜かずに……」

幾度も幾度も。鎚の振り下ろされる音が響き渡る。今や、部屋の中で渦を巻く金色の煌めきは花吹雪のような有様だった。

そして、その瞬間は来た。一際澄んだ音が部屋に響いたかと思った瞬間、渦を巻いていた黄金の輝きがウロボロスを中心に集まってくる。目も眩《くら》むような白光に部屋が埋め尽くされ、手の中にある杖の完成に対する、確信めいた実感が湧き上がってくる。

最後の白光は、ほんの一瞬だけのこと。目を開けば俺はウロボロスを両手で握って立っていた。

「綺麗《きれい》――ですね」

アシュレイが僅かに見惚《みと》れるように呟《つぶや》く。その言葉に目を丸くしているマルレーンがこくこくと頷いた。

レプリカでデザインした通りの姿ではある。しかし実際に素材としてオリハルコンの装甲を纏《まと》ったためか、その印象はレプリカとは大分異なっていた。

見る角度によって金とも銀とも付かない輝きを湛《たた》える竜杖《りゅうじょう》。いや、色は時間と共にゆっくりと変化しているのか。

先端の竜は、一回り大きくなったか。腹側はそれなりに滑らかだが背中側から見るとやや刺々《とげとげ》しい姿だ。額から伸びる水晶は立体的に変化して煌めきを宿し、さながら王冠のようにも見えた。

背中の中心線に沿うように要所要所で鱗《うろこ》の先端に突起が付いて、武器として叩《たた》き付ければそのまま肉をそぎ落としそうなフォルムだ。2対になった4枚の翼も以前より大きくなっているが、今は小さく畳まれていた。竜の像もオリハルコンもそれぞれ魔法生物のようなものだしな。

「魔力を込めると……どうなるのかしら？」

ローズマリーが興味深そうに尋ねてくる。

「そうね。それは気になるところだわ」

ステファニア姫とアドリアーナ姫も興味津々といった様子だ。

「少し中庭に出て試してみようか」

外は既に暗くなっている。みんなが見守る中、工房の中庭に出て、循環させた魔力を軽く流し込んでみる。

ぞくりと、肌が粟立《あわだ》つような感覚があった。ウロボロスと、もう1つ。オリハルコンの存在を感じる。魔力が流れ込み、それぞれがこちらの魔力を相乗効果で増幅していくような手応え。

ウロボロスは楽しげに喉を鳴らしている。口の端が笑みを形作っていた。俺もまた、予想以上の手応えに口元に笑みが浮かんでしまう。

竜杖とオリハルコンは、一体化しているようでありながら別個の存在のようだ。ウロボロス自身の意思はそのまま。身体の周囲に舞う金色の淡い輝きがオリハルコンの意志。それでいて手の中にある杖の重さは感じない。石突きから先端に至るまで俺の意志や神経が宿っているかのような感覚。

もう少し魔力を込めると、2対の翼が広がる。そのまま力を高めていくと余剰の魔力が翼の末端から広がり、魔力で輝く翼のようになった。額から伸びる水晶には根本から先端へ向かって火花のようなものが散っている。

「……凄《すご》いな、これは」

今まで1つだったエンジンが2つになったと言えばいいのか、巨大な燃料タンクが増設されたと言えばいいのか。軽く魔力を込めた程度では限界めいたものが全く見えてこない底知れなさがあった。

バロールへの魔力充塡《じゅうてん》も速い。俺の身体を通しているのにバロール自身が金色の煌めきを纏っている。これもオリハルコンの影響か。この分だとキマイラコートや魔力補充する際にカドケウスまで強化しそうだな。

「どうやら……改造は成功のようね」

クラウディアが微笑《ほほえ》む。

「うん。だけど、力加減は気を付けないといけないかな」

ウロボロスを使い始めた時もそうだったし――と思った瞬間、変化があった。杖に込められた魔力はそのまま。外に放出される力だけが細く絞られるような感覚。

なるほど……。意思を汲《く》み取って性質を変える金属ね。今まで以上に加減が利くし、瞬間的な力も増しているというわけだ。

となると、尖《とが》っている部分で殴っても鎧《よろい》だけ壊して相手の肉体は全く傷付けない、なんて芸当もできそうだ。

「本当、お疲れ様。魔道具と違って手伝えることが少ないから、割ともどかしかったよ」

アルフレッドが相好を崩して言う。ビオラとエルハーム姫も感無量といった様子で、晴れ晴れとした表情で笑みを浮かべている。

「いや、温泉の水を調達してきてくれたりっていうのは有り難かったけどね」

疲労回復と魔力補充に効果が大きかった。あまり大量にマジックポーションばかり飲むというのも身体に良くなさそうだし。

新生ウロボロスの限界は見えないが……それは追々確かめていくとしよう。

魔力を鎮めていくと、妙に心地の良い疲労感だけが残った。

「みんな、お疲れ様」

何はともあれという感じで皆に声をかける。

「帰って……ゆっくり休みましょうか」

「――ん。そうだな」

穏やかに微笑むグレイスの言葉に俺も笑みを返して頷く。

生活リズムが崩れたのもあるし、やっぱりみんなにも疲労があるだろう。マルレーンも少し眠そうにしているし。視線が合うとにこにこと笑みを向けられてしまったが。

工房から家は近い場所にあるのでこういう時有り難いな。

「騎士達も護衛に来てくれているし……私達も帰って休ませてもらうわ」

ステファニア姫が身体を解《ほぐ》すように軽く伸びをする。

王城に帰る面子《メンツ》、これからタームウィルズの町中に帰る工房の面々、それぞれに護衛が付くようだ。

「では、おやすみなさいませ、テオドール様」

「はい。良い夜を」

といった調子でみんなと別れの挨拶をかわし、俺達は帰路についたのであった。

◆◆◆◆◆

目を覚ました時は……既にいつも起きる時間を大分過ぎてしまっていた。窓から差し込んでくる陽《ひ》の光の角度から判断するに、昼を回ってしまっているのではないだろうか。

眠り過ぎてやや頭が重いような、気怠《けだる》い感覚だ。

帰ってすぐに風呂に入って、それから早めに眠ったはずなのだが……。眠気や疲労は魔法で補っていたが、やはり自覚がないだけで割と疲れていたということかも知れない。

「んー……」

大きく伸びをして身体を起こす。みんなは先に起きているようだが……俺を起こさないように気を遣ってくれたようだな。

「おはよう」

壁に立てかけてあるウロボロスや窓際で日光浴をしていたバロールに声をかける。ウロボロスは喉を鳴らし、バロールも返事をするように目蓋を二度三度と瞬かせて、俺の肩に移動した。

寝台から出て水を作り出し、顔を洗ったりと身嗜《みだしな》みを整えてから、服を着替える。

目を覚ました直後はやや気怠かったが、十分に睡眠をとったからか、着替えを終える頃には思考も明瞭になってきた。

「良し。行くか」

戸口に向かいながら壁に立てかけてあるウロボロスに手を伸ばす。向こうから飛んできて俺の手に収まった。オリハルコンで強化されたウロボロスは……新しくなったはずなのに昔から持ち慣れているような、手に馴染《なじ》む感覚がある。

扉を開くと寝室の前にカドケウスも猫の姿で鎮座していた。どうやら俺が眠っている間に護衛をしていてくれたようだな。

階段を下りて一階に向かうと、みんなが昼食の準備を進めていた。

昼食は俺の分も用意がされているようで……準備ができたら起こしに来る予定だったのかも知れない。

「おはようございます、テオ」

「おはよう、テオドール」

「ああ、おはよう」

おはようという時間帯ではないが、みんなに目覚めの挨拶をする。

「ありがとう。よく眠れたよ」

ゆっくり眠れるように気を遣ってくれたことに礼を言うと、グレイスは笑みを浮かべて頷く。

では……俺も昼食の用意を手伝うとしよう。朝食をとっていないので割合空腹だったりするのだ。

実は昼食の匂いで目を覚ましたところもあるしな。

◆◆◆◆◆

「今日の夜は確か、満月でしたね」

食事をとって、茶を飲みながらゆっくりしているとアシュレイが言った。

「ああ、夜になる前に召喚儀式の準備をしとかないといけないかな？　シーラとイルムヒルトの予定もあるし」

俺としては迷宮にウロボロスの試運転などにも行きたいところではあるが……。そうなると満月の迷宮ということになってしまう。クラウディアの協力があれば他の場所にも行けるのだろうが、迷宮の仕組みにそぐわないことなので負担も大きいだろう。

昨日の今日でみんなも休みたいだろうし、迷宮に降りるのはコンディションを整えてからというのが良い。それに、満月ということは劇場でイルムヒルト達の演奏の準備もあるしな。

「2人は、体調は大丈夫？」

シーラとイルムヒルトに尋ねる。

「大丈夫よ。私達も帰ってからゆっくり休ませてもらったもの。この前王城で演奏するのに練習してたから準備も万全だしね」

「ん。ユスティア達とは午後から劇場で合流して本番前の練習する予定」

イルムヒルトの言葉に頷き、シーラが言った。

「となると……頃合いになったら劇場まで一緒に行って、そのままアドリアーナ殿下を迎えに行ってから準備に移るっていうのが無駄もないかな」

マルレーンの新たな召喚獣とアドリアーナ姫の使い魔候補の召喚ということになる。シーラとイルムヒルトも儀式は見たいと思うので、劇場での公演が終わってから儀式を始めるとしよう。

「召喚儀式か。今度は何が来るのかしらね」

「そうね。割と楽しみだわ」

クラウディアとローズマリーの言葉に、マルレーンがにこにこと屈託のない笑みを浮かべて頷く。

まあ、もう少しゆっくりしたら動くとしよう。儀式の準備も多少は時間がかかるが、イルムヒルト達の公演までには十分間に合うだろうし。アドリアーナ姫に手順を教えたりしながら待つというのが良いかも知れないな。

◆◆◆◆◆

そして夜──。

空に皓々《こうこう》と丸い月が浮かぶ、良く晴れた月夜だった。

予定通りにアドリアーナ姫を王城へと迎えに行き──その際アドリアーナ姫に同行する形でステファニア姫とエルハーム姫、コルリスとラムリヤも一緒にという話になった。

公演が終わった後、劇場でシーラ、イルムヒルトとも合流し、そのままみんなと共にペレスフォード学舎へと向かった。

「いや、やはり良いものは何度見ても良いですな。しかも大使殿の召喚儀式まで見ることができるとは」

上機嫌な様子の公爵である。まだ劇場公演の興奮冷めやらぬといった印象だ。

大公と公爵一家も揃《そろ》って公演を見に来ていたので……召喚儀式を行うという話をしたところそのまま見学にという流れになったのである。

公爵はこういう物珍しいものには興味があるだろうと思って話をしてみたのだが……殊の外喜んでくれた印象があるな。

学舎の敷地に入ると公爵がおお、と声を漏らした。

庭いっぱいに青転界石で大きな魔法陣が描かれているので……中々に雰囲気がある。月の光を浴びて、如何《いか》にも大がかりな魔法の儀式が行われるといった雰囲気だ。

召喚儀式は何がやってくるか分からないので広い場所が必要だ。というわけで以前と同様、ペレスフォード学舎の庭を借り、そこに大きな魔法陣を2つ描き、祭壇を置かせてもらっているのである。

「それじゃあ、早速ではありますが始めましょうか。まずは……マルレーンからかな？」

アドリアーナ姫にとっては手順のおさらいにもなるしな。

俺が言うと、マルレーンはこくんと頷くと儀式細剣を手に前に出る。

何度か儀式を行っているのでマルレーンは落ち着いたものであった。祭壇の前まで行くと、水鏡に血を垂らす。そして目を閉じ、祈るように剣を構える。

詠唱はない。しかしマジックサークルが展開し、魔法陣が輝きを放っていく。以前よりもマルレーンの術式の展開が速く、スムーズな印象だ。

魔法陣の輝きが強くなり、光の柱が立ち昇る。そしてそれが収まると……何やら帽子を被《かぶ》ってマントを羽織った、二足で立つ猫がそこにいた。猫としてはかなり大きい。普通の犬ぐらいはあるだろうか。

「猫……？」

「ケットシーだな」

首を傾《かし》げるシーラに答える。

猫妖精という奴《やつ》だ。主《あるじ》を助け、富を齎《もたら》すなどと言われる。

個体によって違いが大きいので、現時点ではなんとも言えないが、特殊能力を持っている可能性は高いな。基本的に妖精だけあって、魔力は高いだろうし。

ケットシーは周囲を見渡し、そして召喚主であるマルレーンに目を留めると帽子を取り、腰に手をやってマルレーンに一礼する。

「――夜の気配を強く感じさせる魔力に惹《ひ》かれて参りました。居並ぶ方々の魔力の高さに驚くばかりでございます。許されるのならば契約を結びたく存じます」

人語を解するわけだ。やはり、月女神の巫女《みこ》としての魔力資質に惹かれたと。

マルレーンは頷くと髪を僅かに切って水鏡に投げ込む。ケットシーは目には見えないものを恭しく受け取るような仕草を見せた。

「恐悦至極。使い魔の契約ではないということであれば……名を名乗らせていただいてもよろしいのでしょうか？」

その問いにマルレーンがこくんと頷くと、ケットシーが名乗る。

「名をピエトロと申します。眷属《けんぞく》達から認められる立派な王を目指して修行中の身の上ではありますが……以後お見知りおきを」

ふむ。猫妖精は王政を布《し》いているとは聞くが……。修行の一環として召喚に応じたということかも知れないな。

魔法陣が再び輝きを放つと……ピエトロは召喚元へ還《かえ》っていったようだ。

「猫妖精とは……」

公爵達も驚いている。召喚儀式ということで珍しいものが来るのを期待はしていたのだろうが、人語を操るとは思っていなかったのだろう。

「次は……私の番ね。上手《うま》くできるかしら」

マルレーンから儀式細剣を受け取ったアドリアーナ姫は大きく深呼吸をして、もう1つの祭壇の前まで行く。

マルレーンと同様に、月を映した水鏡に血を垂らし、朗々と詠唱を行う。手順は教えたとはいえ、さすがは魔法王国シルヴァトリアの王族といった様子で……魔法の行使に慣れていることが窺《うかが》えた。

詠唱と共に魔法陣が輝きを増し、そして眩《まばゆ》い光の柱が立ち昇る。

光が収まった時、そこにいたのは――。

「狐《きつね》……でしょうか？」

ヴァネッサがその動物を見て呟く。白い狐……しかし普通の生き物でないのはすぐに分かった。尾が長く、しかもその本数が多いのだ。狐の周囲にちらちらと紫色の怪しげな炎が瞬いている。アドリアーナ姫の魔力資質に合わせて火属性の存在がやってきた、というわけだ。

「ファイアーテイルだな」

景久《かげひさ》の知識でなら妖狐《ようこ》とも言うのだろうが……BFOではファイアーテイルと呼ばれていた。こちらも魔物というより、長く生きた狐が変じる、精霊に近い存在である。

ファイアーテイルは静かに尻尾を揺らしながら、知性を感じさせる瞳でアドリアーナ姫を見ている。アドリアーナ姫の出方を待っているという印象だ。

「どうでしょうか？」

「初めから、やり直しは考えていないわ」

と、アドリアーナ姫。

アドリアーナ姫が契約のために前に出てもファイアーテイルは大人しくしていた。向こうも異存はない、というところか。アドリアーナ姫の魔力資質は向こうのお眼鏡にも適《かな》ったらしい。

ファイアーテイルの姿を映す水鏡に指先を浸し、アドリアーナ姫が儀式の続きを執り行う。

「我が呼びかけに応えし者。ここに我が名を示し、汝《なんじ》に名を与え、悠久の盟約を結ばん。我が名はアドリアーナ＝シルヴァトリア。汝が名は……フラミアなり」

応じるようにファイアーテイル……フラミアが月に向かって吼《ほ》える。狐独特の声があたりに響き渡った。

契約が成立し、魔法陣が消える。フラミアは静かに前に出てきて、アドリアーナ姫の前までやってきた。

ステファニア姫の隣にコルリス、エルハーム姫の肩の上にラムリヤが控えているが……喧嘩《けんか》をすることもなく、大人しい様子だ。うむ。無事に契約が成立したようだな。

ピエトロとフラミアの召喚と契約は無事成功、といったところだ。

ファイアーテイル――フラミアは火属性ではあるが、コルリスなどとはまた違った意味で身辺警護などに向いている。アドリアーナ姫の使い魔や護衛としては適任と言えるだろう。妖狐の常というか、頭も良さそうでコルリスやラムリヤとも仲良くしていけるようだしな。

そしてコルリスの背中に乗って城へ帰るステファニア姫達を見送り、俺達も帰途についたのであった。

◆◆◆◆◆

――明けて一日。

朝食を済ませて今日はどうしようかというところで、クラウディアがこめかみのあたりに指を当てて目を閉じ……少し思案するような様子を見せながら言った。

「……んん。この感覚は——やっぱり間違いないわね。どうやら、迷宮に新しい区画が作られたみたいだわ」

「新しい区画と仰《おっしゃ》いますと、やはり火精温泉絡みの？」

「ええ、多分。昨晩のうちに区画が構築されたようね」

グレイスの問いに、クラウディアは目を開けて頷く。

タームウィルズにテフラの飛び地が作られたことで影響が迷宮側にも出るだろうという話はしていたが……昨晩、満月で通常の迷宮に行けなくなっているうちに構造変化が起きたようだ。

「うーん。一度様子を見に行く必要があるな」

異界大使としては優先順位の高い話である。差し当たっては新区画の所在確認とその周知や報告が必要だろう。

それから新区画の危険度も調べてこなくてはならないか。冒険者ギルドに新区画についての話をし、対策方法など情報を王城やギルドと共有する形で冒険者達へ注意喚起しなければならない。

「では、あまりのんびりはしていられないわね」

ローズマリーがティーカップを置いて立ち上がる。

「部屋から装備を取って参ります」

アシュレイとマルレーンが頷き合い2階へと向かった。

みんなもそれぞれ早速迷宮に降りる準備を始めたようだ。俺も通信機で連絡を回しつつ装備品を身に着けたりと迷宮探索のために必要な物を揃えなければな。

新しいウロボロスを試す場としては丁度良いのか悪いのか。まあ……戦力が増強された後で良かったということにしておこう。

◆◆◆◆◆

そんなわけで、食事をとってすぐに冒険者ギルドに向かった。フォルセトとシオン達も同行しているが、実力は充分でもまだ迷宮に潜ったばかりということもあり……情報のない新区画にいきなり連れていくのも問題がある。というわけで、シオン達にはギルドに待機しておいてもらう。

「おはようございます」

ヘザーに挨拶をすると彼女も相好を崩して挨拶を返してくる。

「おはようございます。皆様、今日はいつになくお早いですね」

「いえ、どうも迷宮側で気になることが出てきまして。ギルド長か副ギルド長はいらっしゃいますか?」

俺の言葉に、ヘザーは表情を真剣なものにする。

俺の用件が異界大使絡みだからと気付いたからだろう。とはいえ、まだそこまでは切迫した事態というわけでもないが。

「2人ともギルドに詰めております。昨晩は満月だったので、もしもの場合に備えて、職員共々ギルドに詰めるということになっているのです。すぐにお2人を呼んできますね」

「よろしくお願いします」

緊急事態ではないが火急の用事であるということは理解してくれたらしい。すぐに立ち上がって足早にギルドの奥に消えていった。

ギルド長のアウリアと副長オズワルドはすぐにやってきた。まだ朝早い時間ではあるがアウリアは快調そうだ。

「おはようございます」

「うむ。おはよう。何やら厄介な話であるようじゃが」

「そうですね。以前話していた火精温泉の影響が迷宮側に出たようです。新しい区画が作られてしまったようなので連絡と調査に来ました」

そう言うとアウリアとオズワルド、ヘザーは揃って目を丸くした。

テフラとの飛び地契約の影響については王城、ギルド共に話を通してある。3人はすぐに表情を真剣なものに戻した。

「では、儂《わし》らも冒険者達に通達し、現地調査に向かわねばならんな」

まあ……そうなるか。俺達に任せっきりというわけにもいかないだろうな。感覚で言うなら俺達よりアウリア達のほうが正確に冒険者にとっての脅威度を摑《つか》みやすいと思うし、通達をするにも現地を実際に見ている人員がいるかどうかも重要だ。

「ヘザー。決めてあった通りだ。迷宮入口に交代で人を立たせて、迷宮に降りる冒険者達に注意を促すように」

「分かりました」

事前に予想されていた事態であるだけに対応が早い。その場にいたギルド職員達もアウリアやオズワルドから指示を受けて慌ただしく動き出した。

ギルドから調査に向かうのはアウリアだ。オズワルドはこれからアウリアと交代で仮眠というタイミングだったようで、ギルドに詰めて対応と陣頭指揮に当たるとのことである。

「普通なら腕利きを集めて調査隊を結成し、それに参加するところではあるのじゃが……冒険者ギルドからの依頼という形にさせてもらって良いかのう？」

「元々異界大使の仕事でもありますから。ギルドと連携するのも僕の仕事の内です」

となれば報酬の二重取りというわけにもいかないだろう。俺が冒険者ならそうするかも知れない、というところではあるのだろうけれど。

調査隊を結成してから現地に向かうとなるとまた時間が経ってしまうし、知り合いが迷宮に降りるなら俺としても同行しているほうが安心できるという面もある。

さっそく赤転界石やら装備品の準備をしてきたアウリアも伴い、迷宮の入口へと向かう……と、そこにステファニア姫とアドリアーナ姫、それから騎士団の面々がいた。コルリスとフラミアもいるな。

片手を上げるコルリスにこちらも片手を上げて挨拶を返す。フラミアはと言えば、大人しくコルリスの隣に座って尻尾を揺らしていた。一本だけコルリスと同様に振ったあたり、コルリスの影響が見られるような気がしないでもない。

「あら、おはよう。早いのね」

2人の姫が相好を崩す。いつも通りに明るい感じではあるが……。ふむ。若干今の状況にはそぐわない印象だな。

となると……連絡が入れ違いになってしまったかな？　恐らくフラミアと契約を結んだので、早速一緒に迷宮に潜ってみようと、朝一番で旧坑道を訪れる計画を立てていたのだろう。まあ、戦力の把握は重要なところではあるからな。

断りを入れて通信機を確認すると……丁度2人が迷宮に向かったという、アルフレッドからの返信が来たところであった。

「おはようございます。実はこれから迷宮に新しくできた区画の調査に向かうところなのです」

2人と迷宮入口で合流したことをカドケウスからアルフレッドに返信してもらいながらも、ステファニア姫とアドリアーナ姫に掻《か》い摘《つま》んで状況を説明する。

「そうだったの……。私達も旧坑道行きは遠慮しておいたほうが良いのかしら？」

「別区画の探索まで自重するべきかどうかは微妙なところですね。恐らく冒険者達はお構いなしだと思いますし」

まあ、さすがに何も判明していない新区画に2人を連れていくというのはどうかと思うが。

「コルリスやフラミアを連れていってもらうということはできるかしら？　もしもの場合はすぐに撤退するにしても、使い魔を通して見たものを報告することもできるし」

アドリアーナ姫の言葉に、少し思案する。

ふむ……。使い魔だけを連れていく、というのは有りかな。

王城に報告や連絡をするにも俺だけでなく2人の見解も加わるわけだし、リアルタイムで状況をギルドに伝えることもできるので……俺やカドケウスが通信機を使う負担も減る。フラミアの実力に関してはこちらも把握しておきたいしな。

「クラウディア、どう思う？」

「多分――この感じなら深層ではないから、危険度で言うなら何段かは軽く見ておいていいと思うけれど。……勿論《もちろん》、情報が無いから油断はしてはいけないわね」

クラウディアに意見を求めると、彼女は思案しながらそう答えた。ふむ。

「分かりました。では……お2人には冒険者ギルドに詰めていただいて、迷宮の中の状況を口頭でギルドの職員に伝えていただけますか？」

「分かったわ」

2人は頷いた。後は……通達が行き違いになってしまったということなら、王城からすぐに連絡が来るだろう。

ステファニア姫達に同行してきた騎士団の面々には、迷宮入口とギルドそれぞれに待機してもらい、今決まったことや2人の所在について、連絡に来るであろう王城からの使いに伝えてもらうとしよう。

諸々《もろもろ》の手筈《てはず》を整え、グレイスを呪具から解放すれば……調査の準備は整った。

「では、行ってきます」

真剣な表情で頷くステファニア姫達に笑みを返して、俺達は石碑から新区画の入口となる場所へと転移するのであった。

第156章 氷雪の森

光が収まれば――そこは魔光水脈の一角であった。目の前には別の区画に通じる大きな扉。

……魔光水脈か。ここからの分岐となると……それなりに難易度の高い場所と見ておくべきだろう。

マルレーンがマジックサークルを展開し、デュラハンとピエトロを召喚する。

ピエトロは召喚されるなり、腰に手を当て一礼して応じた。

「お声を掛けていただき光栄に存じます」

マルレーンは頷《うなず》く。まずは、昨晩儀式が終わった時点で送還されてしまったので、ピエトロにこちらの面々やらを紹介しておく必要があるだろう。

みんなの名前や肩書きを伝えると、ピエトロは目を丸くして俺に向かって一礼する。

「我が主《あるじ》の婚約者殿でありましたか。どうぞこれからよろしくお願い申し上げます」

ピエトロからの認識が一致したところで、扉に向き直る。

「それじゃあ、行こうか」

「はいっ」

皆と頷き合い、扉を開いてその中に飛び込む。

空気も景色も全てが一変した。白い世界だった。空気はひんやりとしている。冷凍庫に入ったかのようだ。テフラの祝福はかなり有効に働くだろうが、防寒具の類は必須だな。

大腐廃湖のように、壁のないエリアだが。見通しはあまり良くない。遠くは白く霞《かす》んでいるし、樹氷のような凍り付いた柱があちこちに立っている。

テフラの性質からするなら、北国の雪山か森林地帯……といった印象か。ラヴィーネは調子が良さそうだ。尻尾を振っている。

まずは――。テフラの祝福から外れてしまう者に防寒の魔法を用いてからだな。今の面子《メンツ》では――ピエトロとフラミアだ。

「かたじけない」

ピエトロが言うと、フラミアも礼を言うように小さく鳴いた。こちらも軽く笑い、頷いて応じる。

「雪……？　じゃなくて……凍ってる？」

シーラが呟《つぶや》いて、足元の状態を確認する。

「確かに……足元の状態が良くないな」

地面は雪を被《かぶ》っているようにも見えるが、その実は万年雪のように、完全に固まったアイスバーンだ。

一方で、雪が融《と》けて地面が剝《む》き出しになることで、道のようになっている箇所もある。立ち並ぶ樹氷の奥へと道が続いていた。俺達《たち》のように空を移動するのでなければ、樹氷の間を縫って、氷が融けている場所を進めということなのだろう。転界石も、アイスバーンの上ではなく、道に転がっているようだし。

敢《あ》えて道を無視することも可能だが、アイスバーンの上で戦うというのは、普通なら結構な苦戦を強いられるはずだ。道の広さは入口付近ではそこそこ……つまりは普通といったところだが……壁がなくて空間を広く使えるから、その点でイグニスやデュラハン、コルリスが自由に立ち回れるだけの余地はあるか。

「大体の危険度を調べなきゃいけない。今回は普通に道を進んでいく形を取ろう」

多分、上空を進むなら進むで、それなりのリスクがあるだろうしな。

隊列を組み、シーラやイルムヒルト、俺を前に置いて樹氷の間を進んでいく。フラミアとピエロも大きな耳を持っているので、御多分に漏れず物音に敏感らしい。今回は前に出てもらって、戦いぶりを見ながら進んでいくとしよう。

「あれは……気を付けたほうが良いかも。かなり高温みたい」

あまり進まないうちに、イルムヒルトが樹氷の間に垣間見《かいまみ》えるものを指差しながら言った。

氷が解けて、地面と言うより岩肌が見えている部分がある。そこから蒸気を噴き上げていたりするわけだが……これはやはり、温泉としての性質もあるのだろう。となると……。

「……一旦待ってもらっていいかな。少し確かめてくる」

みんなには後ろに控えてもらい、脇道に逸《そ》れて岩肌の見えている箇所へ近付く。

片眼鏡では、蒸気の根本付近に妙な魔力も捉えているのだ。踏み込んだ瞬間、その岩場から猛烈な勢いで湯の柱が噴き上げた。

間欠泉だ。樹氷よりも遥《はる》か高く巨大な熱湯の柱が噴き上がって、周囲に降り注ぐ。頭上にシールドを展開して降り注ぐ熱湯を防御しながら、白い柱の中を見据える。

「──そこかっ」

魔力反応。ウロボロスに魔力を込めて前面にもシールドを展開。そのまま突っ込み、湯柱の中に見える魔力反応目掛けて一切合財を無視して薙《な》ぎ払う。

やわらかな泥にでも杖《つえ》を突っ込んだような手応え。しかし響く音は岩の砕けるような音で、身体《からだ》を断ち切られた魔物が樹氷にめり込むほどの勢いで吹き飛ばされて、ばらばらに砕け散った。余剰の衝撃波は後方の樹氷まで薙ぎ払い、数本を纏《まと》めてへし折り、凍り付いた地面を砕き散らした。

「いやはや。凄《すさ》まじいものじゃな……」

と、アウリアが目を丸くしている。

……片眼鏡で見える魔物の魔力の大きさから考えると、多少強めに放った一撃ではあったが、これは充分な威力と魔力の増幅速度だ。これぐらいの威力で、というのを正確に汲《く》んでくれる感じがあるかな。

噴き出す湯は少しずつ勢いを弱めて、やがてただの湯だまりとなる。

迷宮の新区画が温泉の性質を備えていた場合……間欠泉が迷宮のトラップとして存在する可能性は考えていた。しかし、噴き出すタイミングが完璧過ぎる。

ともあれ、間欠泉を堰《せ》き止める役割をしている魔物とセットで機能する罠《わな》というわけだ。それがこいつである。石のような質感の身体を持つ蛇……というかミミズというか。

アイスバーンを嫌って空からレビテーションで移動した場合、こいつに熱湯を浴びせられる可能性があるな。

周囲に魔物がいないことを確認して、みんなにも見てもらう。

「知らない魔物ね。何かしら……」

ローズマリーが首を傾《かし》げる。

「俺も名前は知らないな……これは」

間欠泉を堰き止める魔物などというと……やや特殊というか限定的過ぎる存在ではある。

炎熱城砦《じょうさい》などでは鎧兵《よろいへい》などが多いがあれは魔法生物の手合いだ。もしかするとこの石の魔物も、この場に合わせて生成された魔法生物の可能性もあるかな。

と……コルリスがしきりに魔物の臭いを嗅いでいた。

「食べられそう？」

尋ねると、こくんと頷く。毒の類は無さそうだが……。五感リンクで状況を見ているはずのステファニア姫に向かって頷くと、彼女からも許可が下りたのか、コルリスは石の魔物をぼりぼりと音を立てて試食していた。

「美味《おい》しいですか？」

アシュレイの問いに、こくこくとコルリスが頷く。どうやら気に入ったようだ。

ということは、魔石などを抽出してもそれなりに質の良いものが取れるのではないだろうか。

「……正式名称があるのかないのか分からないけど、スプリングワームとでも名付けようかな」

コルリスに食べられるその姿を見て、蛇ではなくミミズに見えたということか。

しかしモグラがミミズを食べるという、字にすれば当たり前なはずの光景なのだが、どうしても非常識なものに見えてしまう。

「中々、厄介ね。この罠は」

「そうだな。防寒具次第だけど、まともに浴びれば火傷《やけど》させられる可能性もあるし、服が濡《ぬ》れた場合はこの区画で探索するには体温も奪われる」

反面、ワームを処理できれば冷えた手足を温めることもできるし……場合によっては飲み水も確保できるかな。迷宮内で入浴というのは魔物が攻めてくる限り難しいだろうが……不可能とまでは言わない。

間欠泉の所在を見つけるのは難しくないので、どちらかというと初見殺しの類だ。要注意ということで連絡をしておこう。

と――。シーラとピエトロ、ラヴィーネ、コルリス、フラミアが一斉に顔を上げて一方向を見やった。

「まだ離れているけど……何かいる」

「これは……結構数がいるようですぞ」

この階層の、他の魔物か。シーラ達の探知に引っかかってイルムヒルトの探知に引っかからないとなると……恐らく臭いか音を感じたのだろうと思うが……シーラ達の耳が動いているところを見ると魔物の放つ音を感じ取ったわけだ。

「方向は？」

「あっち」

そう言って、シーラは道の先を指差した。

調査であるため、出てくる魔物についても調べなければなるまい。数がいるとなると厄介だが。再び隊列を組んでそちらへ向かう。

緩やかにカーブした道の先——樹氷の陰からピョンピョンと飛び跳ねながら、何か白い物がこちらへ向かってくる。

「……スノーゴーレム」

俺も以前に作ったことがあるが……要するに動く雪だるまだ。

大人ほどの背丈のスノーゴーレムが、大挙して道の向こうからやってくる。スノーゴーレムは俺達の姿を認めると口元に笑みを形作った。落書きのような、ギザギザの牙が生えたデザイン。冗談のような光景だが、なかなか凶悪そうな面構えだな。

更に道の奥——樹氷に遮られた部分から、ぬうっと大きな影が現れる。白い毛皮の上からでも分かるほどの筋肉質な身体に、巨大な棍棒《こんぼう》。長い毛の隙間から覗《のぞ》く赤い瞳。……イエティだ。しかも番——2匹もいる。俺達の姿を認めると、嬉《うれ》しそうに雄叫《おたけ》びを上げた。ビリビリと空気が振動する。それに呼応するように樹氷の森が騒がしくなった。あちこちにいる魔物が呼応しているようだ。

「いやはや。数が多い」

ピエトロはその光景に臆した様子もなくかぶりを振ると、自分の肩のあたりに生えていた毛を一房毟《むし》って息を吹きかける。すると、それは見る見るうちに膨らんで、ピエトロと全く同じ姿、全く同じ装備のピエトロの分身が生まれる。いや、帽子の飾りが無いほうが分身か。ピエトロが腰の剣を抜くと分身達も一斉に抜刀して隊列を組む。

これは中々。まだ他にも魔物が来るようだが、数的な不利はないと見て良いだろうか。周囲に無数の狐火《きつねび》を浮かせたフラミアも、好戦的な唸《うな》り声《ごえ》を上げながらスノーゴーレムとイエティ達を睨《にら》んでいる。

コルリスもやる気十分なようだ。身体の周りにぎしぎしと軋《きし》むような音を立てながら結晶の鎧を身に纏っていく。

「片方は私が――」

グレイスが双斧《そうふ》を構える。既にイエティの雌――大きいほうに視線を合わせて目標を定めているようだ。

ならば――俺は新しい面々の戦いぶりを見ながらもフォローできる形で立ち回るとするか。では、戦闘開始と行こう。

まずは小手調べとばかりに、先頭にいた雪だるま達の口から氷の礫《つぶて》が混じった冷気がこちらに向かって浴びせられた。

飛び道具としての威力はさほどでもない。しかし雑兵が飛び道具持ちというのは中々に厄介だ。対するはフラミア。空中に浮かぶ狐火の1つが別個の生物のように蠢《うごめ》き、大きく広がって氷の礫ごと巻き込む。

水の蒸発するような音と蒸気が周囲に広がり、間髪容《い》れずシーラとピエトロと分身達がその中へと突っ込んでいった。

それぞれ地を這《は》うような動き。蒸気を突き破って飛び出したシーラとピエトロに対し、再び雪だるまの口から冷気が吐き掛けられる。

シーラは斜め上空に。ピエトロ率いる分身達は地上を左右に散開する。一瞬、雪だるま達の意識がそちらに向いたその瞬間に――――！

「下がりなさい！」

グレイスが左手にシールドを展開しながら、吹雪を突破した。スノーゴーレム達――いや、その後方に控えるイエティ目掛けて一直線に切り込む。闘気を纏う両手の斧《おの》が閃《ひらめ》けばグレイスの進む方向にいた雪だるま達が輪切りにされて吹き飛ぶ。

グレイスの動きに応じるように咆哮《ほうこう》を上げて、真《ま》っ直《す》ぐ棍棒を打ち下ろしたのはイエティの片割れだ。それをグレイスは真っ向から斧をぶつけて迎え撃つ。

そして、隊列を切り崩すような突撃を敢行したのはグレイスだけではない。結晶を纏ったコルリスが砲弾のような速度でもう一体のイエティ目掛けて突っ込んでいた。

その軌道上にいたスノーゴーレム達はコルリスの巨体に弾《はじ》き飛ばされるか引き潰されるか、どちらかの末路を辿《たど》る。大質量と膂力《りょりょく》、結晶の強固な硬度。そこから生み出されるのは分かりやすい破壊力だ。

そんなコルリスの動きを阻んだのは、やはりもう一体のイエティであった。雄叫びを上げながら振るわれる棍棒をコルリスが結晶の盾で受け止める。間髪容れず、コルリスは巨大な爪を掬《すく》い上げるように振るった。

雄のイエティは巨体の割に身軽なようで、後ろに回転しながらの跳躍を見せ、爪を回避すると凍り付いた木の上部に摑《つか》まる。

そしてコルリスを見据えながら、口の端を歪《ゆが》ませると再び打ち掛かっていった。

雪だるま達はと言えば――グレイスとコルリスに隊列を乱されて気を取られたところを、シーラとピエトロ、そしてフラミアに切り込まれていた。

「こっち――」

姿を消したシーラが声と闘気の煌《きら》めきだけを残してスノーゴーレムとすれ違う。頭部をスライスされたスノーゴーレムは視界を失って、頭に手をやるなど混乱したような様子を見せるが、それも一瞬。尾から長く炎を引くフラミアによって身体を溶かされればさすがに行動不能といった様子だ。

フラミアは魔道具無しでも空を飛べるようで――身体に炎を纏ったまま雪だるま達の間を縫うように飛ぶ。長い尾が炎の鞭《むち》となり、すれ違いざまにスノーゴーレムを薙ぎ払う。

スノーゴーレム達にとってもやはり炎属性を持つフラミアは脅威のようで、どうしても他の者よりそちらに意識が行っているようだが……ピエトロとその分身達の動きも相当なものだ。分身が猫特有の身軽さで右に左に飛び交いながら突っ込んでいき、気を取られた瞬間、風のようにピエトロ本体が踏み込む。

「どこを見ているっ！」

ピエトロの手にした剣が雷を纏う。あっさりとスノーゴーレムの首を刎《は》ねる。近くにいたスノーゴーレムが両手から氷柱《つらら》を生やして躍り掛かってくるが、切り裂いた次の瞬間には分身と入れ替わるように飛び退《すさ》っていた。

分身の戦闘能力も中々のもので、スノーゴーレム達の氷柱を綺麗《きれい》に剣で受けると、空いている手の爪でスノーゴーレムの顔面を切り裂いていた。

身軽さと瞬発力。分身に雷の魔法剣か。さすがに腕力という面では劣るようだが、攻防両面でかなりのものを備えているらしいな。

そして前衛に切り込んだグレイスとコルリスが大物を抑え、シーラ、ピエトロ、フラミアが雪だるまを掻《か》きまわしている内に、後方での防御陣地構築も完了する。

アシュレイがディフェンスフィールドを発動させながら、氷の壁を生み出し、敵から包囲されないよう、射撃を受けにくいように陣地を構築。

「行けます」

アシュレイの言葉を受けて、今まで後衛の防御に回っていた面々――デュラハンやイグニス、そしてラヴィーネも敵陣に切り込んでいく。

デュラハンとイグニスが雪だるまの一団と激突する寸前――横から回り込んだイルムヒルトと、その肩に乗ったセラフィナが、スノーゴーレム達の頭上を横切らせるように矢を撃ち放っていた。

甲高い音が響き渡る。

呪曲を乗せた鏑矢《かぶらや》をセラフィナが増幅したものだ。ゴーレムのような魔法生物に対しての阻害効果はすこぶる大きい。

雪だるま達の動きが大きく乱れたところに、デュラハンとイグニスが突っ込む。文字通りに吹き飛ばされて雪だるまが宙に舞う。空は飛べないのか、慌てたように腕を振る連中をローズマリーの火球やアウリアの使役する火精霊、エクレールの雷撃が焼き払っていった。

ラヴィーネは水を得た魚と言うかなんというか——。いつも以上の速度で氷の上を疾駆し、氷の塊を放ちながら縦横無尽に駆け回る。スノーゴーレム達とは同属性ではあるのだろうが、氷を物理的な武器として用いれば関係ない、といったところか。

斬撃や刺突ではなく、塊を叩《たた》きつけて破壊しているのは対処としても正しいところがある。前衛に関しては押しているな。数は少し多いが組織立った動きができない以上はこのまま押し切れるだろう。

埒《らち》が明かないと、後衛に向かおうとした雪だるま連中は、マルレーンのソーサーによる妨害や、ローズマリーの魔力糸、クラウディアの影茨《かげいばら》に絡め取られて動けなくなったところを容赦なくイルムヒルトに撃ち抜かれている。

「あら。結構簡単なものね」

更にマジックスレイブから操り糸を放ったローズマリーがスノーゴーレムを乗っ取り、同士討ちさせていく。

俺はと言えば、前衛達の護衛としてカドケウスを前に出していざという時前衛の救援やフォローをできるようにしつつ、周囲の警戒をしていた。

先程のイエティの雄叫びに、呼び寄せられている魔物がいる。これに対処しなければならない。陣地構築が終わるまでデュラハンとイグニスが前に出なかったのはそれが理由だ。

遠くから、集まってくる雪だるま達の更なる増援。そして木立をへし折りながら現れたのは――エレファスソルジャーの亜種であった。毛むくじゃらの身体と、長い牙を持つ寒冷地仕様の象の魔物。つまり、二足歩行のマンモスであるが――炎熱城塞にいたエレファスソルジャーより一回りか二回りは体躯《たいく》が大きい。

「これは――普通には中々手が出せない区画だな」

雪だるまの数と言い、地形の性質と言い……危険度のかなり高い場所だ。イエティやマンモスソルジャーのような大物がいるのも危険度を高めている。

どうしてもというのなら、広く空間が使えることを利用して複数の冒険者パーティーでレイドを組んで踏み込むような場所と言えよう。

「行けっ！」

金色の光を纏うバロールを、集まってきた雪だるま目掛けて解き放つ。黄金の光弾と化したバロールの左右に、翼のように金色の光が広がる。

本体で雪だるま達を易々《やすやす》とぶち抜きながら、左右に展開した金色の刃で数体を纏めて輪切りにしていく。一団を突き抜けたところで軌道を変え、縫うようにスノーゴーレム達を蹂躙《じゅうりん》。

魔力循環と、増幅。ウロボロスに込められた魔力が膨れ上がる手応えを感じながら、マンモスソルジャーへ目掛けてキマイラコートの力を借りての突撃。

大型ならば――もっと上を試せるか。

遠慮のない魔力を込めて、新生ウロボロスによる打撃を放つ。手にした巨大な斧で受けようとしたマンモスソルジャーであったが、奴《やつ》はこちらの初撃に対して闘気を用いなかった。

その対応は間違いだと言える。構わずに急速に膨れ上がった魔力の塊を叩き付けた。

マンモスの頭部に匹敵する、巨大なメイスで殴りつけたようなものだ。斧をへし折り、牙をもへし折って、マンモスの頭部に直撃して巨体を吹き飛ばしていた。アイスバーンの上を巨体が滑る。

位置は直上。殴打のために使った魔力を術式に変換。マジックサークルを展開。振り被った杖の先端の魔力を雷撃へと変えて叩き落とせば、マンモスの身体ごと飲み込んだ。

第7階級の雷魔法だが――魔法自体の威力や発動までの速度も上がっているな。いい具合だ。

黒焦げになったマンモスは白煙を上げて動かない。前衛に目をやる。

結晶の弾幕。木から木へと、飛び移りながらそれを回避するイエティの雄。口から氷の弾丸を出して、樹上から地上のコルリスに対しての撃ち合いに応じる。

結晶と氷がぶつかり合って、破砕音を響かせながら煌めく破片をあたりに撒《ま》き散らした。

地表を滑るようにコルリスが進む。木にぶつかる寸前で身体を反転。蹴った樹木をなぎ倒しながらイエティに肉薄する。射撃戦からいきなり樹上への突撃を受けたイエティは一瞬目を剝いたが、それも一瞬のこと。コルリスの動きに合わせるように棍棒を叩きつけようとする。

だが――イエティの射程に入るより前に、展開したシールドに爪を引っ掛けて身体を別方向へと回転させている。打ち下ろした棍棒の軌道を嘲笑《あざわら》うかのような動き。イエティの間合いの内側。至近距離だ。

刹那、コルリスの纏う結晶の鎧から無数の槍《やり》が爆発的な速度で四方八方に飛び出した。

「ギッ――」

避ける暇も悲鳴を上げる暇もない。上半身を結晶の槍に飲み込まれて、針玉のようになったコルリスと共に地面に落ちる。

砕ける氷と結晶。その中からコルリスが悠然と立ち上がってくるが、イエティが起き上がってくることは無かった。

射撃戦に意識を向けさせ、樹上が有利だと錯覚させてから特殊な軌道で奇襲を仕掛けて、そのまま仕留め切ったというわけだ。……コルリスは空中戦に研鑽《けんさん》が見られるな。普段王城で騎士団の訓練を見ているせいだろうか？

もう一体のイエティは、グレイスと交戦中だ。

空中にシールドを用いて立つグレイス目掛けて氷の棍棒を打ち込むが――体格で遥かに勝るはずのグレイスにダメージを通せない。

グレイスの手にしている斧を合わせられると、闘気と氷で強化しているはずの棍棒に亀裂が走るのだ。魔力で作り出した氷であるなら、それは通常の氷以上の強度を誇るはずだが、それすら及ばない威力をグレイスの一撃が秘めているということだろう。

しかしイエティは、得物を氷で補修しながらグレイスと打ち合う。故にグレイスと切り結んでいられる、ということなのだろうが……破壊されていく武器の補強に魔力を消費していく分、時間が経《た》てば経つほどイエティのほうが不利だろう。

それを悟ったか、空いた手で凍り付いた樹木を引っこ抜いてグレイス目掛けて叩き付けてきた。

だが、それも無駄なこと。

闘気を纏ったグレイスの裏拳で木が砕け散る。破片を突破するようにグレイスが前に踏み込めば、イエティは牙を剥き出しにしながら後ろに下がり、それでも応戦するように棍棒を振るった。

再び斧で受ける。踏み込みながら高速で右手の斧が幾度も振るわれた。氷の砕ける破砕音。闘気と闘気のぶつかり合う火花を散らして重い音が凍った森に響き渡る。

氷に走る亀裂。武器の修復が間に合っていない。イエティがそのタイミングを作ろうと大きく息を吸い込んだ瞬間だった。

闘気を纏った鎖が、大きく旋回してくる。鎖は先程砕いた木を巻き取っていて——そのまま横合いからイエティの側頭部目掛けて、破城《はじょう》鎚《つい》のように叩き付けた。

「ゴッ!?」

氷の散弾が口から放たれる。しかしそれはグレイスのいる方向には放たれず、あらぬ方向に目掛けて吐きつけられていた。つまり、駆けつけてきた雪だるまの一団に。

「——捉えました」

シールドを蹴って踏み込んだ、グレイスのすれ違いざまの一撃。

イエティは棍棒で受けようとしたが、氷のブレスによる時間稼ぎができなかったということは修復が間に合っていないということだ。

とうとう強度に限界が来たらしく、棍棒ごと砕かれ、イエティはグレイスの斬撃をまともに受けていた。

斧を振り抜いた姿勢のグレイスの背後で、イエティの巨体がゆっくりと崩れ落ちていくのであった。

◆◆◆◆◆

「む。そこじゃな？」

アウリアの使役する火精霊が樹氷の陰に隠れて襲ってこようとしていた雪だるまの上半身を火炎に包んで焼き払ってしまう。

広範囲に渡って索敵できるというのは精霊使いの強みだろう。使い魔と違って五感リンクがあるわけではないが完全に自律しているので乱戦でも役割分担ができるし、残党からの奇襲も受けにくい。

精霊を防御陣地の周囲に配置して後衛の防御に回っていたアウリアではあるが、戦況が優位となると複数の精霊を使役して敵が物陰に隠れていないかなどを探っていたわけだ。

そんな調子で残りの魔物——雪だるま達を一掃してしまうと、後は雪の降った場所特有の静けさが広がるばかりであった。

迷宮内では明るい部類の区画だろう。白く霞む氷雪の森は中々に神秘的で綺麗だとは言えるかも知れない。

さて。魔物達を倒せば後は剝ぎ取りに移るわけだが、初めて会う魔物が多くてそれなりに手間がかかりそうだ。

「まずは雪だるまからかな」

「倒したら普通の雪みたいになった。動いている時は結構堅かったのに」

シーラが、動かなくなった雪だるまを指で突いて言う。

倒された雪だるま達は、周囲が寒いので溶けているというわけではないが……結合が緩くなったように形が崩れていた。

再生するゴーレム等々作りようはあるのだろうが、この連中の場合、どうやらある程度のダメージを受けるとゴーレムを維持するための術式の制御が失われてしまうようだ。

各区画にいる雑兵の類に位置する魔物なのだろうから、耐久力が高くないというのは、面倒が無くて良いとは思うが……何が剝ぎ取れるやら。

「テオドール君、何か見つけたわ」

イルムヒルトがフラミアの狐火で溶かされた雪だるまの中から何かを拾い上げる。何やら雪の結晶のようなものであった。

「……なんだろう。雪の結晶を大きくしたような」

イルムヒルトから受け取ってよく見てみる。掌《てのひら》ぐらいのサイズはあるだろう。雪の結晶を模したレプリカというのがぴったりくる形ではある。

触るとひんやりと冷たく、片眼鏡を通して見ると魔力を秘めている。手に取って軽くこちらから魔力を込めてみると、結晶の中央付近から冷気を放った。

「……魔石に繋《つな》いだりして魔力を供給してやれば、食べ物を冷やしたり室温を下げたりできるかな」

「なかなか使い勝手が良さそうね」

それを見たローズマリーが羽扇で口元を隠しながらも楽しげに目を細める。

「そうだな。手間が省けるっていうか」

魔道具で同じ物を作るなら術式を刻んだりとそれなりに工程があるし。

耐久性は分からないが数を用意できるわけだし、例えば食料を冷凍して長距離運ぶだとか、氷室に取りつけて冷却効率を上げるだとか……使い道は色々考えられる。

念のために結晶板を回収した雪だるまから魔石抽出を試みるが、ほんの小さな物しか得ることができなかった。結晶板からも魔石抽出が可能。こちらはそれなりのサイズのものが抽出できることから……これはスノーゴーレムの核として機能しているパーツでもあるのかも知れない。

これを組み込んでスノーゴーレムを作ってみるというのも面白そうだな。その場合、クリエイトゴーレムによる即席型ではなく、きちんと魔石を組み込んでの永続型ゴーレムを作るということになるだろうが……まあ、結晶板の用途はどうあれ、スノーゴーレムからの剝ぎ取りについては大体の方針が決まった。

「魔石は他の場所でも集められるし、結晶板のまま持ち帰るのが良いかな」

「分かりました」

アシュレイが頷き、雪だるまの残骸を、水魔法を駆使して割っていく。アウリアもアシュレイと同様、水精霊を操って雪だるま割りの作業に加わった。

戦闘中に結晶板が壊れてしまっているものもあるが、そういうものからは魔石抽出をさせてもらうことにしよう。

ピエトロはそんな剝ぎ取り作業を見て感心したように頷くと、すぐに分身共々素材の回収に加わる。

「イエティはどうしましょうか?」

「毛皮か……魔石の抽出かなとは思うけど、ギルドに持ち帰ってから考えよう。実物も見てもらいたいし」

「分かりました。ではそのままで」

「ん」

グレイスの言葉に頷く。

「あれはどうするの?」

セラフィナがマンモスソルジャーを見ながら尋ねてくる。

うーん。魔石抽出は些《いささ》か勿体《もつたい》ない気がする。

「牙と毛皮と……後は肉かな。あれもそのまま転送しようか」

毛皮に関しては焦げていないところもあるし、利用できる部分もある。そのまま転送して持ち帰るということで良いだろう。

正直な話をするならマンモス肉というのは味が気になるところだし。あれだけの大きさならかなりの量の食糧となるだろう。

マルレーンがマンモスソルジャーにレビテーションを用い、イグニスがそれを運ぶ。クラウディアの前にイエティやマンモスを並べると、クラウディアは影茨の杖で軽く地面を突いて、魔法陣を展開、そのまま物資として迷宮外に転送するのであった。

◆◆◆

「宝箱発見」

先行するシーラが道の脇にある木立の中に宝箱を見つける。位置としては先程イエティ達に襲われた道を更に進んだ場所だ。

……うーん。だからあれほどの数が大挙していたということかな？

剝ぎ取り中にアウリアが風の精霊を放って周囲の地形を探ったのだが、通路が宝箱を中心に巡回できるような構造になっているらしい。何かあるのかと思って探してみたら案の定だ。

少人数ならリスクを承知で樹氷の陰に隠れながら宝箱を目指せば、雪だるまとイエティ達に見付からずに宝箱の中身を回収できるかも知れない。

「そこの樹氷の陰に、間欠泉があるわ。気を付けて」

「ん」

間欠泉が見えにくい場所にある、と。中々性質が悪いな。温度感知できるイルムヒルトから見れば簡単に発見できてしまうが。

不用意に近付けば間欠泉が噴き出す。そうなれば魔物に発見されてしまうし、潜んでいるワームの処理に失敗したり手間取ったりすれば、それも発見されてしまうリスクを高めることになる。

「ワームは私が」

グレイスが胸のあたりに手をやって一歩前に出る。

「ん。よろしく。湯が噴出したら防御する」

「はい。では――」

グレイスは斧に闘気を纏わせると、問答無用で岩に見せかけているワームに向かって投擲《とうてき》した。破砕音を響かせてワームの胴体が寸断。石の身体を一瞬もたげさせるが、すぐに力を失って崩れ落ちた。あっという間だ。

湯だまりはできるが、間欠泉は噴出しない。高圧にしているのはワームの仕業ということになるか。

そして……コルリスからの期待の眼差《まなざ》しを感じるわけだが。

「あれはコルリスに」

許可を出すとコルリスが嬉しそうにこくこくと頷く。

うむ。ワームの使い道はこれで決まりかな。他の使い道としては魔石抽出ぐらいしかなさそうだが、魔石に関してはあまり困っているわけではないし。

シーラは早速宝箱を調べに向かう。

「罠は……ないと思う」

どうやら罠は近くにある間欠泉だけのようで箱自体に罠は掛かっていないようだ。箱にも特別な魔力は見えないから魔法の罠もあるまい。開錠に取り掛かるとあっさりと蓋が開く。

そして、シーラは箱の中から何やら緑色の宝石がついた首飾りのようなものを取り出した。

「これ」

「ん。ありがとう」

……魔力を感じるな。波長から察するに、治癒関係の魔道具のようだが……。

活用できるかどうかは性能によりけりだが、感じる魔力の強さや、あの厳重な警備から察するに、性能が悪いものだとは思えない。これに関しては、持ち帰って少し詳しく調べる必要があるだろう。

さて……。他に仕掛けや特筆すべき事項がないか。最低限石碑ぐらいまでは探索を続けてみることにしよう。

◆◆◆◆◆

そして――俺達は無事に石碑から迷宮入口に戻ってくる。

屋内であるために樹氷の森よりはかなり暖かく感じるな。小さく息を吐く。

やはり、イエティ率いる一団はトラップの一環だったらしく、他の通路で襲ってくる魔物は散発的であった。スノーゴーレムが、樹氷などの陰に隠れているというのが多かった。

スノーゴーレムが動いていない場合、音以外の方法で感知しなければならないのだが、区画そのものと同様の素材なのでシーラやラヴィーネの嗅覚では感知できないし、温度差もないのでイルムヒルトにも温度探知は難しいようだ。

しかし魔力を嗅ぎ分けるコルリスの鼻には感知できてしまうようだし、アウリアの精霊による探知も上手《うま》く機能していた。樹氷の森に向かう際はコルリスがいると楽だろうな。

「只今《ただいま》戻りました」

「お帰りなさいませ、大使殿」

入口前には兵士やギルド職員が詰めていて、帰還の挨拶をすると俺達の帰還を喜んでくれる。ステファニア姫とアドリアーナ姫は冒険者ギルドでリアルタイムの報告をしているはずだ。

「あれは……準備がなければ探索するのは難しいのう。危険度としては炎熱城砦ほどではないが……。分岐点が魔光水脈というのもいただけん」

と、螺旋《らせん》階段を上る道すがら、アウリアが樹氷の森についての感想を述べる。

「ああ。途中で水に濡れたりしていると、そのまま突入した時に探索が辛《つら》くなるでしょうね」

「うむ……。突入前に衣服を着替えるか、乾かすかが必要じゃな」

防水加工を施した袋か、或《ある》いは衣服を乾かすための魔道具か。水魔法で衣服を乾かすことのできるパーティーメンバーがいればそのあたりの心配もないのだろうが。

ともあれ、まずは冒険者ギルドに行って新区画についての報告と対策、それから戦利品の処分などという流れになるだろうか。

今話をしたことも含めて、冒険者達には十分な注意喚起をしてもらうとしよう。新しい区画ができたとなれば話題にはされるだろうが、難易度が高いということを周知すれば突入には慎重になると思うし。最低限、赤転界石は必須ではないだろうか。

第157章 魔法料理と試食会

「これはまた……すごいですね」

ヘザーは冒険者ギルドの前に置かれたイエティ2体とマンモスソルジャーを見て感嘆の声を漏らした。

大物ばかりのために集客効果は大したもので、お陰でギルド前には人が集まっている。

「そうですね。新区画は壁が無いので、この連中も多数のスノーゴーレムも同時に襲ってきました。イエティのほうは腕力だけでなく、氷のブレスなども用いていましたから……かなり厄介な魔物でしょうね。マンモスソルジャーもまあ、見た目通りに膂力《りょりょく》などは相当なものかと」

新区画への注意喚起としては丁度いいので、樹氷の森について大体のところを話しておく。区画全体が凍り付いて低温であること。足場の悪さ。そして間欠泉の罠《わな》等々と、注意するべき点は多岐に渡る。

「……新区画か。こりゃヤバいな」

「壁が無いってどういうことだ？」

「そりゃあれだ。開放型の区画って奴《やつ》。大腐廃湖と同じだな」

冒険者達《たち》の間でも噂《うわさ》している声が聞こえた。特に、大腐廃湖と同じというくだりでは何人かの冒険者があからさまに嫌そうな顔をした。あれは……大腐廃湖に突入した経験を持っている冒険者かも知れない。

大腐廃湖と同じという点から言うと、遠方から敵がこちらを察知して増援が現れる可能性であるとか、足場が悪いだとかそういった注意点も同じなので、どういった場所であるのか、何に気を付けなければならないのかといった部分も伝わりやすくはなるだろう。

「あそこでヘザーさんと話してる魔術師って……炎熱城《じょうさい》砦に行ったり、普通に守護者《ガーディアン》を倒してるんじゃなかったか？」

「ああ……。そういえば劇場を作ってた子供の魔術師よね」

「子供の姿をしてるが、実は古代から生きてる大魔術師って噂も聞いたぜ」

「マジかよ……」

といった調子で冒険者達の噂話は続いているが……。

冒険者達の噂話についてはあまり気にしないことにしよう。魔人殺し絡みに関しても色々と偽情報を流していたりするし、異界大使についても敢《あ》えて実態は広報してはいないので、当人である俺から何かを肯定したり否定したりするのは藪蛇《やぶへび》な気がする。

「ギルドの中で話ができると助かるのですが」

小さくかぶりを振ってから、苦笑しているヘザーに色々な事務手続きなどを済ませてもらうことにした。

「そうですね。色々話すことは多いと思いますし」

冒険者ギルド内で新区画についての詳しい報告と、冒険者に対する諸注意のとりまとめ、それから素材の換金、受け取り等々、やることはそこそこ多い。

ギルド内に入り、ヘザーやアウリアに連れられてみんなで奥の部屋へ移動する。ギルドの外に置いてある魔物の素材はあのままで良いだろう。

新区画について、分かりやすい形で脅威度を指し示してくれる。どんな区画なのかなどは冒険者達が噂話として広めてくれるし、ギルドもその点については噂話を補う形で正しい情報を周知してくれるはずである。

素材に関しても見張りがいるので衆人環視で悪さをする者もいないだろう。

ギルドの入口脇に腰を降ろしているコルリスもそうだし、兵士達もコルリスに付き添うような形で周囲の警戒をしている。

「ああ――。帰ってきたか」

「お帰りなさい」

「無事で何よりだわ」

冒険者ギルドの奥の部屋に通されると……ギルドの副長オズワルド、それから向かい合ってお茶を飲んでいたステファニア姫とアドリアーナ姫の3人が立ち上がって俺達を出迎えてくれる。

マルレーンが屈託のない笑みを浮かべて姫達2人のところへ行くと、ステファニア姫とアドリアーナ姫から髪を撫《な》でられたりしていた。

「それで、どうだったんだ？　現地に行ってみた者としては」

と、その光景を微笑《ほほえ》ましいものを見るように見やったオズワルドがアウリアに向き直って尋ねる。

ステファニア姫とアドリアーナ姫の2人に関しては五感リンクで見ていたから状況を知っている。

改めて説明をする必要もないが、オズワルドとしては実力を知っているアウリアの見解を聞いてみたい部分があるのだろう。

「うむ。テオドール達と一緒に行動しているとそれほどでもないように見えてしまうのが困りものじゃがな。感覚が麻痺《まひ》してしまうというか……」

アウリアはそんなふうに言ってかぶりを振ると、俺達にテーブルに着くように促してくれた。各々が椅子に座ると、ヘザーがお茶を淹《い》れてくれる。そうして落ち着いたところでアウリアが新区画についての話を進める。

「中々に危険度の高い区画じゃよ。外で冒険者達も言っておったが、大腐廃湖から毒を除いて凍り付かせたりしたらああなるのではないかな」

「壁の無い区画と殿下からお聞きしたが……危険度も大腐廃湖並、ということか」

「うむ。視界の明るさは確保できておるが障害物が多いので、見通しはとんとんじゃな。出現する魔物の中に、正統派に強いのがいるというのも問題じゃ。小細工しにくいし、分岐点からして魔光水脈からというのも良くない。雨に打たれた後で厳冬の寒空に放り出されるようなものじゃ。罠の性質も厄介じゃし、予備知識無しで突入するのは自殺行為じゃな」

「まず魔光水脈をある程度探索できる実力が前提として必要になるというのはありますから、その点では注意喚起があれば迂闊《うかつ》な行動を取るとも思えませんが」

俺から補足を入れるとオズワルドは頷《うなず》く。

「それは確かにな」

「テオドールが情報を惜しげもなく公開してくれるから、儂《わし》らとしては助かっておるよ」

「昔、旧坑道ができた時はこぞって突入して怪我人《けがにん》が相次いだという記録が残っているのです」

アウリアが言うとオズワルドが頷き、ヘザーと三人で揃《そろ》って頭を下げてくる。旧坑道か。過去の国王の振る舞いによって迷宮との契約不履行への警告として拡大して生じてしまった区画、という話だったな。

「礼を言う。新区画というのは、得てして先んじた冒険者達が情報を独占したがると旧坑道の時の記録には残っていてな」

「ああ。一攫千金《いっかくせんきん》狙いというわけね」

ローズマリーは羽扇の向こうで納得するように頷いていた。

今まで無かった魔物の素材の希少性というものも踏まえると、やはり金になるのだろう。特にマンモスやイエティは個体が大きいだけに、一度の狩りで得られる金額も大きいだろうし。

「うむ。それにしたって冒険者達にも許容できる危険の限度というものはある。外に置いてある魔物を見れば、金になるとは分かっていても迂闊には踏み込めんじゃろうて」

そうだな。炎熱城砦などは門番がいなくなっても危険度が高過ぎて相変わらず忌避されているし。

「そうなると、何組かが手を組んで、となりそうですが」

グレイスが言うとアウリアが頷いて答える。

「そうさな。であるから儂達がそこの見極めなり協力なりをしてやるというわけじゃ。そのあたりはこちらの仕事ゆえ、手間取らせはせんよ」

「差し当たっては、防寒具やら水濡《みずぬ》れ対策を施した装備の準備でしょうか？　出現した魔物の性質を纏《まと》める必要もありそうですが」

「うむ。そのあたりは新区画への突入を計画している冒険者達に準備がある旨を通達すると。当面は新区画の探索については届け出制になりそうじゃな」

今後の体制などについて、大まかなところは決まったようだ。ギルドには迷宮に関するノウハウも十分にあるし、このへんは任せておけばいいだろう。

ベリオンドーラが北方であることを考えると、寒冷地での戦闘訓練にも使えそうな気もするが。討魔騎士団ならば問題なく戦える区画だろうし、後でエリオット達と検討してみるか。

「後は……そうですね。今回の戦利品についてですが、どうなさいますか？」

「僕としては一部を貰《もら》い、残りはギルドに売却を、と考えています」

ヘザーに問われて答える。装備品などとして見た場合、どうしても必要、というようなものはないし、後から何かが必要になったらまた樹氷の森へ探索に行けばいいのだ。

イエティの片割れから毛皮を一部。もう一匹からは魔石抽出。マンモスソルジャーの肉を普通に消費し切れる分量だけ。スノーゴーレムの結晶板を実験や試作品製作に必要と思われる分量。それから宝箱から見つかった首飾り。残りはギルドに売却という感じだ。大体のこちらの取り分とギルドへの売却分を伝えるとヘザーは頷く。

「新区画からの魔物のように、今までに無かった素材の場合、類似の魔物と比較し、希少性を鑑みてそこに割増して支払うということになっています」

「過去に例があるのならそれと同じで良いですよ。新区画調査や情報への対価などは、僕の場合、報酬の二重取りになってしまうところがあるので」

というわけで大体の値段を算定してもらうことになった。

ヘザーから提示してもらった金額については……希少性を加味したものになっているのだろうが、それでもエレファスソルジャーなどを基準に考えるとかなり割高に感じる。

ギルド側が色を付けてくれたとか、新区画で手に入った初の素材なのでご祝儀分が含まれているから、ということなのだろう。

まあ……後は家に帰ってマンモス肉の味でも確かめさせてもらうとしようか。食材としては量が多いので、せっかくだし家に人を呼ぶというのもありかも知れない。

マンモスソルジャーの肉を受け取り、試食会――ということでその場にいる者に声をかけたり通信機で連絡を入れたりして、家に来てもらうということになった。

味や各種料理との相性など未知数な部分があるので、色々と試す必要がある。味が良ければマンモス肉の流通する値段などにも関わってくるだろうし。

というわけで市場に立ち寄り、他の食材の買物をして早速家に持ち帰る。試食会までに煮たり焼いたり燻製《くんせい》にしたりといった準備を進めていく。

迷宮村の住人達や招待客を含めて食事をする人数が多いので、料理ごとに班を作って十分な量を作る態勢を取る。シチューにロースト肉、燻製、焼き肉と……各種料理班が分かれて作業をする形である。

「テオドール君は市場で色々買ってたみたいだけれど……何を作るの？」

俺の班になったイルムヒルトが首を傾《かし》げて尋ねてくる。俺の班にはシーラとセラフィナもいる。

「んー。いや、少し試してみたいことがあってさ。手順を見せるから、その後に下準備を手伝ってもらえると助かる」

「分かったわ」

「了解。テオドールの料理は楽しみ」

「はーい」

と、三者三様に返事をしてくる。さてさて、上手《うま》くいくかどうか。

マンモス肉は……なんというか寒冷地に適応した生き物だけに脂がよく乗っていたりして、肉質も良さそうだ。試食会は相性の良い料理を探そうというコンセプトなので、俺としても一品ぐらいは今までに無かった物を作ってしまおうと考えたわけである。

市場で買ってきたのはパンに小麦粉、卵……と。もう方向性的には定まっているな。

パンから水魔法と風魔法で水分を奪ってボロボロに崩して、まずはパン粉を作る。トレイにパン粉を敷き詰め、ボウルに卵を溶いてやれば準備は完了だ。

「で、ここから肉に下拵《したごしら》えをする」

マンモス肉に切れ目を入れ、それから両面を包丁の背で叩《たた》く。塩と香辛料で下味をつけて小麦粉をまぶし、卵にくぐらせ、パン粉をつける。

「ここまでの手順は良いかな？」

「ええと。下拵えしたお肉に小麦粉をまぶして……」

「溶いた卵にくぐらせてからパンの粉を付ける」

「うん。分かった」

うむ。さて。ここからが問題なのだが……食用油が割と良い値段なので、景久《かげひさ》の感覚で揚げ物料理を作ろうとすると、どうしても贅沢品《ぜいたくひん》になってしまうところがある。なので一工夫する必要があるだろう。

パン粉のついた肉を小さなマジックシールドで支えた金網の上に乗せて固定。そして風魔法と火魔法を併用して、金網の周辺に熱を閉じ込め、限定された空間内に熱風を循環させていく。

要するに……ノンフライヤーの原理を魔法で再現しているわけだ。脂が乗った肉なら肉側の脂で揚げられるだろうと踏んでのことである。

「おー……。魔法料理……」

シーラが感嘆の声を漏らして目を丸くする。他の班の面々も作業の手を止めて、こちらに注目しているようだ。

みんなが固唾を呑《の》んで見守る中、下拵えされたマンモスカツを仕上げていく。

宙で支えた金網の上で、揚げられていく過程が目に見えるので、リアルタイムで温度調整もしやすい、という部分はあるかも知れない。

空気を閉じ込めているので匂いや音を感じられないが、見た目は段々と俺の知るカツに近い姿になっていく。脂が滴り落ちて……なんとも美味《うま》そうだ。

キツネ色になったところで熱風を止めて魔法を解除すると同時に、閉じ込めていた匂いも解放された。カツ特有の香ばしさがあたりに広がる。揚げたての油の音が中々に心地良い。

「……このぐらいでどうかな？」

上手くいっていると良いのだが。まな板の上にカツを降ろし、包丁を入れてみる。

サクッとした手応え。火の通った肉に、じわりと滲《にじ》む肉汁。

おお。ノンフライヤーの魔法的再現なのでどこまでのものができるか不安もあったのだが……予想以上に良いのではなかろうか？

衣といい、肉の断面といい……記憶の中そのままのカツの姿に満足感を覚える。まあ、トンカツやチキンカツではなくてマンモスカツなので未知数な部分はあるのだが。

「とりあえず試食してみようか。実験だし、上手くいってると良いんだけどね」

シーラ達も大分期待を込めた目でこちらを見ているし。そう言うと、シーラは神妙な面持ちで頷いた。

みんなに一切れずつ取り分け、早速口に運んでみる。

……ああ。これは懐かしい食感だ。サクッとした特有の歯応えがなんとも言えない。食用油を使っていないので自然にカロリーオフになるところもあるしな。

「おお……？」

そしてマンモス肉との相性も悪くない……というか、もっと臭みのある肉かと思っていたのだが。

適度な柔らかさにたっぷりとした肉汁が口の中に広がる。繊細な味で案外癖がない。続いてタームウィルズの屋台などで使われているソースを上からかけての試食。これは……美味いな。俺の知っているソースとは若干味が違うが、カツには合うのではないかと思っていた。

こうなってくると俺の食べ慣れたソースやら醤油《しょうゆ》やらの調味料と……後は白米が欲しくなるところだ。水田の開発も進めていかねばなるまい。

「ん。美味《おい》しい」

「確かに……。香ばしくて、不思議な食感で」

みんなも咀嚼《そしゃく》してじっくり味わっている様子である。

「これは……美味しいですね。サクサクしていて」

「肉汁が外側のパン粉と卵で閉じ込められているわけですね」

「テオドールは不思議な料理を考えるわね……」

「でも美味しいわ。魔法の微調整が上手いからこそよね」

グレイスとアシュレイ、ローズマリーとクラウディアがゆっくり味わった後に、それぞれ感想を述べる。マルレーンも一口サイズに切り分けたものを口に入れて真剣な表情で味わってから笑顔を向けてきた。

……ふむ。どうやら好評なようだな。うん。揚げたては確かに最高である。

後は……肉を薄めに切って間にチーズを挟んで、それに衣をつけて揚げるというのはどうだろうか。このままでも好評ではあるようなので、普通のものとチーズを肉の間に挟んだものと、両方作っていくことにしよう。

「よし。それじゃあ、この調子でどんどん作っていこうか。最後の工程は俺がやるからさ」

そう言うと、シーラ達は大分張り切った様子で頷くのであった。

マンモス肉は食材としては上々だ。癖も少なく、これならシチューやローストとも合うのではなかろうか。他の料理の仕上がりも楽しみだ。

◆◆◆◆◆

そしてみんなの料理も進んで日も暮れて……香ばしい匂いが家中から漏れ出す頃になって……試食会ということで各所から人が集まってきた。

冒険者ギルドからアウリア、オズワルドにヘザー、ユスティア、ドミニク。護衛のフォレストバード達。

それにテフラも顔を見せている。テフラとの契約で生まれた新区画に俺達が向かったということで心配していたようだが、怪我がないと分かると喜んでくれた。

王城からはジョサイア王子、ステファニア姫、アドリアーナ姫、エルハーム姫。コルリス、フラミア、ラムリヤも一緒だ。……今回メルヴィン王は来られなかったようだな。まあ、後でマンモス料理を届けられるようにしたいところではある。

それから大公と公爵家の面々。今日はレスリーも同行している。

工房からアルフレッドとオフィーリア、ビオラ、タルコットとシンディー。それから、討魔騎士団周りということでエリオットとカミラにも声をかけてある。

家にいる面々もパーティーメンバーに加えてジークムント老達、フローリア、フォルセト達、迷宮村の住人達と大人数なので……まあ随分賑《にぎ》やかなことになっている。

ちなみにアルフレッドには実験が上手くいったということでノンフライヤーの魔道具について。エリオットには、討魔騎士団の迷宮訓練についての相談をしてみる予定である。

「――というわけで、迷宮に出現した新区画から新しい食材が手に入りました。今日は試食会ということで、皆様にも楽しんでいただけたら幸いです」

料理が冷めても申し訳ない。挨拶もそこそこに切り上げると、みんなから拍手が起きた。テーブルに戻ってきたところで試食会の開始である。

野菜と一緒に時間をかけて煮込まれた湯気を上げるシチュー。外側をじっくりと焙《あぶ》って肉汁を閉じ込めて焼き上げたロースト肉。香辛料を振り掛けられて焼かれたステーキに俺の作ったカツ等々……肉料理尽くしではある。さすがに肉料理ばかりでは重いのでサラダや果実などもふんだんに用意している。

まずはシチューから。これは……うん。野菜の甘味に肉の旨味《うまみ》が溶けて……香辛料で肉の臭みを感じさせず……肉もじっくりと時間をかけて非常に柔らかく煮込まれている。

これはまた美味しいな。ローズマリーとクラウディア、マルレーン、セシリアが主導して作ったものだ。

続いて骨付きのロースト肉。こちらはグレイス、アシュレイ、ミハエラ、フォルセト主導だ。やはり香辛料の使い方が上手い。臭みを感じさせず、口の中に肉汁と旨味がたっぷりと広がる。上品な仕上がりで、このへんの繊細さは流石《さすが》というか、俺の料理にはないものだな。

「ああ……。これは……美味しいわね」

「宮廷料理人に勝るとも劣らずというか……」

「味付けが繊細で、素晴らしいですね。お肉がまた、絶品です」

ステファニア姫達はそれぞれに舌鼓を打つ。

「ふうむ。これは見たことのない料理じゃが……。美味しいのう……」

「うむ。新しい料理ですな。外側がサクサクとしているのに、中に肉汁が詰まっていて……」

「こちらのものには肉と肉の間にチーズが挟まっているのですな。ふむ。これはまた……絶品ですな」

アウリアと公爵、大公の感想だ。ステファニア姫達もそれに続いて、それぞれ表情を綻ばせていた。マンモスカツも好評なようで一安心である。

「これは、良いな」

オズワルドとフォレストバードー達はマンモスカツが気に入ったらしい。エリオットやシオン達三人も美味しそうにしている。

「これはもしかして、テオ君が？」

一通り味わってからアルフレッドが尋ねてくる。

「うん。魔法で新しい料理法を試してみたんだけどさ。上手くいったら魔道具化できないかって思ってね」

「いいね。後で実演してくれるかな?」

「了解」

アルフレッドに魔道具化の話をしてみると……どうやらかなり乗り気なようだ。

魔道具化するには形状なども考えなければならない。余興も兼ねてみんなの前で実演させてもらうとしよう。

まあ、魔道具の費用は必要ではあるが、揚げ物が食用油無しで手軽に楽しめるというのは中々に良いのではなかろうか。

◆◆◆◆◆

「――と、このようにして熱を閉じ込めて中で空気を回すことにより、食材によっては油を使わずに空気と熱だけで揚げられるというわけです」

マンモス肉に衣をつけて1枚揚げてみせる。料理の工程に魔法を組み込むあたりが物珍しい感じではあるか。余興としても丁度いいかも知れない。

「ほほう……」

「なるほど……」

大公や公爵も感心している様子であった。

油といっても使い道が色々で、食用以外でも照明に使ったり薬にしたりと他の用途もある。なので油をふんだんに使う揚げ物料理はどうしても贅沢な使い方になってしまうところがあるが、魔道具なら道具と適した食材さえあれば良いわけだしな。

「そうなると、食材を密閉できる形が良いのかな」

「持ち歩ける大きさにすると便利かも知れませんね」

アルフレッドとビオラは早速魔道具化した際の形状等について案を練っている様子であった。携帯可能なら冒険者達が外で火を使わずに食材を温めたりだとか調理したりだとか、手軽に色々できるかも知れない。

とりあえず密閉型、携帯型ということを想定して後で術式を書きつけておこう。公爵は案の定というか、購入希望のようでアルフレッドに期待の眼差《まなざ》しを送っているし。

試食会は食事をしながらの談笑といった和やかな雰囲気に移ってきたので、俺もテーブルに戻ってから頃合いを見て、エリオットやフォルセト達に樹氷の森のことを話しておくことにした。

「迷宮の新しい区画についてなのですが――」

樹氷の森について間欠泉の罠やら出現する魔物も含めて大体のところを話すと、エリオットとフォルセトは真剣な表情で頷く。

「空中戦装備の練度も上がってきている今、寒冷地に慣れるというのは良いかも知れませんね」

「魔物が多いというのも、集団戦闘を想定した実戦訓練になるかも知れません。壁がないというのも、飛竜や地竜を連れていけるでしょうし」

そう返すと、エリオットは静かに頷いた。

「私やシオン達も、雪や氷には不慣れですし、丁度良いかも知れません。これからタームウィルズでも雪は降るのですよね？」

「ええ。いつでも空中移動というわけにもいきませんし、雪や氷の上で行動するのに慣れておくのは無駄にはならないかと。樹氷の森で魔物と戦った印象では、討魔騎士団やフォルセトさん達なら、危険を抑えて十分に戦える場所ではないでしょうか」

不確定要素として守護者の出現も考えられるが、エリオットやフォルセト、シオン達なら対応可能な範疇《はんちゅう》だろう。

アルファのような強力な個体もいることはいるが……クラウディアによればワーウルフ原種《オリジン》は守護者という括《くく》りの中でも、やはり強力な部類らしい。

これは満月の迷宮が特異な位置付けであるためで、それ以外の場所に出没する可能性のあるガーディアンは、アルファに比べてしまうと数段劣るという話であるので、これにも対応は可能だろう。となれば、迷宮での戦闘は実力を引き上げてくれるので積極的に訓練に取り入れていくのが良いだろう。２人も異存はないようで迷宮での訓練を行うということで話は纏まった。

そして試食会もやがて散会となった。メルヴィン王を始め、今日予定が合わずに来られなかった面々には後でマンモス肉の料理などを届けるとしよう。魔法を用いて料理できるので、その場で調理すれば揚げたてを届けられるしな。

◆◆◆◆◆

「試食会は中々好評であったようだな」

明くる日――。討魔騎士団の迷宮訓練絡みの相談も兼ねて王城に顔を出すと、王の塔にあるサロンに通され、そこでメルヴィン王が迎えてくれた。

「ありがとうございます。迷宮の新区画探索についても、冒険者ギルドと連携して注意喚起などを行っていくということで話は纏まっています」

「大儀であった。ジョサイアやステファニアからも色々話は聞いておるぞ。また物珍しいものを披露したそうだな」

メルヴィン王は楽しそうににやりと笑う。

「今まで無かった料理だったというのもありますが……魔法で料理をするというのが斬新だったようですね。食材に関しては事前にお話しした通り、持参してきました」

「うむ。それについては後で楽しませてもらうとしよう。討魔騎士団の迷宮訓練についての裁可ということであったか。まずはそちらの話を済ませてしまわんとな」

昼食には少し早い時間。マンモスソルジャーの肉などは持参しているが、調理には少し早い頃合いだろう。メルヴィン王の言う通り、まずは諸々《もろもろ》の話をすれば丁度良い時間帯となるか。

「はい。僕の見立てでは新区画の魔物の質と量、討魔騎士団達の実力に鑑みて、良い訓練になるのではと存じます」

「ふむ。では、それについては許可しよう。ベリオンドーラの調査のために防寒具の用意も進めていたのでな。それについての使用感も報告してもらえると丁度良い」

防寒具か。確かに現地に行って欠点が露呈するよりは良いだろう。立地が森なので、凍った土地での野営の方法についても訓練できるかな。

「分かりました。もう一点、以前にお話ししていた温室と水田についてのお話ですが」

「ああ。新しい作物を作るという話であったな」

「はい。水田に関しては野外ですと季節や気候に関わってきてしまう面があるので、まずは地下に小規模な水田を作り、ハルバロニスと同様の環境を構築してみようと考えています」

普通に作る場合来シーズンからということになってしまうし、地下ならフォルセト達の持っているノウハウも生かしやすい。実験的設備としては丁度良いだろう。

そこで生産環境を整えてからメルヴィン王や宰相のハワードにも試食してもらい、面積当たりの収穫量などの有用性を論じて外での栽培もする、というのが道筋として望ましい。

水田となると割と大規模な面積を必要としてしまうしな。

「となると……街中の地下では難しいか」

「そうですね。下水設備がありますので、タームウィルズの町中でとなると大規模にはできません」

「では、温室共々火精温泉の周囲に作るということで良いのではないかな。儀式場周辺にはまだ土地が空いているであろう」

「なるほど。水源の確保もしやすいと思います」

ふむ……。これで立地も決まったか。

火精温泉……特に儀式場の近くということなら、ドライアドであるフローリアの力も活性化されるし、ノーブルリーフ達にも温泉の水質は相性が良さそうだ。

温泉の蒸気も温室内の温度管理に利用可能、儀式場周辺は警備もそれなり……と一石二鳥以上に至れり尽くせりで、色々と都合が良い。

温室を作る分の資材、温度管理用の魔道具等々既に揃っているので、まずは儀式場周辺を下見してから、良さそうな場所を見繕って建築に移るとしよう。場合によっては増築も可能だろうしな。

「では、午後から早速温泉街を見てこようかと思います」

「うむ」

場合によってはそのまま魔法建築に移れるかな。

さて……。メルヴィン王との間でも諸々の話は纏まったが、温泉街下見のその前に、予定通りマンモスカツの調理実演をしてしまおうか。宮廷の料理人にもマンモス肉を渡してあるので今日の夕食には食卓に上るのだろうが、やはりカツは出ないと思うので。

「厨房《ちゅうぼう》をお借りしてもよろしいでしょうか？」

「無論だ。宮廷の料理人達も魔法を使った料理というのには興味津々なようでな。魔道具化されて王城の料理にも組み込めるのではないかとあれば尚更《なおさら》だろう」

……そんな話になっていたのか。なんというか、王城の料理人というのも割合開放的というか、新しい料理開発に意欲的なんだな。

まあ、その開放的な性格は恐らくメルヴィン王の人選だからこそ、という気がするが。

「本職の前で披露するというのも些《いささ》か気後れするところもありますね」

「良いのではないかな。だからこそ意欲を刺激されるということもあろう」

なるほど。俺が本職ではないからこそ料理人も受け入れるという面もあるのかも知れない。

意欲の刺激ね。これで新しい料理や調味料などを王城の料理人が開発してくれると、俺としても後で楽しめるのでお互いに利のある話かもしれないな。

さて……。カツだけでメインに食べられるものとなると、パンに挟むという形が望ましい気がする。要するにカツサンドだ。材料は全て用意してきてあるので、早速料理して食べてもらうとするか。

第158章 王城の料理長

女官の案内で王城の厨房《ちゅうぼう》へと下拵《したごしら》えしに向かう。生活魔法で手足や衣服を消毒してから厨房に立ち入ると、視線が集まった。

話を聞いているのか料理人達《たち》に注目されているようで。んー……。とりあえず、料理長には挨拶と礼を言っておくか。

「今日は急な申し入れを受けて頂き、ありがたく思っております」

最も立派なコック帽を被《かぶ》っている初老の人物に話しかけると、料理長は相好を崩して対応してくれる。

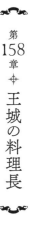

「いえいえ。料理人の1人として新しいものを見られるのは楽しみにしております。若い者達にも良い勉強になるでしょう。私共のことはお気になさらずに」

と、穏やかな言葉が返ってくる。やはりメルヴィン王の人選だけあってということか。

……では、早速ではあるが始めるとしよう。持参してきた荷物から必要な物を取り出し、昨日行った手順で下拵えをし、それから魔法でカツ作りの最後の仕上げに移った。

魔法で支えて揚げていくと、周囲から声が漏れる。見る間に段々と衣に色が付いていく。頃合いを見計らって密封を解除すると匂いと音が解放されて再び料理人達の「おお……」という声が聞こえた。

「なるほど……。話には聞いておりましたが、揚げ物ではありますが……油を使わないとはこのことですか。確かに……油を使い過ぎると体調如何《いかん》によっては、やや重たいこともありますからな」

料理長は真面目に分析している。

「ですが、油分の少ない食材ではこの方法は使えないかなと」

「ふうむ。そこは使い分けなのでしょうな。魔道具化してから私共でも研究をしてみましょう」

とりあえずカツサンドとなると、ソースで衣のサクサクとした食感が変わるところがあるので、カツそのものを楽しんでもらうために、サンド作りの傍らで並行してもう1枚揚げておくことにしよう。

2枚目を揚げ始めたところでパンにマスタードを塗りレタスを乗せて、更にソースを塗ったカツをパンに乗せ……ずれないようにシールドで固定して切り分ければカツサンドの完成だ。

カツサンドを皿に盛り付け、2枚目のカツもまな板の上で切り分ける。こちらも千切りキャベツを添えて、ソースを小皿に盛って付けてやれば出来上がりである。

「できました」

と言うと、料理人達は歓声と共に拍手をしてくれた。本職から称賛を受けるのは些《いささ》か気恥ずかしいところがあるが……。まあ、まずは食卓に運ぶとしよう。

◆◆◆◆◆

「お待たせしました」

「うむ。楽しみだ」

メルヴィン王がにこやかに笑みを浮かべる。どうやら期待させてしまっているようだが口に合うかどうかは分からない。

食卓に着くと銀盆から蓋が取り払われた。

メルヴィン王はまずカツサンドから食べるようで……口に運ぶとゆっくり味わい、それから相好を崩す。

「ほう……。これは……良いな。食材も珍しいもののようだが、美味よな」

ふむ。やはりマンモス肉はどこでも好評だな。メルヴィン王にお墨付きを貰《もら》えれば本物だろう。

「それは何よりです」

「この新しい料理もな。衣がなんとも言えぬ食感であるが……」

カツも口にしてメルヴィン王は目を閉じて味わってから言う。

「ボーマン。どうであったかな？」

それからメルヴィン王が料理長に尋ねると、料理長……ボーマンは穏やかに頷《うなず》いた。

「いや、いい刺激と勉強になりました。お夕食には、私も新しい食材で何か考えねばなりますまいな」

「うむ。そちらも楽しみにしている。しかしこのカツサンドは良いな。執務が忙しい合間にも手軽に食事を楽しめそうだ」

「陛下、それは些か……」

「分かっておるよ。食事はしっかりととらねばな」

メルヴィン王はにやりと笑い、ボーマンもそれを受けて苦笑するように頷いた。なんとなくやり取りにも手慣れたものを感じる。

ともあれ、医食同源という概念までは無いにせよ、先程の油の使い方に関する話といい、食事による健康管理に気を遣っている人物というわけだ。

王城の台所を預かる人物として確かな腕と知識を持っているのだろうし、メルヴィン王からの信頼も厚いようで……。厨房を快く使わせてくれた理由も分かる気がするな。

◆◆◆◆◆

さて。王城を辞去して、まずは自宅へと向かった。昼食はまだだったので、昨晩の残りを温め直して頂くことにする。

試食会で出されたものだけに、2日続けて同じメニューではあるが豪勢な昼食であると言えよう。燻製《くんせい》のほうも出来上がっていたので少し食卓に並ぶメニューに変化もあって、中々に満足度が高かった。

少し遅めの昼食を堪能したところで、みんなが寛《くつろ》いでいる遊戯室へと向かう。

地下水田の環境整備にフォルセト達の助力は必要不可欠だし、南方で見つけてきた他の作物についての環境整備や植え付けなども話を通しておかなければならない。

みんなのところに顔を出して、まずは王城であったことを話して聞かせる。

「――というわけで、温泉街に温室と地下水田を作るということで、話が纏《まと》まりました」

「そうですか。私達としても、地下に植えるとなればお役に立てそうです」

フォルセトは地下水田の話に笑みを浮かべる。

「月では資源が乏しくなっていたそうで……食料の自給は喫緊の課題だったそうです。その分作物を育成する環境を整える魔法技術は発展しておりますので……どうぞお任せください」

なるほど。砂漠の地下都市も外界から隔離されているという意味では、月と同じだからな。地下都市で作物を育てたのも、その周辺の地上に森を育てたのもハルバロニスの技術によるものなのだし、実績がある分信頼できるだろう。

「やっとあの子達も育てられるのね」

フローリアも嬉《うれ》しそうな様子だ。南方の作物の植え付けを楽しみにしていたらしい。マルレーンがそんなフローリアの表情ににこにこと明るい笑みを浮かべていた。

「そうですね。いつまでも魔法陣で保存というわけにはいきませんし、まずは地上部分に温室を作ってしまおうかと。地下部分の構造については後程相談させてください」

「分かりました」

「では、この後は儀式場周辺の下見に？」

「ああ。儀式場周りの空き地は把握しているから、もう目星も付けてるけど」

グレイスの質問に答える。

「では、この後は温室の建造かしら」

「資材については、場所が決まれば私が転移で運べるわ」

ローズマリーが言うと、クラウディアが笑みを浮かべた。なるほど。迷宮の上部だけに、転移魔法で運んでしまっても負担が少ないというわけだ。

「積み込みなどをしなくていいというのは助かりますね」

「ん。工房に顔を出したら温泉街までちょっと行ってくる。すぐに仕事にかかれそうだし」

アシュレイの言葉に頷いて、そう答える。

工房を覗《のぞ》いていくのは……温室用の魔道具の設営にはやはりアルフレッドの手を借りたいところだからだ。

◆◆◆◆◆

さてさて。予定通り工房に顔を出してアルフレッドに声をかけ、その足でアルフレッドと共に温泉街へと向かった。エルハーム姫も南方の植物を作付するということもあり、意見を聞きたいので、一緒に同行してもらっている。

「ああ、温泉街の模型を持ってきたんだね」

馬車に積んできた温泉街の立体模型を見てアルフレッドが頷いた。

「うん。予定している温室を建てて、地下部分も作れるかどうか考えなきゃならないし」

儀式場周辺はＶＩＰが入浴に来る関係上、警備を厚くしているので、まだ開発がそれほど進んでおらず、土地が空いている場所が多い。

今回はその場所を利用して温室を作るわけだが……空いていればどこでもいいというわけではない。元々温泉街周辺は基礎から作ったということもあり、儀式場の源泉から延びる導水管などの位置は把握している。土地面積等々を勘案して候補を絞り込んでいく。

「となると――ここ、かな？」

候補地に土魔法で新たに温室の立体模型を付け加える。

「場所は良さそうだね」

「けれど、若干土地のほうが余っていますね」

と、エルハーム姫。

「そうですね。予定していたより広い土地が使えるようになってしまいましたし。野外にも庭園を設けて、温室外で育てられる物を植えるか、或《ある》いは温室を広げるか……」

このあたりは思案のしどころだな。予定していた温室についてはそのまま建ててしまっても問題あるまい。余っている部分に資材を転移してもらえば作業も色々捗《はかど》るのではないだろうか。……うん。それでいこう。

立体模型の地下部分も……どのぐらいの広さにできるか、源泉からの導水管をどう引いていくか等々、思案をしながら試行錯誤を重ねる。そうこうしているうちに、馬車は儀式場に到着する。

「んー……。やっぱりここが良いかな」

早速儀式場に馬車を停《と》め、温室の建設予定地の下見を始める。

「儀式場や火精温泉からも近いですし、日当たりも良いですね」

グレイスが笑みを浮かべ、手で日除《ひよ》けを作りながら午後の陽《ひ》ざしをやや眩《まぶ》しそうに眺める。

うむ。諸々《もろもろ》の条件に問題は無さそうだ。日当たりは特に重要だが、そのあたりもクリアしていると言えよう。

メルヴィン王は、自分の代わりに裁可を下せる人物を後でこちらに寄越《よこ》すと言っていた。温泉街と王城の間でどこそこにすると連絡に走って着工が遅れるのを防ぐためなのだろう。さて、誰が来るのやら。ジョサイア王子かステファニア姫あたりだろうか？

そう思っていると東区に通じる道から馬車がやってきて、建設予定地の前に停まる。中から降りてきたのは……宰相のハワードだった。

「おお、大使殿、皆様方もお揃《そろ》いで」

「これはハワード様」

と、一礼する。ハワードは穏やかに頷くと言った。

「陛下より、温室建設予定地についての裁可を仰せつかっております」

「ハワード様自らお越しとは。お手数おかけします」

「いやいや。こちらに足を運ぶ予定がありましてな。いや、後々の食料生産に関わってくることでもありますので、私も話を聞いてきたほうが良いとも言われておりますぞ」

そう言って、ハワードは少しだけ誤魔化すように笑った。……なるほど。温泉に行くのならということか。

「建設予定地はお決まりでしょうか？」

「そうですね。この場所にしようかと見ておりました。問題が無ければここに決定したいと考えていましたが……」

そう答えると、ハワードは一通り周囲を見渡して頷く。

「承知しました。陛下にはそのように報告しておきます。着工は大使殿の御都合の良い時になさって結構とのことです」

「ありがとうございます」

ということは、このまま着工してしまって問題ないというわけだ。

メルヴィン王によると、使用の予定が無い土地なら大丈夫とのことで。儀式場周辺は意図的に空白を作っているものの、それでもなんらかの用途で使うことがないとも言えない。

そういう意味で、現在の温泉街の状況に精通している人選となると宰相であるハワードが適任であったのだろう。

「しかし……ここに温室となると、中々風情があって良いですな。立地も実に良い。温泉に行く前、或いは温まった後に、のんびりと珍しい草木を愛《め》でるというのは……うむ」

ハワードは完成の青写真を脳内で描いたのか、静かに頷いている。

「温室に関してはやや作物や薬草に偏っているところもありますが、想定していた大きさより土地が広く使えそうなので、庭園を作って季節の花々を植えるというのも面白そうですね」

まずはここで作物を育てて増やせる環境を整え、需要に応じて栽培可能な拠点を増やしていくというのが理想だが、庭園に関しては景観重視でも良いはずだ。

まあ、並行して自宅でも小規模な温室を作り、家庭菜園として栽培させてもらう予定ではあるが。パイナップルだとか、気軽に楽しみたいしな。

「地下に新しい作物も植える予定と聞きましたが」

「はい。稲……白米のことですね。面積あたりの収穫量が多い点と、長期保存をしやすい点を踏まえると、食料として非常に優秀なのではないかと」

というのが、日本などで米が主食として広まった理由である。麦であるとかコーンであるとか、主食になり得る作物はいくつかあるが……米もそれらと同じく、多くの人口を支える食料としては優秀な部類だ。

ハワードは少し思案するような様子を見せているが、色々と理想的な未来予想図を思い描いているのか口元が若干緩んでいた。

「うむ。実に楽しみですな。では……陛下には私から伝えておきます」

「はい。よろしくお伝えください」

ハワードは政治的になるべく俺から距離を取ることを心がけているからか、少しだけ名残惜しそうではあるものの早めに話を切り上げ、馬車に乗ってその場を去っていった。

「それでは……私も動いてもいいかしら？」

ハワードとの話が終わったのを見計らって、クラウディアが尋ねてくる。

「うん。着工してもいいみたいだ。ええっと、そうだな。こっち側に温室を作るから、このへんを資材置き場にしようかな」

立体模型を交えて説明すると、クラウディアは目を閉じて静かに頷く。

「分かったわ。資材を転移させるから、このあたりには立たないように気を付けてもらえるかしら？」

「ん。了解」

クラウディアとのやり取りを聞いて、みんなも資材置き場の予定地から距離を空ける。

その光景にクラウディアは頷くとマジックサークルを展開させた。

「では、行ってくるわ」

そんな言葉を残してクラウディアの姿が消えた。

……日差しは穏やかだが、若干風が冷たいな。作業中に身体《からだ》が冷えるのは良くないので、風魔法でフィールドを張って建設予定地付近を無風状態にすると……丁度心地のよい秋の日和といった体感温度になった。

少しの間を置いて、光の柱が出現する。温室用の資材と共にクラウディアが戻ってきた。さすがに転移魔法で運んでしまうとあっという間だな。では、早速魔法建築を始めよう。

「起きろ」

作業員製作を兼ねて土ゴーレムを動員。地下部分をある程度の目星を付けて掘り進め、それから基礎を作っていくことにしよう。

「水田の規模はどれぐらいにしましょうか？　後から広げることもできるので、大凡《おおよそ》で大丈夫ですよ」

動員したゴーレムの数を見て驚いていたフォルセトであったが、声をかけると気を取り直すように小さくかぶりを振って答える。

「えっと。そうですね……。広さはこのぐらいで良いと思います。種籾《たねもみ》は念のために一部残しておけばやり直しが利きますから。深さはもう少しあっても良いかも知れません。天井や壁に術式を仕込みますので」

「分かりました」

ではもう少し深く。……このぐらいだろうか？　フォルセトと相談しながら地下部分を整備していく。

「地下の強度は大丈夫かな？」

「壁は大丈夫だと思う。念のためにこのへんに柱があると安心かも」

「了解」

地下部分を拡張し終えたらセラフィナと共に構造を補強。続いて地下区画の天井というか温室の基礎部分を作っていく。

地上部分には実際に植物を植える花壇も作っていく予定だ。水路と土を盛る花壇部分も想定しながらゴーレムを石材に戻し、一気に形成していく。出来上がった端から構造強化で温室の基礎部分を作成、補強。

地下をくり抜いた分、ゴーレムが余っているが、これらは温室周辺の塀を作成するために利用させてもらうというのが良いだろう。

さて最終的に温室に水を引いてこなければならないが……先に温室の骨組み部分作成へ移るとしよう。

「私達にお手伝いできることはありますか？」

アシュレイが尋ねてくる。

「んー。そうだな。じゃあ……資材置き場の中から鉄と魔石を俺のいるところに運んできてもらえると助かる。怪我《けが》をしないようにね」

「分かりました」

俺が言うと、みんなが動き出す。例によってレビテーションで俺のところまで運んでくるわけだ。

温室建設部分の端付近に立ち、マジックサークルを展開して待機。最初に資材を持ってきてくれたのはマルレーンだ。

「ありがとう」

礼を言うとマルレーンはにこにこと笑みを浮かべてこくんと頷く。そうして次の資材を運ぶために小走りに駆けていった。

すぐ後ろに羽扇で口元を隠したローズマリーが続く。マルレーンが怪我をしないか心配していたのかも知れない。

続いてアシュレイ、フローリア、グレイス、シーラ、イルムヒルト、クラウディア、エルハーム姫、フォルセト、シオン達……と続く。

みんなが持ってきた鉄のインゴットと魔石を光の球体の中で溶かして混ぜていく。

加工に際して用いる魔法はシリウス号を作った時と同じものだ。鉄塊と魔石を光の中で溶かして融合させ、温室の骨組みとして形成し直していくというわけである。

構造強化と状態保全の魔法でしっかりと折れないよう、錆《さ》びないように補強しつつ、基礎部分との接地部分、壁、天井のアーチとなる部分と、順繰りに作っていく。

薬草エリア。椰子《やし》の木エリア。パイナップル畑……。細かな生育環境の違いで幾つかの区画ごとに分けてある。それぞれで温度管理などを行う必要があるからだ。

縮小模型で予定していた通りに各種区画部分の骨組みを配置し、組み上げる。

後は……中央部分に噴水を作ったり、日差しの邪魔をしない位置に中二階というか、温室全体を一望できるテラス席のようなものを作る予定だ。

立体模型を再現するように作業を進めていくと……段々と全体像が見えてくる。骨組みだけでも見た目だけはかなり温室っぽくなってきた。

後はガラス板を魔法で成形し、構造強化を施しながら枠に嵌《は》めて行けば温室そのものの構造体部分は出来上がりだ。

ただ、空調関係の魔道具が設置されていない段階でガラス板を嵌めてしまうと、内部の温度が上昇してその後の作業がやりにくくなってしまう。なので珪砂《けいしゃ》からガラス板を錬成する作業は後回しである。

このあたりで源泉から水を引いてくる工程に移る。温室への水の引き方だが源泉のままでは水温が高過ぎるので、一度貯水タンクに溜《た》め、そこで水温を調整してから温室内の水路やら地下区画に水を流すという形になる。

というわけで導水管と貯水タンクの設置に移るとしよう。共に魔道具であるが……先にタンクを設置して、温室側から儀式場に向かって導水管を敷設していくのが良さそうだ。

源泉と繋《つな》いだ時に自動的に水がやってきて、そのまま蓄えることができるわけだし。

と、その時、王城のほうからコルリスが飛んできた。背中にステファニア姫とアドリアーナ姫、それからフラミアが乗っている。

「これは殿下」

「ええ。こんにちは」

「もしかすると今日あたりから温室を作り始めるかもと聞いて……手伝えることはないかと様子を見に来たのだけれど」

うん。人手が多いのは助かる。

「ありがとうございます。これから貯水槽を設置しようとしていたのですが……コルリスとイグニスが支えてくれると丁度良い高さになりそうですのでお願いできますか？　レビテーションで浮かせて、支えてもらっている間に土台を作ってしまいますので」

「分かったわ」

ステファニア姫がコルリスに視線を送って頷くと、コルリスも頷き返す。貯水タンクを浮かせてコルリスとイグニスに支えてもらう。土台を形成、設置して、構造強化で補強。セラフィナを見やると、笑みを浮かべて頷く。

「ゆっくり降ろしてもらっていいですか？」

「ええ」

土台の上に降ろして、固定していけば……。よし。これで貯水タンクは設置完了だ。

アルフレッドも骨組みが出来上がった時点で既に動いていて、空調設備を設置し始めているようだ。

では、引き続き導水管の敷設などを行ってしまうとするか。

水回りと空調設備の作業が終われば、ガラスの壁や天井も骨組みに嵌め込めるだろう。

その後花壇部分や内装部分を弄《いじ》ってやれば……温室部分に関しては概《おおむ》ね出来上がりといったところか。ふむ……。工程の進み具合からすると、このまま作物を植える段階まで進むことができるかも知れないな。

「ふうむ。何やら楽しげな空気を感じて来てみれば」

「ああ、テフラ。今、温室に水を引こうとしているところなんだ」

そうして作業を続けていると儀式場にテフラが姿を見せた。俺が答えるとテフラは機嫌の良さそうな様子で頷く。こちらで作業している気配を察知してテフラ山からやってきたのだろうか。

「うむ。フローリアから聞いているぞ」

ああ。精霊同士で割と交流があるみたいだしな。

オーバーラップ文庫&ノベルス NEWS

2102 B/N

「儀式場のすぐ近くに決まったの」

「ほほう。それは嬉しいな」

そんな会話を交わして喜び合っている精霊2人である。セラフィナもテフラがやってきたことに気付いて嬉しそうに彼女のところへと飛んでいった。精霊と妖精同士で仲が良いようで何よりだ。

彼女達の様子に頷いて作業を続けていく。

「じゃあ、水を流すよ」

最後の導水管と、ポンプ役になる魔道具を繋げ――魔道具を起動させると、源泉から湯が温室側に流れていく。これで貯水タンク側に水が蓄えられるという寸法だ。

しかし、温泉の温度と含有する魔力は利用させてもらうが、そのまま源泉を引き込むと植物に適さない成分が含まれているため都合が悪い。

そこで送り出す際に水魔法、土魔法を組み込んだ魔道具で成分を分離させ、水質が栽培に適するように調整を施す。

これにより、温度と潤沢な魔力を活用しつつ植物栽培を行っていく、というわけだ。

別の魔道具で温度調節をして温室側の水路に水を流せるし、夜間や冬季には温室内の熱を逃がさないためにも利用可能という寸法である。

敷設した導水管が正常に作動していることを確認し、地面に埋め込まれた管を見えないように土魔法で埋めて隠しながら温室側へと向かう。

「貯水槽に水は来てる？」

「うん。確認した」

温室側で作業していたアルフレッドが頷く。

「室温調節の魔道具も設置したから……次はガラスかな？」

ガラスの壁と天井は二重構造にして間に層を作ることで断熱効果を高める。熱を逃がさず冷気を入れず、といった具合だ。

珪砂を満たした樽《たる》を並べて――ここから一気に作っていく。

マジックサークルを展開。温室の骨組みの間に白い光球が浮かぶと、そこに向かって珪砂が吸い上げられていく。

光球の上部と下部から伸びるようにガラスの板が成長していった。

同時に2枚のガラス壁が生成されて――枠にぴったりと収まるサイズで成長が止まった。

「……っと。こんな感じかな？」

構造強化の魔法を用いながらがたつきが無いかを確認する。……うん。大丈夫のようだ。

「いやはや。分かってはいるけれど、これだけの大きさのガラスの壁が一気に作られていくのは見物だね」

「確かに。ガラスだから綺麗《きれい》ですね」

アルフレッドが笑い、シオンが感心するように頷いた。

んー……。確かにアシュレイやエリオットの氷の魔法であるとか、コルリスの結晶生成も見栄えがすると感じるし、似ているところはある。見ていて退屈しないというのは良いことだ。

この調子で全部の枠を埋めてやれば外側は完成である。排気を行ったり外の空気を取り込むために開閉式になっている部分もあり、このへんはシルン男爵領で作った温室と同じではあるか。

そして壁から天井まで枠を二重ガラスで埋めて、一枚一枚構造強化を施していけば――外側は出来上がった。よし……。後は内装だな。

◆◆◆◆◆

内部の足場、区画分け共々完成したところで温室内に水を通し、空調の魔道具も起動させると――湿度、温度共に高まり、南国のような空気になった。

「どうかな？」

「んー。ハルバロニス周辺の迷いの森みたいな感じかな」

「この格好だと暑いかも知れません」

「……上着は脱いでも大丈夫かしら」

ハルバロニス周辺の森に慣れているシオン達に意見を聞いてみるとそんな答えが返ってきた。

「あまり薄着にならなければ大丈夫だと思うよ。土を運び込むから、汚れないようなところ……あの中二階の手摺《てすり》あたりに掛けてくると良いかも知れない」

「わかったわ……」

シグリッタは頷くと、テラス席に上着を脱ぎに向かった。

内部でまだ作業するから、植物を植えるまでは温度を下げる予定ではあるが……過ごしやすい程度に調整するので問題はあるまい。

これで後は花壇周りと内装だな。水路関係は既に機能している。

花壇内部や周辺を水が通っていて、導水管の魔道具と同様の仕組みでスプリンクラーのように水を散布したりもできる。入口から入ってきた場所のホールにある噴水も、既に稼働していた。

というわけで、後は花壇に土を入れてしまえばいつでも作付が可能という状態だ。肥料や土を運び込むと共に、少しばかり南国風になるように手を入れてやるとするか。

植えるのはバナナ、椰子、パイナップルに各種薬草。それにサボテン。食用や薬用ではなく、純粋に観賞用の花を咲かせる植物も持ち帰っている。

区画ごとにテーマ分けして植えるわけだが……サボテンエリアなどには自然石風のオブジェを作って砂漠の岩場の荒涼とした雰囲気を醸し出せれば上々といったところだ。

同様に観賞用のエリアは針金でアーチを作って蔓草《つるくさ》や葛《くず》などの植物を這《は》わせたり、道の脇にある花壇内部に人工池を作ったりと色々やって、密林風に仕立て上げる予定である。

椰子の木を植えるのは入口を入ってすぐのホール周り。根本に浜辺にあるような目の細かい砂を用意し、池と合わせてオアシス風に。

それぞれの区画のテーマごとに従い、植物が育った際の完成予想図を思い描きながら内装を整えていく。並行して——用意した土からゴーレムを作り出し、花壇内部で土に戻すことでどんどんと環境を整備していく。

「そろそろ植物も植えられそうですね」

「そうだなあ……。植えないと環境整備も終わらないし……」

アシュレイの言葉に頷いて答えると、クラウディアが言った。

「必要なら取ってくるわ」

「んー。それじゃあ、そっちも始めるか。まだ地下水田の整備も控えてるし」

そう答えると、クラウディアは転移魔法で自宅へと飛んでいった。

環境整備はフォルセト達の体感温度に合わせて、更にフローリアが植物達の感情を読み取ることで、南国の植物達にとって丁度良い温度や湿度で固定する、ということになっている。温室内部に設置された魔道具が、設定された温度と湿度に保つというわけだ。

なので、家から植物を持ってこないと完了しないところはある。

「テオドール、事情を話したらあの子達も手伝ってくれるって」

腕の中にハーベスタの鉢植えを抱えたフローリア。あの子達というのは、儀式場周辺に住み着いた花妖精達だ。見ればガラス窓越しに、俺達の作業を興味深そうに眺めていた。

「手伝うって言うと?」

「この透明な家だと虫が入れないから、代わりをしてくれるって言うの」

ああ、受粉か。

それは助かるな。ドライアドにノーブルリーフ、更に花妖精達と……植物に関係の深い者達が揃っているというのはこちらとしても安心である。

「なるほど……。じゃあ、妖精達が使いやすい大きさの出入口を作っておくかな」

余った鉄などの資材を使えば蝶番《ちようつがい》やドアノブぐらいは作れるだろう。

その前に……入口まで行って扉を開き、花妖精達を中に招き入れるような仕草をしてやると、花妖精達が温室内に入ってくる。空を踊るように舞う、花妖精達。

セラフィナが嬉しそうな表情を浮かべて、一緒になって温室内を楽しげに飛び回っていた。

ふむ……。これで植物が植えられ、色とりどりの花が咲いたりしたら随分と浮世離れした光景になりそうだが……。まあ、別にいいか。

「フローリアは、暑いのは大丈夫？」

「ええ。本体がここにあるわけではないもの。ノーブルリーフも大丈夫だし、花妖精達も、さっき聞いてみたけど平気みたい」

「なるほどね」

ノーブルリーフ……というか原種《オリジン》であるイビルウィードは迷いの森にも自生していたからな。寧《むし》ろ冬を暖かな環境で過ごせるのでノーブルリーフ達にとっては良いのかも知れない。

◆◆◆◆◆

「よし……こんなところかな」

アクアゴーレムも動員してクラウディアが持ってきた植物を移し替えていけば……一先《ひとま》ず温室の

完成というところだ。マルレーンが最後に残った苗を土に埋めて、丁寧に周りに土を掛けていくと、それで作業が一段落した。振り返って嬉しそうに笑うマルレーンに頷き返す。

植物はまだ植えたばかりなので想定している完成予想図からすると些か花壇周りが寂しい気もするが、生育が進めばいい具合になるのではないだろうか。

フローリアとフォルセト、アルフレッドも各区画に合わせて温度と湿度の設定を終えて戻ってくる。

「これで大丈夫だと思うわ。みんなも元気だし喜んでるみたい」

みんな。つまり南国から運んできた植物達だ。区画ごとに土壌の質を変えて、相性の良いもの同士を植えて色々と細かく調整している。その甲斐《かい》あってというところだ。

「よし……。地下部分はこれからだけど……地上部分はこれで完成かな。今日のところは暗くなってきたし、これぐらいにしておこうか」

そう言うと、みんなが笑みを浮かべて頷いた。

「育つのが楽しみですね」

グレイスが微笑《ほほえ》み、ローズマリーが頷く。

「薬草周りは楽しみね。色々研究が捗りそうだわ」

「ん。期待してる」

と、シーラ。ローズマリーは薬草で、シーラの場合は椰子の木であるとかパイナップルやバナナであるとかだろう。イルムヒルトが隣でおかしそうに笑う。

「ああ。忘れてた。警報装置を設置しないと」

「ならわたくしも、人形をこっちに配備しておくわ」

アルフレッドの言葉にローズマリーも頷いて各々動く。

警備員代わりにというところか。儀式場にも警備兵はいるので防犯体制もばっちりだな。

第159章 水田作り

温室作りが一段落し、続いては水田作りであるが……その前に種籾《たねもみ》を蒔《ま》いて苗を育てなくてはならない。

明日からの水田作りに並行してそちらも進めなければなるまい。ということで、水田作成の目途が立ったところで家に帰ってから苗作りの段階へと移った。

「こうやって、塩水に入れて……良いものを選《よ》り分けます」

桶《おけ》に塩水を汲《く》んで種籾を投入し、底に沈んだ物を使うというわけだ。

「浮いてるのは、駄目？」

「中身が詰まってないってことみたい」

シーラの疑問にマルセスカが答える。シオン達《たち》も米作りは手伝っていたそうだ。

彼女達の説明に、マルレーンが真剣な表情でこくこくと頷《うなず》く。アシュレイも自分の領地に関わってくるかも知れないことだけに、メモを取りながらフォルセト達の話に耳を傾けていた。

更に使用人達も種籾や苗の扱いは知っておいたほうがいいので、セシリアとミハエラ、それから数名、主だった者にもフォルセトの話を聞いてもらっている。

「塩水を洗い流してから、稲が病気にならないようお湯に浸《つ》けます。熱湯……とまではいきませんが……体温よりはかなり高いぐらいといったところでしょうか」

これは……カビや細菌への対策だな。やはり、十分なノウハウの蓄積があるわけだ。湯の温度はフォルセトの指先に展開しているマジックサークルで管理しているらしい。

必要なら魔道具化してやる必要もあるだろうが……。ともあれフォルセトは米作りに大分慣れているようである。時間を数えて、ややあって湯から種籾を引き揚げ、今度は冷たい水へ入れて冷ます。

「この後はしばらく水に浸けて、発芽を促します。芽が出たら苗箱に蒔いて苗を育てていくわけですね」

そう言いながらも、フォルセトとシグリッタが種籾を入れた桶に筆で何やら魔法陣を描いていく。筆先に魔力を感じるので、恐らくは顔料に魔石を砕いて溶くなどしたものだろう。

今度も水魔法系の……水温を一定温度に保つという内容のようだ。マジックサークルでやらないのは持続的に温度管理をする必要があるからだろう。

ここまでの工程に必ずしも魔法を使わなければならないという部分はないが……フォルセトとしては術式で手間を省きつつも、しっかりと制御して安定した環境を構築するというのを重視しているようだな。温室で色々育てていたローズマリーとしてもその作業風景に思うところがあるのか、羽扇の向こうで小さく頷いていた。

「一応、覚え書きも残しておきますね」

そうフォルセトが言う。ふむ。不在の時でも対処できるようにといったところか。

「ノーブルリーフの鉢植えを近くに置いておきましょうか」

「私も様子を見ておくね」

と、アシュレイとフローリア。フォルセトは発芽まで数日と言っていたが……この育成環境だと通常のそれより早まる可能性はあるな。まあ、外部で育成することも考えるとなるべく魔法を使わない手順を把握しておくとしよう。

ともあれ、発芽にはもう少し日数がかかる。屋内に置いて管理しつつも推移を見守るという形になりそうだ。並行して明日からは水田作りを行っていくとしよう。

◆◆◆◆◆

そして明くる日。朝食をとってからまずは温室へと向かった。一晩置いて温室の環境整備が上手《うま》くいっているかを見ておきたかったからだ。

温室内部をフローリアやみんなと共に見て回る。フローリアの隣には浮遊するノーブルリーフ。俺達が顔を見せると温室内のあちこちから花妖精達が顔を出す。

挨拶をするように手を振ると、向こうもくすくすと笑いながら手を振っていた。さてさて。温室内の様子はどうだろうか。

「どうかな?」

「うん、問題ないみたい」

一通り見て回って尋ねると、フローリアは明るく頷いた。植物達にとって快適な環境ということなら、順調に育成が進みそうだ。温室付きにということで連れてきたノーブルリーフ達も、快調そうにあたりを浮遊している。

「花妖精達も、植物の感情が分かるのですか？」

「ええ。あの子達も分かるみたい。簡単な魔道具の操作もできるし、お水をあげたりもできるかなって思うけれど」

グレイスの質問にフローリアが答える。

「……なるほど。となれば、わたくし達は魔道具に不調が出ていないかに比重を置いて気を付けていくというのが良さそうね」

ローズマリーが思案しながら言う。

「ん。役割分担としてはそれが良さそうだ」

それぞれの植物に適した環境――温度と湿度、土壌の酸性度や栄養状態、水の与え方等々についても後程纏《まと》めて紙に書きつけておく必要があるか。

では続いて――地下水田の整備に向かうとしよう。

温室内の一角にある、地下へ続く扉を開いて階段を下りれば、そこが地下水田の建設予定地だ。魔法の明かりを幾つか浮かべて地下区画全体を照らす。

四角く切り取ったような、殺風景な空間に運び込んだ資材が積んである。地下区画もすぐに水を引ける状態、排水も可能な状態……というところまでは昨日の内にやってある。水は導水管を伝って流れ、一部は浄化しつつ循環処理、処理し切れないものはタームウィルズの地下区画へと排水されるというわけである。

「では、始めていきましょうか」

「はい。それじゃあまずは——乾田を掘ることからでしょうか」

フォルセトの言葉に頷き作業に移る。水田になる部分をゴーレムに変えて移動させることで一気に四角く掘る。

ゴーレムは掘り下げた部分の周囲に移動すると、そのまま沈んで地面に同化するように形を失った。ゴーレムを使って水田の周囲を一段高く形成し直しているわけだ。

自分でやっていることではあるが、さながらクレイアニメでも見ているかのような光景だ。一段高く盛った部分は後程、水田の畦《あぜ》になるというわけである。

そこから底面と水田の側面を固めて、水を入れた時に漏れにくいように加工。

余ったゴーレム達を柔らかい土と粘土質な状態に変質させてそのまま空中に浮かべて水と共に混ぜ合わせ、水田に適した状態かどうかをフォルセトに見てもらう。

「水田に入れる土としては……このぐらいでどうでしょうか？」

「……え、えっと……そうですね。これぐらいの柔らかさで良いのではないかと」

フォルセトは一瞬口元を引き攣《つ》らせたが、混ぜ合わせた泥の状態を確かめてから頷いた。

「無駄が……ないですね。いや、全部土からなので理屈は分かりますが」

シオンが感心するように目を丸くして頷く。

「……この魔法、面白くて好きだわ」

「うん。テオドールの魔法、楽しいね」

淡々としたシグリッタ。マルセスカは目を輝かせて眼前の光景を見ている。

グレイス達は慣れたもので、そんなシオン達の反応を微笑《ほほえ》ましく見ている印象だ。

さて。先程決めた配合比でゴーレム達を変質させて水田を満たす泥に変え、掘り下げた部分をある程度のところまで満たしていく。

水田の脇に用水路を形成。用水路はそのまま排水口側まで繋《つな》げる。形成した用水路を固めて水漏れが起きないように加工。

水田の一部に、資材から作り出した水門を設置すれば、まず一つ目の水田完成といったところだ。

地上から引いてきてある水を解放し、用水路へと流していく。充分に水が行き渡ったところで水門を開放。水田に水が流れ込んでいく。

ある程度水を満たしたところで水門を閉めて水と土を混ぜ合わせ、先程作ったように泥へと変えていく。

「こんなところでしょうか」

通常の水田では川などから水を引くことで天然の栄養を取り込めるそうではあるが……フローリアによると、源泉の水は自分達にとっても良いものだそうで、特にこちらが何かしなくても結構栄養が補えるらしい。

従って温泉の水を栽培に使うのなら、通常の肥料の与え方については若干控え目にする必要があるが、そのあたりはフローリアや花妖精達に聞きながら調整すれば良いだろう。

「いいと思います。では私達も、地下区画の温度や湿度の調整、光や風などの環境を整えてしまお

うかと思います」

そう言ってフォルセトは持参した水晶のような魔道具を抱えて、地下区画の天井付近へと飛んでいった。あの魔道具に関してはフォルセトがハルバロニスから持ってきたものだ。

シオン達も資材から魔石を取り出してフォルセトに続く。まずは光からというわけだ。あれはハルバロニスにとっての照明であると共に、植物の育成を手伝うものでもあるらしい。

後は稲の育成状況に合わせて日照時間、温度等々、調整していくそうだ。

術式や管理方法などは後で詳しく教えてくれるそうなので……そうだな。俺としてはもう2つ、3つ水田を同様に作っておくとしよう。発芽待ちの種籾の量から言っても、多少の余裕を見ておいたほうが良い。

「これが水田……」

アシュレイが出来上がった水田を見て呟《つぶや》く。温室から花妖精やノーブルリーフ達も覗《のぞ》きに来ているな。

「水の流れる音が中々心地良いわね」

「外でやったら——きっと迷宮村みたいに長閑《のどか》で綺麗《きれい》なんじゃないでしょうか？」

微笑むクラウディアの言葉に、イルムヒルトが明るく応じる。

「そうね。ハルバロニスのものも綺麗だったし」

アシュレイはそんな2人の会話に静かに頷いて目を閉じる。

将来的にはシルン男爵領にと考えているので、自分の領地に水田ができた時のことを想像しているのかも知れない。

何はともあれ、田植えなどの作業はまだ残っているものの、施設としては地上の温室と地下の水田、共に一先《ひとま》ずは完成である。

水田の整備、フォルセト達の光源設置が終わったところで地下区画から地上に戻ってくると、丁度温室の近くに馬車がやってきたところであった。

王家の馬車だ。誰がやってきたのかと思いながら温室の外まで出ていくと、馬車からメルヴィン王が降りてきた。

「これは陛下」

「うむ。ステファニアから温室が完成したと聞いてな。執務も一段落したので足を運んでみたのだが」

そう言ってメルヴィン王は笑う。なるほど。忙しかったようなのでずっと見ているわけにはいかなかったが、温室の仕上がりを楽しみにしていたというわけだ。

「そうでしたか。地下部分も完成したところなのです。どうぞこちらへ」

笑みを返して頷き、温室内へ案内する。

扉から温室内に入ると、冬の空気から亜熱帯、或《あ》いは熱帯のそれへと変わる。

「温室と聞いていたが、それを差し引いても随分と外と空気が違うのだな」

タームウィルズの冬から一気に南国の気候を再現したものだから、確かに落差は大きいとは思う。

暖かいのは確かだが、湿度も高いので人にとって快適であるとは言えないし。

「南方の植物に適した温度と湿度にしているので、些《いささ》か過ごしにくいかも知れません」

「ふむ。そなた達が赴いた場所がどのような場所だったか想像できようというものだ。まだ植物は育ってはおらぬが、内装も植物に合わせているのではないかな？」

「そう、ですね。例えば、椰子《やし》の木を植えた場所は砂漠の泉周辺を連想するようにと」

「また……思わぬところで異国情緒を味わえるものだ。妖精達もそこかしこを飛び回っているし、実に面白い」

メルヴィン王は周囲を見回しながら楽しそうに頷く。温室内を一通り回ってから、地下区画へ。ここは米の生育に適した環境にしているので、また空気が違う。

魔法の光が降り注ぐ水田を見て、メルヴィン王は興味深そうな面持ちで頷く。

「これが水田か。ふうむ。水の流れる音が中々心地良いな」

「ありがとうございます。稲に関しては苗が準備でき次第、植えていこうかと考えています」

「うむ。新しい作物には期待している」

そうやって一通り見て回ったところで、地上部分では一番過ごしやすい温度に設定しているであろう中二階のテラス席へと案内する。

アルフレッドは既に炭酸水やかき氷の魔道具などを設置していたようで……テーブルなども運び込まれて寛《くつろ》げるようになっているのだ。

「中々見晴らしが良い場所よな。温室の他の場所よりも涼しいように思えるが」

「そうですね。多少はここで歓談などできるようにと考えて作りました」

「ほう。では、少々ここで過ごして試してみるか。そなたの手が空いたらジークムント殿やフォルセト殿、イグナシウス殿を交えて儀式場で話を、と考えていたのだが……今はどうかな？」

「問題ありません。するべきことは終わっていますので」

◆◆◆◆◆

そして、連絡を受けてジークムント老やイグナシウスもやってくる。２人は温室を見て回り楽しげにしていたが、やがて一通り見終わるとテラス席へとやってきた。

「どうであったかな？」

「いやはや。先日まで何も無かったというのに、テオドールは相変わらずですな」

「うむ。相変わらず仕事が早いことよな」

メルヴィン王の言葉に２人は笑い合う。テラスのテーブルに着くと、グレイスが炭酸飲料をカップに注いでくれた。

「ありがとう」

「はい」

礼を言うと、グレイスは穏やかに笑みを浮かべて一礼して下がる。

それからメルヴィン王に向かい合うと、表情を少し真剣なものにして口を開いた。

「さて……。まずは連絡からか。討魔騎士団達の防寒具が用意できたことを知らせておく」

「ありがとうございます。では、樹氷の森での訓練も行っていこうかと思います」

「うむ。ベリオンドーラの調査には万全を期したいところではあるからな」

「あの土地も冬場は氷に閉ざされますからな。訓練は無駄にはなりますまい」

ベリオンドーラか。ジークムント老やイグナシウスにフォルセトを交えてということはそのへんの話になるだろうとは思っていたが。

ベリオンドーラに存在している物や魔人の狙いに関しては今までに何度かその可能性をメルヴィン王達と話をしているが……盟主の能力を知って以来、また一つ考えていることがある。そのことについて話をしておくべきだろう。

「ベリオンドーラについて考えられる可能性の1つとして……迷宮に類似する月の遺産……或いは遺跡があるのではないかと」

そう言うと、みんなの視線が集まる。俺は言葉を続けた。

「例えば――魔物を生成するような設備であるとか」

「魔力から魔物を作り出す、というものか」

メルヴィン王は顎に手をやって思案するような仕草を見せる。

「……七賢者の出自からすると、有り得る話ね」

その話を隣のテーブルで聞いていたクラウディアも、目を閉じて頷いた。

そう。月の遺産であるなら有り得る話だ。

俺は盟主の能力こそが魔物の支配であるとか大発生に関わるのではないかという可能性も考えて

いたが、フォルセト達の情報からすると、盟主の能力は厄介ではあるが、大発生そのものとは直接結びつかないように思える。

勿論《もちろん》、盟主が以前戦争を起こした際に魔物を従えていたということならば、魔物達を御する手段もかつては間違いなくあったのだろう。瘴気《しょうき》も、魔物の生育に良い影響を及ぼすとは思えないし。

だが、それでも。ＢＦＯにおける北方での魔物の大発生という情報を勘案するに……ベリオンドーラにそういった物が眠っている可能性は論じておくべきだろう。盟主の封印とは関係無しに起こり得ることとして。

「月の遺産か。その封印を解くために魔人達が鍵を欲したとするなら辻褄《つじつま》は合うな」

「火の精霊殿の封印が解ける際に仕掛けてこなかったことも……戦力を温存している、と考えれば合致するでしょうか」

ローズマリーは羽扇で口元を隠しながらも、眉を顰《ひそ》める。

「将としての魔人に、兵としての魔物か。厄介なものじゃな」

イグナシウスも顎髭《あごひげ》に手をやってかぶりを振った。

「けれど……迷宮程の生産能力はないはずだわ。それだけの魔力を集めるのは容易なことではないもの。迷宮は星々の動きに連動させてこの大地の魔力を集め、そして利用しやすいように整えてもいる。そこにもう１つ、魔力を集めるような存在が後から作られれば、迷宮にも大きな影響が出て察知できるはずよ」

つまりは、魔物という兵力を補充できると仮定しても、ある程度時間が必要ということか。無尽蔵ではない、というのは良い情報だろう。

「……魔人襲撃の際の陽動に用いる可能性も有り得ますね」

「ああ……。生成した魔物であるなら、使い捨てることも可能というわけですか」

俺の言葉に、フォルセトが相槌《あいづち》を打つ。

「となるとやはり、西方にも転移可能な拠点を作っておかねばならぬか」

メルヴィン王が言う。ある程度の数の魔物を使って前もって攻撃を仕掛け、そちらに目を向けさせておいてから本命の魔人がタームウィルズを襲撃。有り得る話だ。勿論、魔人と魔物の全戦力をタームウィルズにぶつけてくる可能性もあるわけだが。

となるとやはり、こちらとしては転移魔法でヴェルドガル国内全域をカバーしておきたい。西方――つまりドリスコル公爵領への転移を可能にして、相手の想定する以上の速度での増援と撤収を行えるようにしておく、というわけだ。

「公爵は近々領地に帰るそうだ。それに合わせるのが良いかも知れんな」

「では……シリウス号で送っていくというのが、無駄がなくて良いかも知れませんね」

海岸線の領地と西の海と。どちらにも転移拠点を置ければ対応力が増してくるはずだ。

他にもいくつかの可能性はここで話して、出来得る限りの対策案を出しておくべきだろうな。瘴《しょう》珠《じゅ》をここに送り込んだ目的。盟主が復活してしまった際の対処法。ベリオンドーラについて。記録に残っている高位魔人。色々な状況を想定しておくのは決して無駄にはなるまい。

「――仮に、そういった設備がベリオンドーラにあるとして。いざという時にそれを破壊して停止させることは可能かな？」

メルヴィン王がクラウディアに尋ねると、彼女は少し瞑目《めいもく》して思案した後に、金色の瞳を俺に向けてはっきりと言った。

「迷宮と同等の設備だと仮定しても、テオドールになら破壊可能ではないかしら。外部からの破壊に対しては対策もされているでしょうから、内部からの破壊のほうが確実ではあるわね」

俺になら……ね。

魔人も妨害してくるだろうから事はそう単純ではないのだろうが……まあ、中枢部に辿《たど》り着ければ不可能ではないと考えておこう。

「さて……他に何か事前に対策を立てたり、決めておくべきことはあるかな？」

「ええと。仮にタームウィルズが魔人率いる魔物の集団に攻められた場合の想定についての補足になりますが——」

「ふむ。聞こう」

色々と有事についての話し合いを続けていく。その中で少し思いついたことがあるので提案しておくことにした。

ヴェルドガルは他国との関係も良好。長いこと平和が続いているが、だからと言って備えをしていないというわけではない。

首都近辺での戦いとなるとどうしても他国との戦よりも反乱などを想定しているところはあるが……有事の際、敵に包囲された場合などには、城下町の民を王城セオレムの中に避難させるということも視野に入れているそうだ。この方針は迷宮――クラウディアとヴェルドガル王家との約定があるので、という背景もあるだろう。

王城セオレムには外壁とはまた種類の違う、魔人に対しての結界が張られている。そういう意味では住人を避難させるのには向いている。

それらを前提として、提案しておきたいことがあるのだ。

「前もって、住人を王城に避難させる予行演習――訓練といったことはできますか？」

「ほう」

俺の言葉に、メルヴィン王は興味がありそうな素振りを見せた。

要するに避難訓練だ。有事に住人を王城に収容する方針ならば、その流れをスムーズにするために予行演習をしておけば、問題点の洗い出しにより改善点が分かって安心というわけである。

そういった内容を伝えるとメルヴィン王は腕組みして思案しながら言う。

「――ふむ。事前の気構えができていれば住人達も混乱しなくて済むか。良い手よな」

「老人や子供、傷病者の所在も把握すれば兵士達も誘導もしやすくなるでしょうな」

イグナシウスが静かに頷く。メルヴィン王は顔を上げて口を開いた。

「あい分かった。避難訓練については近日中に告知し、騎士団達に具体的なところを計画させ、早いうちに実行させるとしよう。騎士や兵士達も守るべき者の顔を見ることができるし、市街地で戦闘が行われる場合も行動がしやすくなる。様々な面で良い訓練となるであろう」

ああ。騎士や兵士達にとっては士気高揚の意味合いや、戦闘が行われる場合の地の利を見直すことにも繋がるわけか。

「もしもの場合に王城に籠城するとして……食料の備蓄に関しては現在どれほどあるのでしょうか？」

フォルセトが尋ねる。地下都市の主導役を担っていた彼女らしい視点の疑問ではあるな。

「それなりの備蓄はされているが……有事に開放される独立した迷宮の区画を王城は有するゆえに、迷宮の物資を調達することも可能となっている。故に、セオレムは兵糧攻めに強い。これは食料だけに限った話ではなく、武器や防具も同様と考えてもらって良いぞ」

「それは……お見逸《みそ》れしました」

「いや。備えは重要故に、有意義な視点だ」

付け加えるなら……セオレム自体が結構な要塞だしな。

飛竜部隊が存在しているので制空権を握っているうえに、地上から攻め込めば高い塔に囲まれ、四方八方から矢を射掛けられ放題、石を落とされ放題である。

空を飛べる魔人は同じようにはいかないが、地上からでは外周から攻略しないと中央にある王の塔へ攻め込むのも非常に難しくなっているという構造だ。籠城するとなれば心強いだろう。

しかし……そんな独立した区画があるのか。ＢＦＯでは王城の地下が迷宮に繋がっているのでは、などという噂話《うわさばなし》も聞いたことがあるが……そもそも王城自体が迷宮の一部だから今更と言えば今更か。

緊急時の物資調達という用途から考えると、その特殊区画自体の攻略難度は高くなさそうな気がするけれど。

と、そんな話をしながら、温室での会議は終了となったのであった。

◆◆◆◆◆

「では――設営開始！」

エリオットの号令一下、地面を覆う氷を四角く砕き、凍った木を切り倒して、手早く拠点を作っていく討魔騎士団達。

土魔法の使い手であるライオネルは防壁を築き、あっという間に樹氷の森の一角に拠点を構築していく。

エリオットなどは飛竜や地竜達を収容する施設を、氷のドームを作り出して建造していく。広さも十分。凍り付いた木をそのまま柱として使い、凍り付いた足場だけは綺麗になっているという……水魔法を専門にしていて、元々シルヴァトリアの魔法騎士団に所属していただけあって、このあたりの手際はさすがというべきだろう。

温室で行われた会議で色々と話し合い、明くる日から早速その方針に従って訓練が始まった。今頃は地上――タームウィルズでも大規模な魔物や魔人の襲撃に備えての避難訓練の告知が行われているはずだ。

討魔騎士団に、コルリスとフラミアを連れてステファニア姫、アドリアーナ姫、それにフォルセト達を加えて迷宮に降り……樹氷の森で野営を行ったり、凍った足場の上での戦闘訓練や魔物との集団戦といった訓練を行うわけだ。

部隊は班ごとに分かれ、それぞれの班には魔法が使える者が最低一人は配属されているという状態だ。

仮に作戦行動中に吹雪などに見舞われ、シリウス号を中心とした本隊からはぐれてしまった場合でも生存率を上げる、というのを目標に掲げている。

例えば火魔法が使える者がいれば比較的簡単に暖を取れるし、水魔法ならば飲み水を確保したり雪洞やかまくらを迅速に作ることができるだろう。

風魔法に秀でた者なら吹雪を防げるし、ライオネルのように土魔法を使えれば防風壁を作れるので便利さは言うに及ばず。とにかく風を避け、体温を奪われるような状況を避けなければいけない。魔法を用いることが可能な人員の配分と、その種類を見極め、足りない分を魔道具で補う、というわけだ。

付近の魔物は拠点設営の前にある程度掃討してしまったので——次の魔物の群れが湧いてこちらを察知し、攻めてくるまでには少し余裕があるだろうか。

「こうやって真っ直《ま》ぐ《す》に足を降ろして、そこに重心をおくと良いわ」

「なるほど……」

状況が落ち着いているのでフォルセトとシオン達はアイスバーンの上で歩く方法などをアドリアーナ姫から教わっているようだ。

重心の置き方であるとか、足の降ろし方といった内容である。マルレーンやシーラも一緒に頷きながら歩き方を学んでいた。

「戦闘中の場合は……極力地面を足場として使わず、地表付近でもシールドを蹴って飛び上がったりしたほうが良いかも知れませんね」

と、シオン。

……さて。俺としても――特にヴェルドガルやバハルザード出身の者に対して、今のうちにレクチャーしておきたいことがある。

各班の拠点設営が終わったところで、エリオットに討魔騎士団を整列させてもらって、俺から話をすることにした。

「えー……まず、北国の雪についていくつか注意をしておこうかと。ヴェルドガルでも雪は降りますが、北国のそれとは危険性が違うということで。まずは……地吹雪ですね」

地吹雪と聞いてエリオットを始めとするシルヴァトリア出身の者達はどこか納得したような表情を浮かべた。

「これは一度地面に積もった細かな雪が風に飛ばされることで、目線の高さでの視界が著しく悪くなる状態です。当然ながら、行軍などは困難な状態になります。遭遇したら互いに声を掛け合うだとか、前にいる者の背中を見失わないようにするなどの対策が必要でしょう。空中戦装備があれば、一旦上空に出ることで視界の悪くなっている空間から逃れることもできるかも知れませんが……天候によってはそれもあまり意味がありませんし、対応は場合によりけりでしょうか」

ふむ……。百聞は一見に如《し》かずという言葉もあるし……。

「これについては実際に体験してもらうほうが早いかなと思いますので……今から魔法で再現してみましょう。防寒具をしっかりと着用してください。また、新しい雪が積もった後の氷の上は滑りやすくなっています。併せて注意をお願いします」

そう言うと、討魔騎士団達の表情が些か引き攣ったような気がする。殺傷力のあるものではないが、真剣に応じてくれるのは喜ばしい。

カドケウスとバロールを高所に放って、魔物が来ないか索敵を行いながら全員の準備が終わるのを待つ。

「お2人はどうなさいますか？」

「私達も問題ないわ。攻撃を目的とした魔法ではないのだし、訓練だものね」

「ええ。いつでもどうぞ」

ステファニア姫とアドリアーナ姫も笑顔で応じてくれる。では遠慮なく。

討魔騎士団の準備が終わったのを見計らってマジックサークルをいくつか展開させた。地表付近、広範囲に細かな氷の粒を無数に生み出しつつ、風に乗せて周囲を舞わせる。

密度を濃くしながら巻き上げた風を、頭上を通してもう一度地上へと戻す。

風のパイプを作るように周囲を覆い尽くしていけば――視界が一気にホワイトアウトしていく。

数メートル先が見えないという状態だ。

「うわあ……。本当に何も見えなくなるんだ……」

「寒い……わ……」

「でも、きらきら光って綺麗かも」

シオン達が周囲を見回しながら言う。３人は雪に慣れていない割に中々余裕があるというか……不真面目なのではなく、肝が据わっているからだな。

北国の悪天候というのは生死に直結するから、しっかりと対処できるようにしていきたいところだ。

◆◆◆◆◆

さて。頃合いを見て地吹雪を収め、防寒具に付いた雪などを払ってもらってから想定される状況と対処法などを話していく。

「地吹雪に巻き込まれて、上空に出ても視界が確保できない場合――視界が確保できない状況で動いても遭難するだけです。対策としては消極的ですが、体温を奪われないようにしながら、天候が好転するのを待つというのが良いでしょう」

他、雪原では方位磁石を使うことなど、諸注意を告げていく。まあ……シリウス号に随伴する形で部隊を展開させるのならばはぐれたりはしないとは思うが、何事も備えあればなんとやらだ。

他にも視界が悪くなっている状態で飛行をしていると天地の感覚を失いやすくなるなど、空中を舞台に戦うからこそ起こり得る話などをする。討魔騎士団の面々は真剣な表情で耳を傾けていた。

「では――予定通り模擬戦を開始する」

エリオットの声が樹氷の森に響き渡る。

設営と俺からの諸注意が終わってしまえば、後は拠点を中心に騎士団同士の戦闘訓練や魔物との実戦を行っていく予定だ。

俺達は今回、フォルセトやシオン達を連れて樹氷の森を探索してくる予定である。討魔騎士団は拠点を中心に戦闘訓練。俺達探索班が戻ってきたら別の班が探索へ、という流れで動いていく。エリオットが号令を下すとそれぞれ準備を始めた。

「テオドールは最初に森の探索？」

「ええ。フォルセトさんやシオン達の空中戦装備の習熟具合を見てこようかと」

ステファニア姫に尋ねられて、そう答える。

旧坑道では空間を広く使えなかったしな。とはいえ、シオン達は迷いの森で立体的に動いていたのだし、こういった地形は寒冷地であることを除けば得意なのではないだろうか。空中戦装備に関しては元々相性が良いというか。

「気をつけてね。私達も、本陣で使い魔と装備の使い方を練習してみるわ」

ステファニア姫、アドリアーナ姫は本陣に居座り、陣地を突破されないように模擬戦を行うそうだ。騎士団のモチベーション的にも王族が控えているというのは良いのかも知れない。

「戻ったら、訓練のお手伝いをしましょうか？」

「それは助かるわね」

アドリアーナ姫が笑みを浮かべる。うむ。では――探索に出かけるとしよう。

「拠点にカドケウスを残していきますので、何かあったら教えてください」

「分かりました。お気を付けて」

静かに一礼するエリオットの横にカドケウスが控える。

「行ってきます、エリオット兄様」

「ああ。アシュレイ。気をつけてね」

「はい」

アシュレイとエリオットは穏やかに笑みを浮かべて言葉を交わす。

そうして、俺達はエリオットとステファニア姫、アドリアーナ姫と共に手を振るコルリス、フラミアという面々に見送られて樹氷の森へと出かけるのであった。

◆◆◆◆◆

「マルセスカ！　そっちにも行ったよ！」

「うんっ！」

シオンとマルセスカ、シグリッタは樹氷の間を縫うように跳躍を繰り返しながら、木立を抜けて正面から突っ込んで来る巨大鹿に突撃していく。

爛々《らんらん》と燃えるような赤い瞳と、雪のように真っ白い被毛。プリズムディアーという鹿の魔物だ。

やはり寒冷地に現れる魔物の一種である。

最大の特徴は……角が透けていて、虹色の輝きを宿していることだろう。頭部から水晶のような質感の角が生えていると形容すれば分かりやすいか。見た目通りに強靭《きょうじん》な硬度を持つ角で、体重の重さなどもあって突撃をまともに食らえば相当なダメージを負うはずだ。

凍った足場を物ともしない機動性も、脚力と蹄《ひづめ》の強度が優れていることを意味している。角だけではなく、蹴りにも注意が必要だろう。

群れで突っ込んでくるプリズムディアー。その先頭にいた一際体軀《たいく》の大きな個体は、シオン達と激突する前に、角と角の間に煌《きら》めく光を纏うと、そこから魔力の光弾を放ってきた。

事前の溜《た》めでなんらかの攻撃が来ることを察知したシオンが転身すると、その空間を光弾が行き過ぎて後方の樹氷を穿《うが》つ。

一瞬遅れて、横合いからシグリッタのインクの鳥達が群れを成してシオンと鹿の間を通り過ぎると、タイミングを合わせたシオンが本体と影に分かれてそれぞれ別の方向から飛び出した。

鹿の注意を引くように、鳥の群れを突っ切って飛び出したシオン本体と、横っ跳びに氷の地面すれすれを突っ込んでいく影と——。

鹿がシオン本体の姿を追おうとした瞬間、地面からシオンの影が潜り込むように突っ込みながら斬撃を加える。そちらに気を取られた刹那、斜め上から魔力の斬撃波が鹿の首を捉えていた。

マルセスカは——群れの中心に切り込んで鹿の角と数合交え、左右から飛び上がった鹿に時間差で頭突きを見舞われようかというところだった。

一瞬横目で見て取ったマルセスカが転身。その手にする武器が——伸びた。マルセスカ自身が竜巻のような速度で回転。闘気の煌めきを残しながら刹那に無数の斬撃が放たれる。

完全にマルセスカとの間合いを見誤った鹿達がその場に崩れ落ちた。

マルセスカが扱うのは柄頭《つかがしら》で2振りの剣を連結させたような特殊武器だが……そんな隠し玉があったわけだ。柄の部分が伸びて、連結剣というより両端に刃のついた長柄武器のような形状に変化しているが……何かしら魔法の金属で作られているようだな。

闘気と身体能力、反射神経は自前か。戦闘能力はかなり高いだろう。

「んー。毛皮をあんまり傷付けないようにしなくちゃ……」

とはいえ、本人は今の戦い方に少し納得がいっていない様子だが。

フォルセトは迂回《うかい》して回り込んできた鹿の一団を相手していた。爪先でシールドの上に立ち、滑るように移動して鹿の一団と切り結ぶ。シオンやマルセスカほど大きく動かない——というより、その動きには無駄がない。

至近では雷撃を纏った錫杖《しやくじよう》を叩《たた》き付け、離れた相手には杖《つえ》の先に宿した光弾を放ち、一時も留《とど》まることなく舞い踊るように動く。フォルセトのいた空間を鹿達の放った光が薙《な》ぐが、そこにフォルセトはいない。回避と攻撃を兼ねた流麗な動き。そして、彼女が通り過ぎるとその背後でバタバタと鹿達が倒れた。

「怪我《けが》はありませんか？　治癒魔法を使うから、小さな傷でもきちんと言うように」

シオン達を振り返ってフォルセトが尋ねる。

「僕達は大丈夫です」

「それは良かった」

シオンの返答にフォルセトが穏やかな笑みを浮かべた。

「シグリッタ、今の連携中々良かったかも。ありがとう」

「後ろからシオンを光弾で狙っていたのもいたから……」

それで鳥の群れで射線を遮ったというわけだ。その後方の集団にはマルセスカが切り込んで援護射撃をさせない、と……中々の連携ぶりである。

「如何《いかが》でしたか？」

フォルセトは控えていた俺達に尋ねてくる。

「この階層で危なげがないというのは良いですね。フォルセトさんも治癒魔法を使えるようですし、空中戦装備も独自の動きに昇華していたようですが」

「アシュレイ様ほど強力な治癒魔法は使えないですけどね。空中戦については……まず地上と同じことができるようにと練習していました」

そう言ってフォルセトは苦笑する。その試みはかなり成功しているだろう。

3人の指揮や治癒によるフォローなどもできるということで、かなりバランスが良いように思えるな。

「この鹿は、何が剝ぎ取れる？」

シーラが尋ねてくる。

「角に毛皮、肉……。ほとんど丸ごと使えるかな。シグリッタの絵にも使いたいし、魔石は確保しよう」

プリズムディアーは知っている魔物だからな。剝ぎ取り箇所も分かるし、利用法も分かる。角に関しては武器にも加工できるし。

「……助かるわ」

カドケウスで見る限り討魔騎士団側も――かなり空中戦装備の習熟度が上がっているように思える。この分なら樹氷の森でも戦闘に不安はなさそうだな。

ウロボロスが強化されたこともあるが……この場の訓練はもう少し進めた段階でエリオットに任せて、俺達も更に迷宮の深層を目指していくべきかも知れない。

満月の迷宮から続く大回廊の更に奥――となると、そろそろ月光神殿への到達も見えてくるか。後でクラウディアに相談してみるとしよう。

第160章 星球庭園

樹氷の森はスノーゴーレムを作りたい放題の環境である。

というわけで、フォルセト達《たち》との探索から戻ってから、まずは俺も討魔騎士団の訓練をゴーレムで手伝うことにした。新しい魔道具関係の装備も増えているしな。

「それじゃ、リンドブルム。行こうか」

リンドブルムの背に跨《また》がって声をかけると肩越しに振り返り、返事をするように喉を鳴らす。

リンドブルムは比較的歳《とし》が若い。少し身体《からだ》が大きくなったので装具や魔道具の調整に手間取ってしまい、迷宮に降りてくるのが遅れてしまったが……探索が終わって戻ってきたところでアルフレッドから連絡があったので迎えに行って連れてきた次第である。

敵目標は——空中に浮かぶのはスノーゴーレムの一団。俺の作ったものなので樹氷の森に出てくる連中とは形状や性能が違う。地上を飛び立つなりこちらに向かって雪玉による弾幕が放たれた。ゴーレムの動きは自動制御とランダムなパターンを組み合わせたものだ。俺にも予測できないが、連携してくる時も来ない時もあるというもので……難易度は下がっているが実戦に即した内容ではあるか。

「相手の放つ弾丸をしっかりと見極め、それに対応した動きができるというのが理想です」

と、ある程度の解説を交えながら瘴気《しょうき》弾の回避方法を説明していく。

3方向に拡散して放たれる弾丸を、間を縫うように必要最小限の動きで避ける。弾速を変えて同時着弾するような偏差射撃は、点ではなく線や面の攻撃に見立てることで大きく回避。

光の魔石が嵌《はま》った魔道具で、ミラージュボディを別方向に飛ばしつつ相手の射撃を攪乱《かくらん》。前方に三角錐《さんかくすい》状に組み合わせた突撃用マジックシールドを魔道具で展開して薄い弾幕を突破。これは祝福の併用を前提としたものだ。飛竜と騎士の身体を保護すると同時に、空気抵抗を低減。機動力と攻撃性能を高めている。

形状と傾斜、突撃の勢いで、弾丸を弾《はじ》くので、シールドの本来の強度以上に正面からの攻撃には滅法強い。

肉薄してすれ違いざまの攻撃をスノーゴーレムに見舞う。突撃用シールドで跳ね飛ばすと同時にマジックシールドが解除され、続くウロボロスの攻撃でスノーゴーレムが粉砕された。

突撃用シールドは飛竜が展開しているものなので騎士の負担は減るが、展開と解除に際して息は合わせなければならないだろう。そのあたりも要訓練だ。

代わりに翼や背中、腹部などには騎士がシールドを展開することで、飛竜側の魔力負担、死角や弱点を減らすことができる。

レビテーションによって勢いを緩和すると同時にリンドブルムが宙返り。後ろ足に展開したシールドを蹴って、鋭角に跳ね返るような動きで空中での軌道を変化させる。合わせるようにウロボロスでスノーゴーレムを薙《な》ぎ払った。

間髪を容《い》れずリンドブルムの腹部に装着された魔道具から氷の弾丸が放たれ、少し離れた場所にいた別のスノーゴーレムを撃ち抜く。

転身するリンドブルムの尾の一撃と合わせるように、高さを変えて同じ軌道でウロボロスを振り抜けば、上下段の防御しにくい一撃がスノーゴーレムを吹き飛ばす。最後の尾の一撃――リンドブルムも闘気を纏《まと》わせていたな。いい具合だ。

循環錬気に組み込んでいるので、リンドブルムはこちらの意図をよく理解してくれる。循環錬気でいくつかの合図を決めておけば更に高度な連携も可能だろう。

「と――こういう具合ですね」

地上に戻ってくると、目を丸くした騎士達が拍手をしてくる。

「やはり、傍《はた》から見ていると凄《すご》い機動ですね。飛竜がシールドを蹴って動きを変えるというのは――」

エリオットが真剣な表情で頷《うなず》いていた。

かく言うエリオットもサフィールと共に同じような機動を行うことはできるようになっているのだが、自分で行うのと外から見るのとでは感想は違ってくるということなのだろう。

「あれも息を合わせる必要があるので要練習というところですね。緊急回避にも使えますし、接近した際の奇襲にも使えるので利用価値は高いと思います。分身や突撃用シールドなど新しい魔道具も増えますが、上手《うま》く息を合わせられるように訓練を行ってください」

討魔騎士団も空中機動に習熟してきているので、訓練のレベルを上げていく。ここに分離連携などを組み込んでいけばいいだろう。

では――スノーゴーレムを量産し、それぞれの班で弾幕回避と突撃の訓練を始めるとしよう。

◆◆◆◆◆

「魔道具の組み合わせを見た感じで感想を言いますと——お2人とも、シールドの魔道具で安定性の補助を行い、エアブラストの魔道具で速度を補うというのが良いかも知れませんね」

「速度か。確かに私達は矢面に立つ役割ではないものね」

「面と向かっては戦わない方針だから機動力は尚更《なおさら》大事だわ」

呼吸を整えながら2人は頷く。

討魔騎士団の訓練に並行し、ステファニア姫、アドリアーナ姫に対して空中機動のアドバイスを行っていく。

地面や壁を覆うように風のクッションを作っているので、動きに多少の無茶も利く。そのせいで2人は思う存分空中を飛び回ることができる。

2人とも元々魔術師ということもあり、レビテーションの扱いに慣れていて精度も十分なので、それ以外の部分を魔道具で補うというのが良さそうだ。

エアブラストの魔道具は2人に使いやすい形で調整してやれば、かなりの速度が出せるのではないだろうか。瘴気弾等に関しても距離があれば回避しやすくなるし、威力も減衰する。

「そろそろお昼も近いですし、少し休憩しましょうか。汗で身体を冷やさないように注意してください」

「分かったわ。着替えてきましょうか、ステフ」

「そうね」

頃合いを見てそう言うと、2人は地上に降りて本陣の中へと向かった。

討魔騎士団の探索班もカドケウスで見る限り順調なようだ。魔物との戦闘も堅実で危なげがない。昼時ということで、そろそろ拠点に戻ってくるだろう。

拠点周辺には先程から食欲をそそる良い匂いが漂っている。先程倒した鹿肉を用いて討魔騎士団がスープを作っているのだ。

料理に関してはグレイスが作りたそうにしていたが、あくまで討魔騎士団の訓練ということで……料理も討魔騎士団の面々に任せるということになった。

だが、昼食になるまではもう少し時間がある。待つ間にクラウディアに話をしてしまうとしよう。

「ところでクラウディア。満月の迷宮の……大回廊の先についてなんだけど」

「ええ。ウロボロスの強化もできたし、頃合いかも知れないわね」

声をかけると、クラウディアがこちらを見て頷いた。

「大回廊の最後にある扉の先を更に進めば、やがて月光神殿に辿《たど》り着くわ。盟主の器に攻撃を加えられない以上は、私達の目的地はそれより奥、ということになるわね」

「じゃあ……まずは月光神殿への到着を目標にするか」

「そうね。一応神殿より奥の――封印された区画の話をすると……私の居城が存在しているわ。そこから深奥へ続く道と、迷宮村に分岐しているの」

「迷宮村は……やはり、随分深層なのですね」

ローズマリーが納得したように頷く。

迷宮村の奥には行ってほしくないとクラウディアに言われたこともあるが、確かに迷宮の核心部分に非常に近い場所ではある。当然、危険度も高いから、そのあたりも加味しての言葉ではあるのだろうが。

迷宮村は本来、栽培やら実験やらを行う区画だったようだし、クラウディアの生活の場から離れていないというのは納得ではあるか。

「クラウディア様の居城……」

イルムヒルトが興味ありそうな様子で呟《つぶや》くと、クラウディアは小さく苦笑する。

「本来は……私の生活の場なのだけれどね。人の気配がないお城なんて、味気のないものよ」

そう言うとマルレーンやイルムヒルトを始め、みんなから心配そうな表情を向けられたが、彼女は穏やかに笑うと首を横に振った。

「結局……迷宮村にいるから使っていない場所、ということね。あの城は私や深奥の防御が目的だから、やはり守備は厚いわ。私の守護をする者は命令を聞くけれど……深奥を守る者達は私の命令を無視して侵入者に攻撃を仕掛ける。私の領域でもあるけれど、ラストガーディアンの支配も強く及んでいるわね」

なるほどな……。厄介そうな区画ではあるが……クラウディアの解放も見えてきたとも言える。攻略に際しては気合を入れて臨むとしよう。

◆◆◆◆◆

「では――準備は良いかしら？」

クラウディアは迷宮入口の石碑の前に立ち、振り返って言う。その言葉に俺も含めて皆が頷いた。

向かう先は満月の迷宮。大回廊の奥にある扉の、更に先だ。討魔騎士団の訓練は順調なので、俺達は予定通り迷宮の更に奥へと進ませてもらうことにした。ドリスコル公爵の帰還まで、まだ日数があるしな。

光に包まれてそれが収まると――そこは新たな区画だった。ＢＦＯでも進んだことのない、俺にとっても未知の区画。

「ここは――」

満月の迷宮の――壮麗な装飾が施された大回廊とは、また違う。

背後には壁と巨大な門。これは大回廊に続く扉だろう。今いる場所は少し開けた空間で、近くに東屋《あずまや》がある。月光神殿だけでなく、クラウディアの居城にも通じているということを考えると……大回廊を抜けて中庭に出たといったところか。

足元には真っ白な砂が敷き詰められていて、飛び石が埋め込まれて道になっていた。あちこちに白い擦り硝子《ガラス》のような質感の庭石が見えている。擦り硝子の庭石は、所々内側からぼんやりと緑色や紫色に発光していたりして……なんというか幻想的な雰囲気だ。

広場からは飛び石の道が奥へと続いている。道以外の場所には木々が生えていたり植え込みや水路があって美しい声の鳥がどこかで鳴いていたり……迷宮内部とは思えないような美しい場所だった。

そこそこ明るいので見通しは利くが……天井は黒色である。星々の瞬きを再現するように小さな輝きが煌《きら》めいていた。皓々《こうこう》と輝く月まで見える。

そして、星空とは別に……あちこちでぼんやりとした色とりどりの光も漂っている。

「あの星空や月は、やはり迷宮村と同じような仕組みなのですか？」

アシュレイが尋ねるとクラウディアが頷く。

「ええ。空は映し出された偽物ね。この星球庭園は私が散策して気晴らしをできるようにと作られたものよ。珍しい魔物も生息しているけれど……大半は敵ではないわ。それとは別に庭を警備する者がいて、侵入者を見つけると攻撃を加えるからそちらには注意が必要ね。基本的に見た目が厳《いか》ついのは敵だと思ってくれていいわ」

「では……あの生き物は……？」

やや困惑したようなグレイスが森の一角を指差すと——そこには何やら奇妙な生き物が空を悠々と飛んでいくのが見えた。

顔から海老《えび》の尻尾のような器官を生やし、ゆっくりとヒレを動かして宙を泳ぎながら、庭園の奥へと消えていく。

あれは……地球の古代生物……アノマロカリスに似ている、な……？　だが、アノマロカリスは海に棲《す》んでいる生物ではなかっただろうか。空を飛んでいたところを見ると、魔物かも知れないが……。

「変な生き物……」

「うん……。虫でもないし魚でもないし……」

シーラが呟くように言うとイルムヒルトが答える。マルレーンも怪訝《けげん》そうな面持ちでこくこくと頷いた。

「動きからすると敵……ではなさそうね。迷宮は魔力を集めてくる際に情報を集積しているみたいで……この区画では特に、私も見たことのない魔物や動植物を生成することがあるわ」

なるほど。珍獣も確かに観賞用としては適している……か？

「今の時代には絶滅してしまって、いないのかもね。古い地層から石になった生物の残骸とかが出てくることもあるし……迷宮はそこからでも情報収集できるんじゃないかな」

景久《かげひさ》の持つアノマロカリスの情報から推測を口にしてみる。地球では5億年以上前とかいう、カンブリア紀の生き物だったと思う。

少なくともBFO内では空飛ぶアノマロカリスは知らないな。この世界ではどこかに生き残っている可能性はあるけれど……。

「ここの動植物は気になるわね。まあ、観賞用というのなら無闇に持ち帰るのもどうかと思うけれど。特にさっきの生き物は……あまり近くに置いておきたい造型ではないし」

ローズマリーはしばらくアノマロカリスの消えた方向を見ていたが、やがて気を取り直すようにかぶりを振った。

「……綺麗《きれい》なところだけど、深層だから慎重に行こう」

そう言うと皆は神妙な面持ちで頷く。アノマロカリスが常識外れだったせいか逆に警戒感が増した気がする。集中力が途切れないというのはいいことだ。では、庭園の攻略を進めていくとしよう。

◆◆◆◆◆

先程見たアノマロカリスはやはり星球庭園でも特異な生き物なのだろう。時折庭園で見かける動植物は基本的に小鳥であるとか兎《うさぎ》であるとか、可愛《かわい》らしいものや綺麗なもののほうが多いような気がする。

まあ……やはり珍獣もいるのだが。庭木の葉を食べているメガテリウムだとか……。これはナマケモノの先祖で、草食動物である。図体《ずうたい》はかなりでかいが大人しいものだ。

そういった観賞用の生物を横目に見ながらも庭園の奥へと続く通路を深層に向かって進んでいくと――左右の植え込みの高さが段々と上がってきて、いつしかそれを壁として利用した迷路になっていた。やはり庭園でありながら迷宮ということか。植え込みにバラが咲いていたり、幻想的な光球が漂っていたりと色々綺麗ではあるのだが。

「植え込みの上から行くわけにはいかない？」

首を傾《かし》げるシーラ。植え込みの高さはかなりのものではあるが、確かに魔道具を使えば空から行くことはできそうに見える。ただ、深層であることを考えると迷路を無視させないような構造になっている可能性は高い。

案の定、クラウディアはシーラの問いに首を横に振った。

「植え込みの高さギリギリに結界が張られているわ。壁を突き破るのもお勧めできないわね。結界は選択的に侵入者を捕縛するから」

「……地道に迷路を突破するしかないわけか」

もっとも、迷路の幅も広く頭上にも十分な高さがあるので、戦闘をするには差し支えの無い広さではある。やはり、罠《わな》を仕掛けるのではなく、逃げ場を無くした上で戦力をぶつけて押し潰す類の作りだな。

さて……。隊列はシーラとイルムヒルト。イルムヒルトの肩に乗ったセラフィナ。そして俺——と。探知能力を持ったメンバーが前を進むというのはいつも通りだ。

隊列中央はアシュレイ、マルレーン、ローズマリー、クラウディア。基本的に近接戦闘が苦手な面々を配置。中央の者達をイグニスとデュラハンが守る。

殿《しんがり》は——グレイスと、嗅覚での探知能力に優れたラヴィーネだ。そしてラヴィーネの背に乗ったエクレールが常時後方を監視する形となる。

そして、長い直線の左右に逃げ場のない通路を進んでいると、曲がり角が見えてきたところでシーラとイルムヒルトが同時に足を止めた。

「……何か来る。大きな生物が二匹。両方とも四足歩行」

「熱源も沢山。正面に見える、あの曲がり角からよ」

「……来るか」

明らかに今までの観賞用の生物とは違う動き。警戒しながらこちらが足を止めると、まず植え込みの陰から浮遊するカボチャが続々と出てくる。

カボチャには目や口を模した切れ込みが入っていて――双眸《そうぼう》に炎を宿していた。首から下は暗い色合いのマント。両手に不釣合いな大きさの庭木バサミを持っていた。

俺達の姿を認めるなり、庭木バサミを激しく動かしてこちらに向かってくる。

「カボチャの庭師だわ。侵入者には攻撃を仕掛けてくるわよ」

……パンプキンヘッドの亜種か。魔法生物の類のようだな。

続いて――女の上半身が顔を覗《のぞ》かせる。しかし、その上半身の出てくる高さがおかしい。植え込みのかなり上のほうから俺達を見下ろすとにやりと笑う。そのまま女が前に出ると、そいつの全容が明らかになる。腰から下が竜に似た四足の化物の尾に繋《つな》がっているのだ。

「……アンフィスバエナか」

そしてもう1匹。巨大な体軀《たいく》を誇るアンフィスバエナに比べるとまだ小さいが――それでもかなりの体格を誇っている。三つの首を持つ黒い犬だった。口の奥に炎が瞬いている。

ケルベロスだ。地獄の番犬。言うまでもなく警戒が必要な相手である。

俺達を見るなり、三つの首の口の端が笑みを浮かべるように歪《ゆが》む。

カボチャの庭師に二頭の魔獣……。向こうは戦う気満々のようだ。戦闘が始まると他の魔物も集まってくる可能性はあるな。特に、守護者《ガーディアン》の乱入には警戒しなければならないが……まずは目の前の連中を片付けることから始めるとしよう。では——戦闘開始だ。

「ケルベロスは準守護者格だったはずよ。つまり、この区画の防衛の要でしょうね」

クラウディアが言う。

準守護者。確かに、大物だが……。クラウディアによれば……深層の守護者、準守護者級はラストガーディアンの指揮下にあり、クラウディアにも配置などの予想が付かないそうだ。

「他の守護者は？」

「……今は、大丈夫と思うわ。テオドールに負けると、支配率が私側に傾いてしまうようだから、ラストガーディアンが警戒している可能性もあるわね」

……なるほど。戦力を奪われるのを警戒しているわけか。

その上でここに配置された準守護者。つまりはここに常駐している、正真正銘の番犬ということだ。恐らく、ワーウルフ原種《オリジン》と比較しても見劣りするものではあるまい。ならば当然、奴《やつ》は俺が相手をするという話になる。

ケルベロスを見据えながらウロボロスに魔力を増幅させていくと、奴も俺のことに気付いたらしかった。嬉《うれ》しそうに喉を鳴らしながら前足で地面を引っ掻《か》いている。その全身に闘気の煌めきが見える。相当な身体能力を秘めているらしいな。

だが、邪魔な連中がいる。ゲタゲタと笑いながら大きな剪定《せんてい》バサミを両手で鳴らし、飛来してくるパンプキンヘッド達だ。

小手調べとばかりにイルムヒルトが二度、三度と光の矢を射掛けるが、カボチャ達は射線を予測して素早く回避行動を取りながらも、こちらに迫ってくる。

数が出てくる魔物であの動き。見た目は愛嬌《あいきょう》もあるが、戦闘員として見た場合、油断していいものでもないな。流石《さすが》は深層といったところだ。だが、こちらとしてもこの区画の魔物の力量を見る目的があっての行動だったりする。

「これなら――！」

イルムヒルトはすぐに別の矢を番《つが》えると、そのまま撃ち放った。

矢は鏑矢《かぶらや》――。セラフィナの力で音響を増幅させたそれがカボチャの一団の間を突っ切ると、魔力の制御が乱されてカボチャの動きも揺らぐ。

そこに容赦なく光の雨が降り注いだ。続けざまのイルムヒルトの速射だ。何匹かはカボチャの額ど真ん中に矢を受けて地に落ち、別の何匹かは飛行を乱されても手にしたハサミで矢を受け止める。

対応が上手い個体もいるな。やはり、一筋縄ではいかないということか。しかし、隊列が乱されたところにシーラ、そして最後列から飛び出したグレイスが切り込んでいく。

ハサミで矢を凌《しの》いだ者をすれ違いざまに切り捨てながら、2人が目指すはアンフィスバエナだ。ど真ん中を突っ切る2人にカボチャが四方八方から火球を吐き出す。しかしそれはマルレーンの操るソーサーが盾となることで届かせない。

一瞬遅れて、先行する2人を射線に巻き込まない角度からラヴィーネの氷弾と、エクレールの雷撃が打ち込まれた。続いて俺自身も切り込んでいく。目標はケルベロス。カボチャをウロボロスで数匹まとめて弾き散らしながら突っ込んでいくと、奴も赤く煌めく瞳を俺に向けながら、地面を蹴って左右に飛びながら迫ってきた。

アシュレイ、マルレーン、クラウディア、ローズマリーは防御陣地を構築して後衛へ。デュラハン、イグニス、そしてピエトロが後衛の防御に。

ピエトロの分身がいる分、更に後衛の防御は厚くなっている。安心して前に出られるというものだ。

ケルベロスとはまだ遠い間合い。ケルベロスの三つの首が大きく息を吸うような仕草を見せた。

「――来るか」

緩やかに弧を描きながら、味方を射線に巻き込まない角度へ回避行動を取る。次の瞬間、三つの口から火炎と呼ぶのも生易しい業火が放たれた。

地面を薙ぎ払い、庭園の植え込みを切り払うような、赤々とした巨大な熱線が――それぞれ角度を変えながら3方向から挟み込むように俺へと迫ってくる。緩やかに動いていた挙動を鋭角に跳ね返るような動きに変えて回避。そのまま突っ切る。ケルベロスもまた、回避されたことを素早く察知するや否や、空中を駆けてくる。距離を置いた射撃では捉えきれないと踏んだのだろう。

ワーウルフ原種もそうだったが――奴も空を飛べるか。ならば相手にとって不足はない。左右の2つの首から溜《た》めを必要としない火球をばら撒《ま》きながら、中央の首が俺を見据えて突っ込んできた。

◆◆◆◆◆

アンフィスバエナは巨体で地面を揺るがし、踏み鳴らしながらグレイスとシーラ目掛けて突進してきた。魔獣の上半分――女の両手にマジックサークルが浮かぶ。

シーラは一瞬グレイスに視線を送り、女のほうへと向かった。グレイスは下半分の魔獣を迎え撃つ形だ。

そして――迫ってくるシーラ目掛けて女の魔法が放たれようとするその瞬間――唸《うな》りをあげて飛来したグレイスの斧《おの》が女の眼前を突っ切っていく。

目を見開き、すんでのところで上体を逸《そ》らすように女はそれを避ける。一投目。間に隠れるように二投目。魔法を放とうとするタイミングの把握は完璧だ。遅れてシーラ目掛けて放とうとしていた魔法が発動し、見当違いの方向を氷の散弾が薙ぎ払う。そこにシーラが飛び込んでいった。

「シャアアッ！」

蛇の威嚇のような呼気。爬《は》虫《ちゆう》類《るい》のような目。

真珠剣の一撃を、女は長く伸びた爪に闘気を纏わせて受けた。離れては魔法。寄られたら近接戦にも対応できるか。案外隙が無い。

「――やる」

互いの闘気の煌めきを残しながらシーラとアンフィスバエナは斬撃を応酬する。

一方――咆哮《ほうこう》を上げる下半分の魔獣は、竜の首をもたげて突進の勢いそのままにグレイスを噛《か》み砕こうとするような動きを見せた。両の斧を投げたグレイスはまだ武器を引き戻していない。迫る竜の首。閉じられる大顎。牙と牙がぶつかる音。

グレイスはそれを――斜めに飛んで避けていた。それを追う竜の首。グレイスはすぐさま空中で反転すると、逆さのままでシールドを踏みしめると――。

「これ以上は――進ませません」

迫ってきた竜の頭に合わせるように。全身で飛び込んでいって闘気を纏った拳を叩《たた》き込む。竜の首が揺らぐ程の衝撃。

後衛まで突進しようかという勢いだったアンフィスバエナの動きが止まり――痛覚が連動しているのか上半分の女の表情までもが一瞬歪む。

しかし竜は流石のタフネスですぐに立ち直ると、グレイスを憎々しげに見やって火炎のブレスを放った。グレイスは転身しながら飛ぶ。その時には既に両の手に斧が引き戻されていた。

グレイスは全身に紫電を散らすほどの闘気を纏いながら、無防備に見えるアンフィスバエナの胴体を見据えた。だが――その背に幾つものマジックサークルが浮かぶ。そこから氷の弾丸がグレイス目掛けて一斉に放たれた。打ち上げられる無数の氷の槍《やり》をグレイスは左右に飛んで回避。闘気を纏って迫ってくる竜の首に、すれ違いざまに斧を叩き込んでいく。

先程思い切り殴られたのが応えたのだろう。竜の首は僅かに軌道をずらし――互いにすれ違った。鱗《うろこ》はそれなりに強靱《きようじん》なのだろうが、グレイスの斧の一撃を浅く受けて飛び散る。しかしすぐに鱗が生え変わるように再生していく。

グレイスも追撃はできない。氷の弾丸が執拗《しつよう》にグレイスのいる場所を撃ち抜こうとするからだ。

回避しながら首を巡らして迫ってくる竜の首に応戦。

竜は炎。女は氷。

アンフィスバエナはそれぞれで相反する属性を扱うようだが、女はシーラとの近接戦闘を続けていてグレイスを見てはいない。照準を定めているのは竜の首で、実際の魔法行使は女、ということか。

だが、一撃で均衡を崩しかねないグレイスを胴体に近寄らせるわけにはいかない。牽制《けんせい》し続けなければならない。

胴体の防御や竜の攻撃のフォローに魔法を用いる分、シーラとの近接戦闘には魔法を使いにくくなるらしい。女は憎々しげに表情を歪めるが、シーラに対しての魔法を行使する様子がなかった。

◆◆◆◆◆

「あれは私が――!」

アシュレイが言って、迫ってくるパンプキンヘッド達の炎の弾幕を猛烈な吹雪で一掃する。応射とばかりに魔力糸、氷弾、雷撃、音響弾に光の矢が撃ちこまれ、互いの弾幕など関係ないとばかりにイグニスが切り込んでいく。カボチャを鉤爪《かぎづめ》で切り裂き、戦鎚《せんつい》を叩き込む。それでもカボチャはイグニスに応戦する。ハサミに闘気を込めてイグニスに突っ込んでいき、笑いながらアシュレイ達に火球を撃ち込むなど……かなり戦意が旺盛ではあるが、十字砲火に重量級の突撃を受ければ流石に動きが乱れてはいる。

だがそこに――植え込みの中をすり抜けるように新手の魔物が1体現れた。

「グリムリーパー！」

注意を促すクラウディアの声。現れたのは襤褸《ぼろ》切れを纏う光る眼《め》の骸骨という――死神のような姿をした大鎌を持った魔物だ。精霊や妖精の類に近いが、性質は善良とは呼べない。分類するなら邪霊か邪精霊か。アンデッドではないので、やはり敵対的な魔物と一括《ひとくく》りにしてしまって良いかも知れない。

実体があるのかないのか微妙な魔物で、浮遊しながら移動し、障害物をすり抜けて行動ができる。近接戦でもそれは同様で、通常の攻撃は通用しないし、大鎌も相手の武器や鎧《よろい》を無視して生身のみを切り裂くことができる。

しかしデュラハンが切り込むと、グリムリーパーは迫ってくる大剣を大鎌の柄で受け止めていた。精霊であるデュラハンならば干渉ができるということか。嘶《いなな》きを上げる馬と並走しながらデュラハンとグリムリーパーが剣戟《けんげき》の音を響かせる。

◆◆◆◆◆

身体を錐揉《きりも》み回転させながら――ケルベロスの吐き散らす火球をぎりぎりの距離で回避しつつ、ネメアとカペラの膂力《りょりょく》を用いて最短距離を最速で突き進む。

馬鹿げた相対速度。中央の首が高速で迫ってくる。開いた大顎には赤い火花が散っていた。咬合《こうごう》に闘気を込めてくるか。仮に生身に当たれば骨ごとごっそり抉《えぐ》り取るような一撃だろう。だが――!

「食らえッ!」

突っ込む勢いのままに魔力を増幅し、正面から迎え撃った。牙に叩き付ければ循環魔力と闘気が干渉し、爆発するように火花が炸裂《さくれつ》。

ケルベロスの中央の頭が弾かれる。左右の頭はこれだけの重量差があって、まさかパワーで押し負けるとは思っていなかったのか目を見開く。

だがケルベロスは怯《ひる》まなかった。牙を剥《む》き出しにすると、一本の杖《つえ》では捌《さば》けない角度で左右の首が牙を剥いて噛み砕こうと迫ってくる。

転身。すぐ頭上の空間で牙が打ち鳴らす音が響き、暴風が行き過ぎた。前足の爪で薙ぎながらもう1つの頭で矢継ぎ早に攻撃を繰り返してくる。二度、三度と空中で回転するように回避しながら、至近ですれ違った刹那、サッカーボールを蹴り込むようにバロールを放つ。

顎を上へと打ち上げるような軌道。バロールを受けてケルベロスの頭が揺らぐが――。咆哮を上げながら一旦すれ違うように駆け抜けてすぐさま転身。仕切り直しと言わんばかりに突っ込んできた。巨体からは考えられない動きの軽さ。そして全身に闘気を漲《みなぎ》らせているが故の強靭さ。

突撃のその過程で――黒光りする毛並みに炎が宿る。交差や接近だけでも炎熱によるダメージを与えるという狙いだろう。

幾層もの風のフィールドで熱を遮断。テフラの祝福も相まって完全に熱気を遮断する。その場に踏みとどまってケルベロスを迎え撃つ。

巨大シールドを展開してケルベロスの体当たりを受け止める。重量のある衝撃。だが、シールド自体も強化されている。打ち破られるようなことはない。

突進を止められたのもお構いなしに、空中を引っ掻くようにしてケルベロスは無理やり巨体を押し込んでこようとする。が——それは悪手だ。掌底でシールド越しに魔力衝撃波を叩き込んでやる。衝撃を叩き込まれたケルベロスは弾かれるようにその身体を回転させながら後ろに飛んだ。

距離を取って対峙《たいじ》。着地したケルベロスが俺に向けてくる戦意には、些《いささ》かの衰えもない。随分とまあ……大した強靱さと敏捷《びんしょう》性を持っているな。樹氷の森の魔物とは比べ物にならない水準だ。

だがパワーで押し負けている気はしない。そのうえで——幾ら戦意が高かろうとこの反応だ。こうして切り結んだうえで、俺を倒せると思えるだけの隠し玉がまだ向こうの手札にある、と判断するべきだな。

確かに……ウロボロスは強化されているが俺自身の耐久度が飛躍的に向上したわけではない。まともに当たれば大ダメージは免れないのは確かだ。

しかし、そんなものはいつものこと。相手にとって不足はない。これだけのタフネスを持つ魔物。きっちりと叩き潰すのなら、やはり大魔法を叩き込まねばならないだろう。

バロールを手元に戻し、魔力を充填《じゅうてん》。ウロボロスも更に魔力を増幅し、研ぎ澄ませていく。光翼が展開し、青白いスパークが飛び散る。

それを見て――ケルベロスは寧《むし》ろ楽しげに口の端を歪ませた。上等だ。俺も笑う。あちらこちらで戦闘が始まっている。互いの敵も見定まった。俺も――こいつとの戦いに集中させてもらうとしよう。

第161章 裏面 庭園の激闘

イルムヒルトの鏑矢《かぶらや》と皆の放つ弾幕とでパンプキンヘッド達《たち》を撃ち落としていく。火球の応射、ハサミでの迎撃で対応しているが、着実に数が減っている。射撃戦では防御陣地を構築するこちらに分がある。

かと言って弾幕の中に飛び込むように特攻を仕掛けた者はディフェンスフィールドで阻まれてピエトロの分身達に叩《たた》き落とされるという具合だ。

だが――もう少しでカボチャ達のそのほとんどを排除できるというタイミングで、地上に落ちて動かなくなった者達の目や口から炎が噴き上がると、それが中空に魔法陣を描いた。

召喚魔法。炎の陣の中から、一際巨大なパンプキンヘッド――ヒュージパンプキンがのっそりと姿を現す。クラウディアによれば庭師頭と呼ばれる個体だ。カボチャ達を短時間に一定数倒すと契約魔法によって召喚されるということらしい。

「行きなさい――!」

即座にそれに向かっていったのがローズマリーの命令を受けたイグニスだ。シールドを蹴ってエアブラストで加速してくるイグニスを、巨大カボチャは大バサミを分割するとそれを両手に握って応戦した。

突っ込んできたイグニスの戦鎚《せんつい》を受け止め、空いた手の大ハサミで応戦。イグニスは鉤爪《かぎづめ》でそれを跳ね返し、そのまま お互いが猛烈な勢いで両手の武器を縦横に振るう。

大柄でバランスの悪そうな見た目からは想像もつかないような俊敏な動き。ゲタゲタと笑い声を上げながら、剣戟《けんげき》の金属音を響かせる。

口から業火を吐き出すが、イグニスにはその手の攻撃は通用しない。業火を突き破ってカボチャに向かって戦鎚による横薙《よこな》ぎの一撃を見舞えば、巨大カボチャは上へ飛び上がりながらイグニスの後頭部にハサミの一撃を見舞った。

そちらに顔を向けさえせずにイグニスは鉤爪でハサミを受け止める。上半身が腰ごと回転。掬《すく》い上げるように旋回してきた戦鎚の一撃を回転しながら避ける。イグニス特有の、生物では有り得ない動きをあるがままに受け止め、流れのままに対処したような印象だ。一切躊躇《ちゅうちょ》することもなくそのまま互いの武器をぶつけあう。

腰から下が上半身についていくように回転。全身でカボチャ側に向き直って、何事も無かったかのように切り結ぶイグニス。

イグニスは機械的なギミックが不意打ちとして機能せず、ヒュージパンプキンは火炎が通用しない。となれば続く手として、イグニス側はローズマリーとの連携により均衡を崩す、となるわけだが――。カボチャは手にしたハサミに闘気を込めている。

装甲ごと叩き斬ろうという構えか、それとも装甲を貫けずとも衝撃で内部構造を破壊しようというのか。可能か不可能かはさておき、いずれにせよ手札がパワー頼りなのは間違いない。

そして――射撃によって取り巻きのパンプキン達はほぼ壊滅し、全滅も時間の問題。ローズマリーが打って出る頃合いでもあった。

「行くわ」

即断即決。そう言って、みんなを見て頷《うなず》くと、ディフェンスフィールドを飛び出すローズマリー。生き残っていたカボチャ達から待っていましたとばかりに火球が放たれたが、それらはローズマリーには届かなかった。マルレーンのソーサーがローズマリーの身を守るようにその周囲を舞っていたからだ。

イルムヒルトの援護射撃。それらさえも縫ってローズマリーに躍り掛かったパンプキンヘッドは、セラフィナの操る笛の守護獣に咬《か》み付かれ、動きを封じられてから光の矢で打ち落とされた。

ローズマリーは一瞬だけ口元に笑みを浮かべ――そのまま周囲を気にすることなく戦闘を続けるイグニスの後方まで到達する。

ローズマリーの加勢を見て取ったヒュージパンプキンは、両腕の武器を交差させるような軌道でイグニスに叩き付ける。互いに弾《はじ》かれて距離が開くと、ヒュージパンプキンは他のカボチャ達を引き寄せる。その数3体。小さなカボチャ達の目に宿る炎が激しく燃え上がり、ヒュージパンプキンの周囲を旋回し始めた。

その動きは機械的で――今までのカボチャ達の動きとは異なる。加勢させたと言うより、従属させることで砲台を装備したと言ったほうが正しいのかも知れない。

一方でローズマリーの手から放たれた魔力糸もイグニスの手足に接続されていた。イグニスへの魔力供給。更に1つ、2つ、3つと、イグニスとローズマリーの周囲にマジックスレイブまで浮かぶ。

「……迷宮による強化が実感できるわね。さて――」

ローズマリーが呟《つぶや》き、数秒の間を置いてから――どちらからともなく突貫した。火球を放ちながら迫るヒュージパンプキンに、周囲にマジックシールドを浮かばせて防御を行いながらイグニスが突っ込む。激突。魔力と闘気が干渉し合ってスパークが弾ける。斬撃と弾幕の応酬。その間を縫うようにローズマリーの手にしたワンドから光弾が放たれる。ヒュージパンプキンの頭に直撃するが――応えた様子はない。闘気で強化しているのだ。爆風の下から燃え盛る瞳を覗《のぞ》かせる。

ワンドによる爆発は決め手にならない。結局は力対力。猛烈な勢いで武器を叩きつけ合って金属音を響かせる。闘気と魔力。互いに消耗しながらも虚空に残光を残しながら空を舞う。ぶつかり合っては弾け飛び、即座に反転してまた己の武器を叩きつけていく。

ヒュージパンプキンが切り結びながら強引に間合いを詰めてくる。分離させたハサミを交差させたまま、体当たりをするようにイグニスを押さえ込むと、その動きに連動するように従属していたパンプキンヘッド達が遠くへと飛んだ。

遠くまで展開して一瞬静止すると、イグニスの後ろに控えるローズマリーへと炎上しながら猛烈な速度で突っ込んでくる。それは暴走とも呼べるような特攻。しかも突っ込む角度をそれぞれ変えている。到底回避できる速度、タイミングでは、無い――。

だが――炎上するパンプキンヘッド達は虚空を貫き、行き過ぎる。イグニスの背後に控えるローズマリーは幻影。ピエトロの分身にローズマリーの皮を被《かぶ》せたものでしかない。

ピエトロの分身、ミラージュボディの魔道具。そしてマルレーンのランタンを組み合わせることにより、ローズマリーがいる位置そのものを誤認させている。

滞空するソーサーの1つから操り糸が伸びて、特攻してきたパンプキンヘッドの内一体を絡め取る。従属しているパンプキンヘッドは自由意志を持たないがゆえに、直接制御を受けることであっさりとローズマリーに支配を奪われた。

大きく弧を描き、特攻をけし掛けたヒュージパンプキン目掛けて横合いから突っ込む。激突した瞬間、パンプキンヘッドが爆《は》ぜた。自爆攻撃。衝撃波にヒュージパンプキンの身体《からだ》が大きく吹っ飛ばされる。

もつれ合うように押さえ込まれていたイグニスも爆風に煽《あお》られ、操り糸で繋《つな》がるローズマリーも諸共《もろとも》に引っ張られるが――そこまでだった。

「――さようなら」

渦に呑《の》まれる木切れのように引っ張られながらも、意にも介さず薄く笑うローズマリー。操り糸が強い輝きを放つ。

爆風に煽られながらも、お構いなしに装甲の隙間を抉《こ》じ開けるようにハサミを突き立てていたヒュージパンプキンであったが――間合いは密着。それはイグニスの距離でもある。装甲に傷を付けられながらも、こちらもお構いなしに下顎へと鉤爪が引っ掛けられ、隠されていた武器が解放された。

爆ぜるような音と共に射出される金属杭《くい》。イグニスの後方へと噴射される爆風。

一点、一瞬に集約された力が、闘気で強化していたはずの頭部をあっさりと貫通し、その内部で膨張するように四方へ氷の槍《やり》を放つ。
燃え盛っていたはずの内部——目や口、後頭部などから氷の槍を飛び出させた巨大カボチャの身体から力が失われ、ゆっくりと落下していった。
そして——パイルバンカーを放った時点でローズマリーは操り糸を自ら切り離し、体勢を立て直している。
「……やれやれ。相当なものだとは聞いていたけれど……イグニスの装甲に傷をつけて来るとはね。これから先、大物を相手にすると深層の戦闘は修復が面倒になりそうだわ」

◆◆◆◆◆

——疾走。猛烈な勢いで直線的な通路を疾走しながらデュラハンとグリムリーパーは大剣と大鎌をぶつけ合う。

回り込んで後衛へと向かおうとするグリムリーパーを遮るようにデュラハンが馬を駆り——結果として並走しながら切り結ぶ形となるのだ。グリムリーパーは思うように後衛達に斬りかかっていけないことに苛立《いらだ》ったように、デュラハン目掛けて大鎌を叩き付ける。と、思った瞬間には渦を巻くように襤褸《ぼろき》切れが一点に集まり、小さくなって高速移動。デュラハンの背後で再び顕現する。

振り返るよりも早く大剣が振るわれ、デュラハンの背中側で互いの得物が激突し、重い金属音を響かせた。

互いの武器が弾かれた瞬間にはデュラハンは馬ごと身体を反転させて、地面を抉《えぐ》るように蹄《ひづめ》の跡を土に残しながらグリムリーパーへ向き直る。即座に地面を蹴って突撃。グリムリーパーも応じるようにデュラハンへと突っ込む。

地面と水平に剣を構えるデュラハンと、下から大鎌で掬い上げるような動きを見せるグリムリーパー。しかし本来実体を持たないグリムリーパーは地面に半身を沈めて斬撃をやり過ごし、馬の腹部を切り裂くような軌道で掬い上げるような一撃を見舞ってきた。

跳躍。馬ごと飛び上がって、有り得ない軌道による斬撃をぎりぎりで回避。グリムリーパーは正面が空いたとばかりに後衛へと向かおうとするが、すぐさま反転したデュラハンが馬ごと横向きになりながら疾走し、地面目掛けてグリムリーパーに斬りつける。

土の中から飛び出す大鎌の斬撃。大剣が地面を物ともせずに抉り飛ばし、土砂を撒《ま》き散らしながら剣戟の音を響かせる。

地面の奥深くまでは潜っていけないのか。そのまま再び並走する形で幾度となく斬撃を応酬する。

一瞬後ろに引いての大剣の刺突。大剣の先端が地面を深く貫くと、肩口を切り裂かれたグリムリーパーが地面から飛び出してきた。風車のように大鎌を回転させながら、地面に深々と剣を突き刺したデュラハン目掛けて迫る。剣を手放し、馬からも離れてデュラハンがグリムリーパーへ向かって飛んだ。大鎌の刃の内側に潜り込むように踏み込み、グリムリーパーに摑《つか》みかかる。グリムリーパーの手首を摑んだ瞬間、異常が起きた。デュラハンからグリムリーパーに向かって、燐光《りんこう》が吸い上げられていく。

エナジードレイン。カタカタと楽しそうにグリムリーパーは肩を震わせた。先程デュラハンに受けた傷も修復されていくが——デュラハンはお構いなしといった調子でグリムリーパーを押さえつける。そこに——。

鈍い音が響いた。馬の後ろ足が、グリムリーパーの後頭部を捉えたのだ。それでもグリムリーパーはエナジードレインを途切れさせはしなかったが、その身体が揺らぐ。腕を掴まれたままでは先程のように小さくなって逃げることもできないらしい。

怯《ひる》んだ隙をそのまま力任せに振り回された。その先にあるのは——先程地面に突き立てたままの大剣だ。肉厚の刃に向かって叩き込まれる形で、グリムリーパーは上半身と下半身を泣き別れにされる。

そして——手首を掴んでいたデュラハンは、グリムリーパーから何かを引き抜くような仕草を見せた。デュラハンの手の中で赤く煌《きら》めくそれは……グリムリーパーの魂だろうか。

だが、デュラハンに連れ去られるまでもなく、灰が風に散るようにいずこかへと消滅した。その消え方は迷宮魔物故——かも知れない。迷宮で散り、迷宮に還《かえ》る。後に残るのは切り裂かれた襤褸布に包まれた死神の身体と大鎌だけだ。

◆◆◆◆◆

「シャアアッ!」

蛇の威嚇音を鳴らしながらアンフィスバエナの上半身が爪を振りかぶってシーラ目掛けて旋回してくる。闘気の煌めきが大きな弧を描いて振り回された。シーラは上体を逸《そ》らして爪の一撃を回避。すれ違いざまに斬撃を見舞うも、もう片方の爪で受け止められ、行き過ぎていく。シーラは即座にそれを追う。追って切り結ぶ。

シーラの相手をしている上半分の女は、そもそもがアンフィスバエナの一部分ということもあり、体重と身体全体の膂力《りょりょく》という点ではシーラを遥《はる》かに上回る。尾を振り回すように文字通りの全身の力で爪による斬撃を加えてくるのだ。尾全体を用いての薙ぎ払いを見舞われれば切り結ぶこと自体が難しい。

それを——シーラは持ち前の体術で上手《うま》く凌《しの》ぎながらも積極的に切り込んでいく。アンフィスバエナの上半分を攻略すれば、その巨体故に魔獣側はグレイスの攻撃を凌ぐことができず、斧《おの》による一撃を受け切ることができないからだ。

だから、アンフィスバエナも止まらない。シーラもまた攻め込み続ける。距離を取ってしまえばシーラに対しても魔法行使をしてくるからだ。

斬撃を交差させる瞬間に雷撃を流し込んで一瞬の行動の自由を奪う。すぐさま魔獣側が、尾を振り回し、離脱していく。次に旋回してきた時には魔獣ゆえのタフネスで立ち直り、すぐさま切り返してくる。蜘蛛《くも》の糸も——下手に貼りつければ身体ごと振り回されるだろう。

「やる」

アンフィスバエナの動きに、シーラが小さくつぶやく。

そして下半分。魔獣アンフィスバエナは後足で立ち上がり、前足と大顎でグレイスに攻撃を加えていく。双方共に闘気の煌めき。しかしその闘気の質、量共にグレイスのほうが勝る。魔獣の巨体による重量を合わせることで、ようやく拮抗《きっこう》する。

斧とぶつかり合って互いに弾かれ、それを補うように氷の弾幕が張られる。転身転身。グレイスのいる空間を氷の弾丸が貫き、魔獣の炎の吐息が薙ぐ。空中を回りながら、避けきれない氷弾は斧で砕き散らして魔獣に突っ込む。

魔獣側はとにかく一発当てて均衡を崩そうという算段らしい。グレイスを追い払うような一撃を放つことで距離を取り、弾丸をばらまく構えだ。

何度か打ち込み、互いに弾かれ、弾丸を回避する。グレイスの一撃一撃はアンフィスバエナの頭部や前足に傷を残しているが――それも見る間に再生していく。タフネスを自認するがゆえの持久戦。

「これは――埒《らち》が明きませんね」

空中で静止し、グレイスが僅かに呼吸を整えながら闘気を高めていく。アンフィスバエナも応じるように咆哮《ほうこう》すると、その身体に闘気を漲《みなぎ》らせた。

そして一瞬――シーラとグレイスの視線が交差する。呼吸を合わせるように突っ込み、アンフィスバエナが受けて立つ。

グレイスの斧と魔獣の爪が激突。闘気同士の押し合いで火花が散る。火炎のブレス。扇で散らすように斧で扇《あお》いで突っ切り、続く大顎の一撃を斜め上に飛んで避ける。

射撃と爪牙《そうが》の間隙を縫うように。グレイスの斧が投擲《とうてき》された。目標は魔獣ではなく上半身側の女へと。その軌道上に魔獣が身体を割り込ませて斧を弾く。その瞬間――巨大な音響と眩《まばゆ》い閃光《せんこう》が弾けて、一カ所に交差したアンフィスバエナ双方の視覚と聴覚を同時に焼いていた。

攻撃を仕掛けたのはシーラだ。アルフレッド特製の、セラフィナの属性を与えた魔石を用いた改良型スタングレネード――。

アンフィスバエナは四方八方に氷の弾幕をばら撒きながら、火炎を吐き散らして暴れ回る。グレイスとシーラが飛び退《すさ》る。

嗅覚はまだ生きているらしく、魔獣がグレイスを追って大顎を開いた、その瞬間だった。

「これなら――！」

グレイスの右手に膨大な闘気の塊が膨れ上がり、密集するように手の中に押し込められる。大口を開けて迫ってきた魔獣アンフィスバエナのその口腔《こうくう》内に、拳を突き出すように叩き込んだ。闘気弾――ならぬ闘気砲。眩い閃光がアンフィスバエナの口から飛び込み、後頭部を突き抜ける。

「ギッ――!?」

悲鳴を上げる暇も有らばこそ。こちらも闘気と真珠剣の煌めきを残し、シーラの一撃がすれ違いざまに女の首を薙いでいく。

それでも――アンフィスバエナは動いた。魔獣はグレイスを探すように首を巡らしたが――もう遅い。

アンフィスバエナの直上――。グレイスは闘気による紫色の雷電を放ちながら、両手で握った斧

を大上段に構え、アンフィスバエナの胴体目掛けて真《ま》っ直《す》ぐに落ちていく。

「はあああッ！」

裂帛《れっぱく》の気合と共に振り抜く。闘気によって巨大な斬撃と化した一撃が、アンフィスバエナの胴体を両断し、星球庭園の地面に巨大な亀裂を刻んだ。

第161章 表面　極炎と流星と

「さて……」

――ケルベロス。深層の番犬か。番人が弱いなどということは有り得ない。信頼が置けるからこそ要所を任せるのだ。ましてや深層の準守護者格《ガーディアン》となれば。

シールドで奴《やつ》の攻撃を受け止めることは可能だ。とはいえ、その状態では俺も決定打を与えられない。シールド越しの魔力衝撃波は威力の減衰を起こすし、魔力衝撃波そのものも外皮を越えて内部にダメージを蓄積させられるが……タフネスやモチベーションを備えていれば、多少の被弾は歯を食いしばりながら戦闘続行が可能だろう。俺とガルディニスが戦った時もそうだったように。

その点――奴の肉体の頑強さは俺とは比べるべくもないだろう。単なる魔力衝撃波は直接叩《たた》き込んだとしても、牽制《けんせい》になれど決め手にならないと考えておくべきだ。きっちりと……近接戦闘で切り崩す必要がある。

低い唸《うな》り声《ごえ》を上げるケルベロスの鞭《むち》のような尾が炎を纏《まと》う。身を屈《かが》め、突撃の構えを見せるケルベロス。その黒い毛皮の下で鋼のような筋肉が軋《きし》むような音を立てて隆起していく。闘気による自己強化だ。

魔力を練りながら呼吸を合わせるようにこちらも突っ込む。

肩口に牙を引っ掛けて、抉《えぐ》ろうとするかのような軌道で迫ってきた。すれ違いざまにウロボロスを叩き付ければ、魔力と闘気の干渉で火花が爆《は》ぜて、互いの軌道がズレる。

通り過ぎた瞬間2つの首が息を吸い込み、後方に向かって熱線を放射してきた。慣性を殺しながらネメアとカペラがシールドを蹴って、切り裂くような二条の灼熱《しゃくねつ》を回避。空中を駆け上がって反転。

空中で踏み止《とど》まってこちらに向き直ったケルベロスへと、バロールに乗っての突撃。二度、三度と交差しながら竜杖《りゅうじょう》と爪牙《そうが》による打撃、斬撃を応酬する。

正面からぶつかり合うような軌道を取った。シールドを組み合わせて鋭利な錐《きり》を作り出し、串刺しにするように突撃に合わせてやると、寸前でケルベロスは反応してのけた。

顔を横に背けたかと思えば横からシールドに齧《かじ》りつき、それを支点に身体《からだ》を回転させて、勢いをそのままに下から後ろ足で蹴り上げてくる。獣とは思えない動き。

転身。闘気のこめられた爪が身体のすぐそばの空間を薙《な》いでいった。

身体のすぐそばに風圧を感じながらも、ウロボロスに込めた魔力を先端から解放。瞬間的に魔力を凝縮。刃状に展開して大剣を生み出し、ケルベロスの背を追うように振り上げれば、身体を捻《ひね》って2つの首を思い切り仰《の》け反らせ、咬合《こうごう》力でこちらの斬撃を止めてきた。

空中で逆さまに踏みとどまったケルベロスが、そのままの体勢で中央の首から熱線を浴びせてくる。

大剣を縮小させ、最小限の動きで回避しながら突っ込む。合わせるようにケルベロスの大顎が迫る。1つ、2つ、3つと続けざまにやり過ごし——俺のすぐ背後の空間で、大顎が牙を打ち鳴らすような音を立てた。

背中側で斬撃を止める程の咬合力。それを実現させるほどの反応速度と関節の可動域。では、これならば――？

ウロボロスの先端に膨れ上がった魔力がピラミッドを上下に組み合わせたような八面体に凝固。オリハルコンがこちらの意図を汲《く》んで性質を変化させるために、こういった芸当が可能になったというわけだ。

マンモスソルジャーを吹き飛ばした物と同じ――巨大メイスとしてその脇腹へと叩き込めば――そこに白熱する盾が生まれる。打撃に触れた瞬間、指向性を伴う爆風を放った。

考えるより早く、反射的にシールドを展開して爆風を受け流す。叩き込んだメイスは弾《はじ》かれ、ケルベロスは真《ま》っ直《す》ぐ前に飛んでから距離を置いてこちらに向き直った。

爆風で打撃の威力を相殺か。火魔法にも術者を中心に全方位に爆風を放つ攻防一体の術が存在するが……。原理を知ってか知らずかリアクティブアーマーも使うというわけだ。四足の獣の姿をしているが……死角は存在しないと考えていいだろう。

だが、ケルベロスは忌々しげな表情と唸り声で突っ込んで来た。カウンター技が有効打にならなかったのが気に入らないというわけだ。

大顎をかわし、バロールを操作して並走するようにケルベロスの動きについていく。

接近戦。ウロボロスを掬《すく》い上げるような軌道で振り上げれば、打ち込もうとした顎の下に白熱する盾が生まれた。

ぶつかる寸前にウロボロスをマジックシールドで強制的に停止させ、背中側から飛び出したネメアの爪で中央の頭に一撃食らわせる。お構いなしに右の首が旋回してきて頭突きを見舞ってくるが、小規模なシールドで受け止め、直接魔力衝撃波を叩き込んだ。

貼り付かれることを嫌って飛び上がるように離脱するケルベロス。バロールに乗って追うように飛行。

ウロボロスの先端から魔力を噴出させて、先程同様魔力のメイスを作り出す。打ち上げるように振り抜く――が、その軌道上にメイスの先端はない。竜杖を引き戻すように回転させて、同時に性質と軌道を変化させているからだ。

メイスの先端に繋《つな》がる魔力が鞭のようにしなり、白熱の盾とは全くの逆方向から跳ね上がった。八面体がケルベロスの警戒していた後ろ側から直撃。衝撃にケルベロスの身体が揺らぐ。

言うなれば、メイスからモーニングスターへの変形。思うがままに、手の中で魔力が性質と形状を変えていくのが分かる。手足のようだと言えばいいのか。或《ある》いは何かの生物のようだと言えばいいのか。

「ガアアッ!」

咆哮《ほうこう》。大きく息を吸いながら身体ごと回転させて熱線を放射するケルベロス。左右に飛んで熱線をすり抜けてウロボロスの打撃を叩き込む。虚から実へ。

今度は止めずにウロボロスを叩き込めば、向こうは白熱の盾を使わず、闘気で身体を強化してそれを受け止めた。

ある、と分かった手札に対処することはそう難しくはない。逆手を取って虚実を織り交ぜればカウンター技は使えず、確実な対処法を取らざるを得ない。つまりは――腹を括《くく》って、闘気をより一層漲《みなぎ》らせて受け止めようというわけだ。

案の定というか――ウロボロスを叩き込まれて尚《なお》、ケルベロスの動きと戦意に衰えはなかった。全方位に爆炎を撒《ま》き散らし、強引に距離を取ってこちらへ向き直ると、ますますその瞳に闘志を漲らせ、火力を増しながら空中を疾駆する。

その姿を例えるならば、炎の流星だ。近くの植え込みを焼き焦がしながら慣性を無視するような鋭角の軌道を描く。

突撃してくるケルベロスに合わせるように、こちらもマジックサークルを展開する。第6階級風魔法ヴォルテクスドライブ。

風の防壁で熱を遮断しながら、ケルベロスの高速移動にこちらも付いていく。白々と輝く極炎と、青白く輝く魔力。二条の残光を引いて幾度となく互いへ攻撃をぶつけ合ってはすれ違う。

交差と激突。そんな中でもケルベロスの眼光は爛々《らんらん》と輝いている。奴の頭は3つ。仮に半端な攻撃を仕掛ければ、1つの頭を犠牲にしてでも杖《つえ》の動きを止めて、然《しか》る後に捨て身の攻撃を仕掛けてくるだろう。

ネメアやカペラであれ、バロールであれ――そういった一撃を防ぐためには手元に残しておかなければならない。

だから、奴の動きについていくにも攻撃を繰り出すにも自前で行う必要がある。ヴォルテクスドライブを用いて空中で切り結ぶ。回避と防御と突撃と。全てが渾然一体《こんぜんいったい》となった、すれ違いざまの攻防。幾つもの火花を弾けさせる。

ウロボロスの歓喜の唸り声と、ケルベロスの闘争心を剥《む》き出しにした咆哮と。近付いては激突し、そして離れていく。幾度となく炸裂《さくれつ》する衝撃。慣性を無視して馬鹿げた速度で景色が流れ、2つの光弾が絡み合ってはぶつかり合い、弾かれては離れじと、互いに向かって突撃を繰り返す。

そのやり取りの中で、ケルベロスが大きく息を吸うのが見えた。炎の吐息――いや、今までのそれとは違う。その違和感に肌が粟立《あわだ》つのを感じた。知れず、口の端が歪《ゆが》む。ケルベロスは首をもたげたまま角度を調整――そう。あれは座標を見定めているのだ。そして――それは来た。

「オオオオオオオオッ！」

3つの咆哮が衝撃波となって一点で重なる。高速飛行をしながら身体を捻れば、すぐ隣で空気が爆ぜるような衝撃が広がる。

原理としては風魔法のレゾナンスマインと同じだ。咆哮を一点の座標に重ね合わせ、シールドや杖のような障害物を無視して共鳴で対象物を内部から破壊するというもの。奴の隠し玉がこれであるとするなら、確かに人間相手なら一撃必殺の代物だろう。

続けざまに2度、3度。至近距離で衝撃波が爆ぜる。鋭角に軌道を変えて空間の爆裂から身をかわす。狙いはかなり正確だが――。

「遅いっ！」

衝撃波を回避して一旦直上に上昇し――鋭角に挙動を変えて弾丸のような速度で突撃を行う。ケルベロスの頭の内一つを跳ね飛ばす。体勢を崩し、続けざまに2度、3度。背中と胴体へ、ウロボロスによる打撃を叩き込む。

奴は――こちらを衝撃波で捕捉しようとした。その分トップスピードよりも遅くなったのだ。速度に差が付けば、一度の攻撃で更にそれは広がっていく。

そしてヴォルテクスドライブの突撃速度を乗せたその打撃は、闘気による強化すらも貫いてケルベロスの身体に確実なダメージを残している。

己の悪手を悟ったか、ケルベロスは牙を剝き出してこちらを睨《にら》みつけると――動きを止めて、打撃を真っ向から受け止めてきた。

闘気の集中による防御。ケルベロスの身体を重い衝撃が貫く感触。それでも止まらない。こちらを身体ごと受け止めて包み込むように。

密着の間合いから放たれようとする咆哮共鳴弾。しかし――。その間合いは俺の間合いでもある。

ウロボロスに蓄積させた魔力を肉体側に戻し――全身の動きを連動させて掌底と共に叩き込む。

螺旋《らせん》衝撃波――。咆哮を放とうとしたその寸前、一点に束ねられた魔力が内部で炸裂。余剰のエネルギーでケルベロスの身体が捻《ねじ》れながら吹っ飛ばされる。

体格に遥《はる》かに勝っているのに密着からの一撃で吹き飛ばされる。理解できないといった、ケルベロスの表情。しかし、ケルベロスの赤く燃える瞳はまだ諦めてはいない。全く――大した闘争心だ。

だがだからこそ、諸共《もろとも》に打ち砕けるだけの魔法が必要だ。

「散れ――！」

体内で練り上げた魔力を解放。巨大なマジックサークルを展開させる。その光景にケルベロスが目を見開き――そして確かに、にやりと口の端を歪ませた。

そこに浮かぶ感情は称賛か、それとも耐え切ってみせるという闘争心か。或いはその両方かも知れない。

水風雷、多重複合第9階級魔法――ストームコンフリクト。魔法陣から冷気を帯びた細い竜巻が生まれて、中空を舞うケルベロスの身体を捉え、巻き上げる。

錐のような竜巻の先端に火花が散る。細かな氷の粒が竜巻の渦の中でこすれ合い、静電気を発生させて、それを組み込まれた雷撃の術式が後押しすることで、威力と規模を増幅させているのだ。

あっという間に肥大化する真っ白い風の渦に呑《の》まれて、ケルベロスの姿が見えなくなった。

竜巻が圧力を増して、周囲の植え込みを薙ぎ倒しながら巻き込む。中心部から生まれた紫電を纏う竜巻から、いくつもの閃光《せんこう》が落ちてあたりを焼き焦がし、轟音《ごうおん》が響き渡った。

唸るような暴風の音と、稲光と落雷の音。膨れ上がる竜巻が迷宮の結界をも軋ませる。

暴風が最後に弾けるように広がると、ばらばらになった木屑《きくず》と、それから錐揉《きりも》み状態で高々と舞い上がったケルベロスが地面に落ちてくる。

どう、と巨体が地面に激突して転がった。そして――ケルベロスはそれきり、立ち上がっては来なかった。

「――他に守護者の類は出てきていないわね」

と、目を閉じながらこめかみのあたりに手をやってクラウディアが言う。

ふむ……。討伐した魔物の規模から言うと、多少は落ち着いて行動する時間もあるだろうか。まずは皆の状態を確認して、それから剝ぎ取りなどに移るとしよう。

「みんなの怪我《けが》は？」

「私達《たち》は大丈夫です。軽い怪我だけで、治癒も済ませました。テオドール様は？」

「ケルベロスの咆哮で、少し耳が痺《しび》れてるかな。後は……軽い火傷《やけど》ぐらいか」

風のフィールドも用いていたが、このあたりはやはりテフラの祝福のお陰と言えよう。近接で格闘戦までやってこの程度の火傷で済んでいるなら安いものだ。

掌底を叩き込んだ時の火傷はアシュレイに回復魔法をかけてもらうと、ひりひりとした痛みがすぐに引いていく。耳は……まあ少々時間を置けば自然に元に戻るか。循環錬気で調子を整えておけば後々に響くこともあるまい。

「イグニスが少し外部装甲に傷をつけられたわ。内部の構造体は一先《ひとま》ず大丈夫ね」

ローズマリーが真剣な表情でイグニスの状態を調べながら言った。イグニスはぐるぐると肩を回したりと、可動域がスムーズに動くかどうかをチェックしているようだ。

「小さい傷なら塞げるかなと思うけど」

俺がそう伝えると、ローズマリーは羽扇で表情を隠しながらも目を細める。

「それは嬉《うれ》しいけれど、装甲を外して総点検するから、今のところは攻撃を受けた箇所を分かりやすくしておいたほうが良いかも知れないわね」

なるほど。それなら、修復は工房に戻ってからが良いか。金属疲労などはビオラやエルハーム姫のほうが専門だしな。

では……剝ぎ取りを始めるとしよう。

「カボチャはどこを持ち帰りましょうか」

グレイスが尋ねてくる。

「んー。頭部と剪定《せんてい》バサミと……後は魔石も良さそうだな」

パンプキンヘッドに関しては、みんなとの戦いを見ている限りだと大量に出てくる戦闘員の割に個々がかなり強いように思えた。

……スノーゴーレムの核に相当する部分もあったりするのだろうか？　とりあえず内部構造も見ておくとしよう。

カボチャの中身は空洞になっているが……ああ、あった。炎を模した、メダルのような物体が嵌《はま》っている。

取り外して魔力を込めてみると――メダルがぼんやりと発熱した。これはスノーゴーレムと同様のパーツの炎版ということで……なかなか使えそうだ。

何体かを魔石抽出してみるが……これもかなり質が良い。

「魔石と、パンプキンヘッドそのものを纏めて持ち帰ればシグリッタの絵にもなりそうだな。とりあえず、抽出するものとそのまま転送するものに分けるのが良さそうだ」

「分かりました」

ヒュージパンプキンもそのまま転送して持ち帰るか。パンプキンヘッドを加工しながら使い道を考えるとしよう。分割できる大バサミは結構な業物に見える。ビオラとエルハーム姫のところに持っていくのが正解だろう。

「あの大きいのは？」

シーラが首を傾《かし》げる。

アンフィスバエナか……。さて、これはどうしたものか。竜の一種だと見れば余すところなく使える。しかし尾の特殊性からすると食用というには忌避感がある。

牙、爪、鱗《うろこ》に魔石と、回収できる部分は多そうに思える。血液だとか髪の毛なども触媒になるか。

「一通り解体して、残った部分から魔石を抽出しても、それなりのものが取れるのではないかしら？」

クラウディアが言った。

「……となると、これも持ち帰りか」

「転移させる場所を選べばどうにかなるわね」

未知のエリアということで剝ぎ取り経験のない魔物ばかりだからな。こういう場合はじっくり解体して素材の良《よ》し悪《あ》しを見ていくというのがセオリーだ。

続いて――グリムリーパーは……どうやら倒した後なら普通に触れるようだな。

デュラハンに敗北したからかどうかは分からないが、骨の部分が崩れて砂のようになっていた。

しかし砂――骨粉からはかなり強い魔力を感じる。金属素材に混ぜて使ったりだとか……何か面白い使い道があるかも知れない。

襤褸《ぼろき》切れは……あー。本当にただの襤褸切れのようだ。片眼鏡で見ても特に魔力を感じないが、骨粉を持ち帰る包み代わりにはなるか……？

大鎌も回収しておこう。これもかなりの業物のようだし。

さて……。問題はケルベロスだ。

クラウディアの話によると深層の守護者や準守護者は、そもそもの目的と作りが迷宮魔物や上層の守護者達と比べて根本から違うらしい。

作りが高級で強い力を持つ分、魂に一個体としての性質が定着してしまうことがある……ということだそうである。恐らくは、シオン達も同様の理屈で自我を持ったのだろう。

深層の守護者らについては個々に性格の違いはあれど、基本的にはラストガーディアンの影響下にあり、迷宮の防衛と侵入者の排除を第一義としているそうだ。クラウディアに対する態度はラストガーディアンの影響の度合いによる、とのことだそうで。

そして一度停止させれば、そのあたりがフラットになる。アルファが積極的に力を貸してくれるのはクラウディアがこちらにいることだけでなく、俺がアルファから気に入られた、という部分も絡んでいるようだが。

さて……。そこでケルベロスに話を戻すと――準守護者なので放っておけば時を置いてまた番人として復活するだろう。それを防ぐ意味でも、やはりこちら側に引き込んでおくべきだと思う。そうでなければ倒した意味がない。

迷宮深層の守護者達はクラウディアの護衛であり、深層の守りに近い。ラストガーディアンのせいで暴走しているようなものだ。加えて個性や自我まであるとなると、単なる敵や魔物だと断じてしまうわけにもいかない。
「方法は……前と同じで良いかな？」
つまり、丸ごと魔石として変換するような。あれはアルファが俺の術に自ら乗っかってきたから
だが……さて、今度はどうなるか。
「そうね。アルファの時より引き込むことを意識できる分、条件は良くなっていると思うわ。祝福
も使ったほうが良いかも知れないわね」
クラウディアの言葉にマルレーンが頷《うなず》き、祈るような仕草を見せる。
月女神の祝福に包まれたところで、ケルベロスの肉体に触れて循環錬気に組み込む。
こちらに引き込む……ね。オリハルコンとはこういう形で随分対話したものだが。
目を閉じて、工房でそうしたようにケルベロスに語り掛ける。
何を話すべきか。そう。例えば……迷宮が本来の役割を既に果たし終えていることだとか。ラス
トガーディアンが暴走しているということからだろうか。
月の内紛。クラウディアの、永遠とも思える時間。その孤独と苦悩。魔力資質ゆえに村を離れざ
るを得なかったイルムヒルトについて。迷宮を攻略し、女神を解放して……それから俺達が望むも
の――。
そして――先程の戦いについても。
ケルベロスがああいう戦い方をしてのけた理由は、何となく分かる。番人としての自負があるか
ら、後ろに通さないためにそうした。自分の立場に自負があるからこそ任務を全うするためなら捨

て身でも戦えるのだ。

だとするなら、俺はケルベロスの矜持《きょうじ》に対して問いたいことがある。つまり、深層の番人であるというのなら、自分が一体、何のために戦い、何を守っているのかということを。

循環錬気の波長の中に、鼓動のような波が広がる。俺の問い掛けに、一度だけ領いて応じるかのような反応だった。分かっている――ということか。

そのままマジックサークルを展開すれば、ケルベロスとしてそこにあったものの全てが結晶化していくのが分かる。そう。アルファの時と同様、ケルベロスが俺の術式に乗っかったのだ。肉体から魂に至るまで、余すところなく――光となって溶ける。

そして――そこに黒い結晶が鎮座していた。内側に炎のような揺らめきを秘めている。

「ケルベロスの魔石ね――」

「アルファの時と同じかな。向こうから、術式に乗った」

ぼんやりと熱を帯びるそれを手に取ってクラウディアに渡すと、内側の炎が生物のように瞬いた。

クラウディアがその反応に僅かに微笑《ほほえ》む。

結晶化しても、番人は番人というわけだ。

ケルベロスに言わせるとあくまでもクラウディアを守るためにこちら側にきた、ということなのかも知れないな……。

クラウディアに反応するケルベロスの魔石と、それを見る優しい眼差《まなざ》し。かつては、クラウディアの庭の番犬だったのだ。敵になってしまう前の思い出も、もしかしたらあるのかも知れない。こうして……自身の事を託してくれたケルベロスの想《おも》いに、きちんと応えないとな。

◆◆◆◆◆

剝ぎ取りを終えて、迷路を更に奥へ奥へと進む。

戦利品は転送してもらったし、みんなの消耗を考えても探索は進められるだろう。後は遭遇する魔物の規模によって戦うか撤退するかを判断しながら進んでいけば良い。迷宮で戦うこと自体がこちらの強化に繋がるのなら、戦闘そのものも無為ではないからだ。

緑の回廊を曲がったところで――シーラが動きを止めた。

「テオドール。角を曲がった時、あのあたりで何か動いた」

何か、ね。この迷路の木々は魔力を帯びていて判別しにくいが……確かに魔力の波長が違う。シーラが示すあたりを片眼鏡で注意深く探ってみれば……ぼんやりとした魔力を宿した植え込みがある。

「ふむ……」

見た目は何の変哲もないが……試しに指先に火を灯《とも》して近付けると、枝が避けた。これは……。茂みの中を、目を凝らして見上げていけば……何やら木の洞《うろ》が目と口のようにくっついていて、丁度顔のようになっている。というか、視線が合った。

目の空洞は奥がぼんやり光っていてこちらを見ているが……。

「んー……」

警告の意味合いも込めて火魔法のマジックサークルを展開すると、植え込みに一体化していた木の魔物は目を見開き、そこを退《ど》いて走って逃げていった。

「えっと……宵闇の森で見た魔物の仲間？」

些《いささ》か戸惑ったような声で、イルムヒルトが尋ねてくる。

「近いかもね。今のはトレントだ」

そして……トレントがいなくなった壁の先にも通路が続いていた。丁度交差点に位置するような場所を塞いでいたことから判断するに……侵入者の侵攻状況に合わせて堂々巡りをさせたり、魔物のいる方向や罠《わな》のある場所へ誘導したりという役を担っていたのだろう。いずれにせよ、トレントが誘導したがっていた方向には進まないのが良さそうだ。

魔力波長の違いも何となく分かった。他の場所にも壁に同化しているトレントがいないか、注意深く見ながら進んでいくとしよう。

◆◆◆◆◆

こちらと遭遇するなり一切の躊躇《ちゅうちょ》無しに笑いながら突っ込んで来るパンプキンヘッド達。その後ろから黒い影のようなものが地面を滑って来る。

シャドーソルジャー。平面上を影のように移動し、接近して不意打ちを仕掛けてくる魔物だ。姿といい能力といい、カドケウス……影水銀《メルクリウス》に似ているが変身能力というよりは、移動時と攻撃時に形態変化をする程度で、自由自在に姿を変えられるというわけではない。

この場合は空を飛ぶパンプキンヘッドに目を向けさせておいて地面からの奇襲という狙いの編制なのだろう。

「行く」

「足元の影に気を付けて。援護はするけど」

「ん、見えてる」

短く答えたシーラが、抜刀してパンプキンヘッドに突っ込む。同時にイルムヒルトが鏑矢《かぶらや》を放ち、パンプキンヘッドの動きが乱れたところに切り込んだ。

真珠剣で薙ぎ払いを見舞うと見せかけて、蜘蛛《くも》の糸を浴びせかけ、動きを封じてから斬撃を叩き込む。

と——シーラの背後まで回り込んだ影が中央から盛り上がり、何やら剣を持った兵士のようなシルエットになった。目の部分だけ赤く光っているのが、印象的だ。

だがそこまでだ。シーラの影の中から黒い槍《やり》のようなものが飛び出し、斬りかかってきたシャドーソルジャーにカウンターを食らわせるように串刺しにした。

そこにバロールに乗って突っ込む。まだ地面を移動している平面状のシャドーソルジャーにウロボロスを叩き込むと、水面を叩くような感触と共に影が動かなくなる。

そのままバロールを別方向に飛ばしつつ、俺自身もカボチャに向かって飛ぶ。剪定バサミで応戦しようとしたカボチャを諸共に吹き飛ばし、もう一体のシャドーソルジャーはバロールが地面にめり込むように撃ち抜いていた。

敵の出現は散発的。今のところは先ほどのケルベロス率いる魔物の一団が、星球庭園では最大の規模である。

障害物をすり抜けてくるグリムリーパーに、地面を滑って来るシャドーソルジャー、更に壁に擬態しているトレントと、迷路内を歩くにあたって色々注意しなければならない点は多いが……まあ、出現する魔物の種類を把握すればするほど対処しやすくなるのも事実だ。臆せず、しかし慎重に。そしてきっちりと対応しながらみんなと共に進んでいく。

◆◆◆◆◆

――延々と続く緑の壁。その終わりは唐突にきた。左手にある緑の壁が突然一カ所だけ途切れていて、そこから先を覗《のぞ》き込むと、どうやら迷路の出口らしいことが分かった。

頭上に星空が見えていたり周囲にぼんやりとした光が漂っていたりと……星球庭園の一部なのだろうとは思うが――迷路とは雰囲気が違うな。植物が生えていない。すり硝子《ガラス》のような質感の岩場を細い道が緩やかなカーブを描きながら下へ下へと続いている。

「この坂道の下は？」

「封印の扉があるわ。けれど、それは迷宮側が作った物ではないの」

クラウディアに尋ねると、そんな返答があった。ということは……。

「……月光神殿か」

俺の言葉にクラウディアが頷く。

七賢者が魔人の盟主を封じた場所だ。現時点では精霊王達の封印はされたままのはずだから、恐らくはクラウディアの転移魔法ぐらいでしか立ち入ることはできないだろう。それに……封じられている盟主に対しても、その能力を考えるとまだ手を出しにくいところはある。

だが今回の到達目標地点ではある。月光神殿前までの到達が無理なら、その先の深層攻略も厳しいからだ。

だから、場合によっては大回廊や星球庭園で魔物相手に修行という選択肢も有り得た。

「行こう」

そう言うと、みんなが緊張感のある面持ちで頷いた。

他の精霊殿と同様——月光神殿はその成り立ちが迷宮側とは違うという、深層にありながら異質な場所である。

従って、そこは守護者達《ガーディアン》が守っている場所ではない。かと言って……防御が薄いとも考えにくい。

仮に俺が七賢者であるなら、そこに対魔人用の防衛戦力を配置するからだ。

それはつまり、対魔人用の備えに他ならない。迂闊《うかつ》に月光神殿に踏み込んで、七賢者の仕掛けた防衛戦力や罠の類を削ってしまうというのは悪手である。

いずれにせよ封印の扉の前までとは言え、油断していいわけではない。当然、戦わずに撤退という選択肢も考えておくべきだ。

更に進んでいくと……セラフィナが言った。

「テオドール」

「ん？　どうかした？」

「えっと。悪いことじゃないんだけど……何だか、すごく調子がいいの。儀式場の周りみたいで、力が湧いてくる」

セラフィナの言葉を肯定するように、マルレーンもこくこくと頷く。

「……ああ。精霊王達の結界があるからかな？　月女神の力もあるか」

「正確には、私に向けられた信仰の力と言うべきかしら」

クラウディアが目を閉じて言う。

片眼鏡にも顕現していない精霊達が活発に活動しているのが見えている。走り回るサラマンダーに空を漂うシルフ。岩壁から流れ落ちる小さな滝に佇《たたず》むウンディーネ。あちこちの岩陰からこちらを覗いたりしている、とんがり帽子の小人達のような連中は、ノームである。

ノームについては老人の姿をしているなどと聞くが……実際見てみると案外バリエーションが豊かだ。ただ、帽子と小さな身体は共通のトレードマークのようだけれど。

どれもこれも透き通って見えるので片眼鏡でもやや視認しにくいが……まあ、見えなくても坂道を降りるに従って精霊の力が増しているのは感じる。

そして、月女神の力も。マルレーンが強く感じ取っているのは月女神の巫女《みこ》故だろう。月光神殿は盟主の封印を目的とし、クラウディアへの祈りや信仰を迷宮内部に集めるために組み込まれた場所だから。

やがて辿《たど》り着いた坂道の終わりは、広場になっていた。広場の一角に大きな扉が見える。扉に刻まれた星々の位置を表す装飾。四大精霊殿と同じ封印の扉だ――。

「月光神殿の……封印の扉ね」

ローズマリーが呟《つぶや》くように言うと、クラウディアが頷く。

「ここまでで、帰るべきかな」

広場までは踏み込まないほうが良いだろう。神殿内部に進まれる前に迎撃を選択するならあの場所だ。クラウディアが頷いて、転移魔法を使おうとした、その時だ。

「中に案内はできないけれど――そう急ぐこともないでしょう」

と、誰か知らない者の声があたりに響き渡った。女の声だ。

途端、あたりにいる精霊達の動きが活発になった。嬉しそうに広場の中央を見ている。特に、水の精霊達のテンションが高いようだが――これは――。

「テオ、あれを……！」

グレイスが広場の一角を指差す。空中で渦を巻くように水が集まっていく。

魔法の罠が配置されていた形跡はない。つまりは――坂道にいた精霊達が呼んだということか？

これが七賢者の防衛機構だとするなら、あの場に顕現するのは――。

渦巻く水が人の形を取る。いや、人によく似た何かだ。

……そう。印象としては、テフラに似ているかも知れない。白い薄絹のような質感のドレスと、貝殻や珊瑚《さんご》をモチーフにしたティアラを身に着けている。

長いマリンブルーの髪の毛は途中から水に変化している。……そういう点から見てもテフラに似ているな。高位精霊。しかしこれは……。

「水の……精霊王」

アシュレイが、呟く。その声が聞こえたのか、水の精霊王は閉じていた目を薄《う》っすらと開いて、俺達を見やると穏やかに微笑むのであった。

幕間 ✦ 笑う魔人

北方。黒く染まったベリオンドーラ王城の奥――。

かつての魔法王国の大書庫にヴァルロスの側近、ザラディの姿はあった。

ザラディは崩れ落ちた書棚の中からぼろぼろになった書物の残骸を見つけ、それに手を伸ばしたが……拾い上げた途端崩れ落ちてしまう。

「やれやれ。徹底しておるのう」

そう言ってザラディは小さく溜息《ためいき》を吐《つ》いて首を横に振った。

大書庫は――ベリオンドーラ首都陥落の折に七賢者の残した魔法の数々が魔人側に渡ることを恐れ、持ち出し切れないものは焼き払われて、念入りに術式を用いて書物の類を風化させたのだ。

その決断に至るまで人間側の間にどのようなやりとりがあったのかはザラディの知るところではないが……魔人との戦火の結果としてこうなった、ということは分かる。ザラディとて、最古参の魔人の1人だからだ。

故に今の大書庫は片付けの済んだ一角を、ザラディが研究室として利用しているだけの場所だ。ザラディが補佐しているヴァルロスならともかく、書物のない書庫になど他に足を運ぶ者もいない……はずだった。

「――探し物は見付かりましたか？」

どこか楽しげな声がザラディの背に掛けられる。

「……ミュストラ殿か」

ザラディが振り返ると、そこには笑う魔人、ミュストラの姿があった。ザラディは肩を竦《すく》める。

「どこもかしこも駄目ですな。ま、今になって見つかるのであれば、ここが落城した時に我等《われら》は貴重な書物を得ているでしょうし……余程情報を渡したくなかったと見える。どこかに隠し書庫でもあればと思っておるのですが」

「それらしきものも見当たらないと」

「まあ……そうなりますな。もしかすると、書庫ではなく別の場所に入口があるのやも知れませんが」

「それがあれば転移魔法の研究とて進むのでしょうに」

ミュストラの言葉に、ザラディは頷《うなず》く。

「それは確かに。ですが魔法に関しては最初からあまり期待しておらぬのです。後身であるシルヴァトリアでさえ、魔法の流出には随分神経を尖《とが》らせている様子。その考えはベリオンドーラから引き継がれたものでしょう」

「ほう？　とすると……ザラディ殿はいったい何をお探しで？」

問われてザラディはミュストラに話すべきかどうか逡巡《しゅんじゅん》したようだが、やがて口を開く。

「お恥ずかしながら……興味本意と申しますか、個人的な好奇心という奴《やつ》でしてな。七賢者が地上に降りた時代の、月の状況を記した書物でも残っていればと」

「月――ですか」

ミュストラは笑みを深める。

「そう。あの方が人間達《たち》相手に戦いを起こした時に七賢者を遣わしたのに……ベリオンドーラが落城した時に月の王は動いていない。もしかすると月の都にはいられぬ事情ができて地上に降りたのではないか、或《ある》いは七賢者こそ月の王族そのものだったのではないかなどと……空想を巡らしてしまうのですよ」

「それはそれは。ザラディ殿は興味と仰《おつしや》いましたが、私は大事なことだと思いますがね。これからの私達の戦いに、月の都から横槍《よこやり》を入れられても困りますし」

確かに、ミュストラの言うことには一理あるとザラディは思う。

これで月の都を放逐されたという記述でも見つかろうものなら、不確定な要素を省くことはできるし、そうでないというのなら警戒はするべきだ。

とはいえ、やはりベリオンドーラ落城の際に月が干渉してこなかったのであれば、ヴァルロスが動いたとて月の都が今更動くとも考えにくい。

そういう意味ではあまりザラディは心配をしていない。だからこそ興味本位で探していた、という表現になるのである。

「ま、今更動くとも考えにくいでしょうな。以前は相当戦火が広がってから七賢者がやってきたわけですし……此度《こたび》のヴァルロス様の動きを月が察知した時には、何かしらの結論が出てしまっている時ではありませんかな？」

今まで潜伏して動いてきたのだから……ヴァルロスが勝負に出て、その結果が出る時には干渉したくとも手遅れになる公算が高い。

「かも知れませんね。仮にまだ月が生きているのなら、彼らと一戦交えることにも吝《やぶさ》かではありませんが」

そう言って、ミュストラは笑みを深くする。戦うことが嬉《うれ》しいのか、殺すことが嬉しいのか。その能力の得体の知れなさも含め、魔人であるザラディをして尚《なお》、薄ら寒さを感じさせる表情であった。

だからこそ、ザラディには分からない。ミュストラが何を望んでヴァルロスに協力しているのか。ヴァルロスの望む魔人による支配と秩序を、ミュストラもまた望んでいるとも思えないのだ。

「ミュストラ殿……。貴方《あなた》はいったい、何故《なぜ》ヴァルロス様に協力なさっているのですかな？」

ザラディが尋ねると、ミュストラは冷たい笑みを貼りつけたままで言った。

「私はね……この世界が嫌いなんですよ」

「嫌い、ですか」

ミュストラの返答はザラディからしてみると意外なものだった。ミュストラは享楽のために殺しを嗜好《しこう》し、戦いを好む類の魔人だと思っていたから。そこに何かしらの理由があるとは、思ってもみなかった。

だが……ミュストラの語るそれは、生きとし生ける者全てへの憎悪と言えばいいのか。その瞳の奥に、薄暗い炎のようなものを見たように思えて慄然とするのをザラディは感じた。

「ええ。迷宮の女神やイシュトルムの提唱の否定……。いくつかの者を踏み越えて成り立った世界です。しかし今、そこを闊歩《かっぽ》するのは、ただ日々を無為に生きるだけの下らない者達。ですから月の民も地の民も――それに大半の魔人達もですね。殆《ほとん》どのものにはそれだけの価値がありません。ほら、それならそんなものは精々、私の糧にするぐらいしか意味がないでしょう?」

イシュトルム。月の反逆者。魔人化の方法を最初に唱え、迷宮に干渉して死罪となった者。恐らく彼がいなければ盟主ベリスティオも、ヴァルロスという存在も有り得なかっただろう。

だが、それを理由として挙げるというのは……どういうことなのか。

「では……貴方はイシュトルムが月の王に成り代わろうとしたのではなく、純粋に月の民を救うために魔人という存在を提唱し、行動を起こしたと?」

ザラディなりにミュストラの言葉を噛《か》み砕いて、そう尋ねる。

「さあ、どうでしょうか。イシュトルムが何を考えていたとしても今となっては遥《はる》か遠い昔の出来事。真実など知る由もない。ただ、貴方が私をどう感じているにせよ……私はヴァルロスの行おうとしていることを見届けたいとは思っているのですがね」

「……なるほど」

「まあ、殊更信用しろとも言いませんが――」

そう言ってミュストラは肩を震わせ、ザラディはかぶりを振る。

少なくとも……ミュストラはヴァルロスの思い描く理想そのものの実現には協力的だ。彼の言う通り、信用するに足るかどうかはともかくとして。

信用。そう、信用だ。

こうしてミュストラと相対してどうしても警戒してしまうというのは、その性格や言動以上にミュストラの出自を知らないからというのもあるのだろうと、ザラディは思う。

盟主ベリスティオと共にハルバロニスを出奔した魔人達の系譜は、そう多くない。最古参の1人であるザラディは、ベリスティオの率いた魔人の系譜を、一応は把握している。誰それの子孫だと、聞けば分かる自信はあった。

だが魔人達はわざわざ自己紹介などしない。どこで何をしてきたなどとも、いちいち聞きもしない。己の系譜を把握していない者すらいる。瘴気《しょうき》が操れるのを見せれば、仲間であることが確認できるから、必要なのは名前と能力。それで充分なのだ。

それ故に……ミュストラがどこから来たのかをザラディは知らなかった。勿論《もちろん》、ミュストラが魔人としてあちこちに残した爪痕は知っている。だが、それだけだ。

能力の本質も一向に分からず、出自――つまり利害が分からない故に、こうして会話を交わしていても語った言葉が本音であるかすら分からない。

そんな得体の知れなさが、ザラディにミュストラという魔人を警戒させている。こうして腹の底を探り合うような会話になってしまっているのもそれが理由だろう。

考えてみれば……それは異常なのではないだろうか、とザラディは思う。

魔人は長命であるがゆえに、本人が語らずとも出自を知る者ぐらいいるはずだ。ましてこれだけの数が集まっているのだ。噂《うわさ》ぐらいは聞こえてきてもいいのではないか――？

だが、その疑問を直接ミュストラにぶつけることは憚《はばか》られた。笑う魔人の深淵《しんえん》は、安易に覗《のぞ》いてはいけないもののように思えて。

もしもそれが彼にとって大きな不利益となるのならば、ミュストラはすぐにでもザラディの首を掻《か》くだろう。そう確信させるだけの冷たさと狂気をミュストラは秘めている。

幸いにして、ヴァルロスもザラディも、ミュストラに気を許してはいない。ならばザラディからヴァルロスへ、十分警戒するようにと伝えればいいだけの話だ。

現実問題としてミュストラの力は必要なのだから、今この時期に波風を立てるのは下策だ。それに自分とて盟主が封じられた後、散り散りになった魔人達の系譜がどうなったのか、全てを把握しているわけでもない。

そんなザラディの内心を知ってか知らずか、ミュストラは変わらず冷たい笑みを浮かべてそこに佇《たたず》むのであった。

番外編　異界大使と公爵家の一日

「さあ兄様、クラーク！　参りましょう！」

「はは。まだ約束の時間には少し早いんだ。慌てなくても大丈夫だよ」

ドリスコル公爵家の長女、ヴァネッサが馬車の前で大きく手を振れば、その兄であり公爵家の嫡男、オスカーが笑いながら執事のクラークと共に屋敷の玄関から歩いてくる。

「お嬢様は今日の訪問を楽しみにしておりましたからね」

ヴェルドガル王国王都タームウィルズ。その一角にある公爵家前でのやり取りだ。

と言っても、タームウィルズの屋敷は公爵家にとっての本宅ではない。ドリスコル公爵はヴェルドガル王国西部――海に浮かぶ島々をその領地としている。

タームウィルズの屋敷はあくまで王都滞在中に利用する別邸である。先日の夢魔騒動で別邸の一部は破壊されたが、それも修繕が進められ外壁や屋根等はほぼ元通りになっている。

今日のオスカーとヴァネッサの外出はそれに絡んだものだ。いくつかの家具や食器といった類が壊れてしまったという事もあり、街に買い物に行こうという話が持ち上がったのが先日の事である。

「折角《せっかく》王都に来ているのだから、二人共私の事は気にせず、気晴らしに遊びに行ってくると良い。先日の王都観光は事件で中断してしまったのだしな。私やレスリーの代わりに、良さそうな家具を選んできてくれ」

と……そんな風に二人はオーウェンから頼まれた形だ。公爵家当主であるオーウェン＝ドリスコルはと言えば、夢魔事件の後始末や大公家との和解に絡んだ仕事や面会があり、今現在はかなり多忙だ。

好事家として知られるオーウェンの、美術品や骨董品《こっとうひん》の目利きは有名である。そんな父から代わりに良さそうな家具を見繕ってきてくれと言われたオスカーとしては、結構今日の家具や食器選びに気合を入れていたりする。

妹のヴァネッサは待ち合わせの相手と一緒に買い物ができるというのを純粋に楽しみにしているようで明るい笑顔を見せていた。そんな妹の様子にオスカーは微笑《ほほえ》ましそうに目を細めてから共に馬車へと乗り込む。

向かう先は待ち合わせ相手の屋敷前だ。天気は爽やかな晴れ。冬の訪れも近付いて肌寒い日が段々と増えてきたが、今日は比較的暖かくなりそうで結構な事だ。執事のクラークはそんな風に天候を見やって考えながらも、楽しそうにしている兄妹の様子に微笑む。

ドリスコル公爵家の兄妹を乗せた馬車が向かった先はタームウィルズの東区。異界大使こと、テオドール＝ガートナーの屋敷である。オスカー達《たち》が家の前の通りにやってくると、そこにはテオドール達の用意した馬車も待っていて、そこにはテオドール本人とブライトウェルト工房の主アルフレッドが待っていた。

テオドール、アルフレッド両名の婚約者も一緒だ。公爵家の家紋が入った馬車を認めたアシュレイが手を振ると、ヴァネッサもまた車窓から顔を出して笑顔で手を振る。

同年代、同性の友人が増えるという事で、ヴァネッサは今日という日を楽しみにしていた。その事を知っているオスカーはそんな妹の様子を見て満足そうに頷《うなず》き、自身も車窓から顔を覗《のぞ》かせてテオドール達と手を振り合う。

やがてテオドールの屋敷の前に停車するとオスカーとヴァネッサは馬車から降りてテオドール達と挨拶を交わした。

「おはようございます」

「はい、おはようございます」

「今日はよろしくお願いしますね」

各々そう言って一同握手を交わす。

「早速ではありますが、参りましょうか」

「そうですね。必要になる家具や食器を目録として準備してきています」

オスカーの言葉に頷き、男性陣は男性陣、女性陣は女性陣で馬車に分乗する。テオドールとアルフレッドはそれぞれの婚約者を、オスカーはヴァネッサを馬車にエスコート。男性陣の馬車にクラークが乗り込み、女性陣の馬車にはセシリアが同乗した。クラークやセシリアがついてくるのは、貴族家としての体面というものだ。使用人は必要、という事だろう。

そうしてエスコートしたテオドール達も男性陣用の馬車に乗り込む。

「ヴァネッサお嬢様は今日の事を随分楽しみにしていたようですよ」

「同性の友人が増える上に、それが同年代であったり武技や魔法に精通しているともなればね。あの子は割と冒険譚《ぼうけんたん》とか好きだから」

クラークの言葉にオスカーが笑って答え、更に言葉を付け加える。

「僕の場合は——色々緊張しています。異界大使殿とその……殿下だとメルヴィン陛下からお聞きしましたし」

「あっはっは。流石《さすが》に御三家に隠す理由もうないですからね」

オスカーがそう言うとアルフレッドことアルバート王子は楽しそうに笑った。公爵家と大公家の和解に伴い、ヴェルドガル国内の信用のおける者にならば、伏せておく必要のなくなった情報だ。

「その上で家具や食器類の見立てまで父上から頼まれているのですから……中々大変です」

「お父君は目利きで有名ですからね」

「家族からあまりものを増やさないようにと言われたりしていますが」

と、男性陣はそんな話題で盛り上がる。

その一方で——女性陣も馬車の中で話をして盛り上がっていた。

「お話はお聞きしました。オフィーリア様だったのですね」

「ふふ。婚約者が変装しているので、わたくしも合わせなければ一緒にいられませんから。変装用の指輪も特別に使わせてもらったのです」

ヴァネッサの言葉に、オフィーリアが笑って応じる。

ヴァネッサとオフィーリアはドリスコル公爵家とフォブレスター侯爵家の娘で、年齢も比較的近いために面識がある。アルバート王子とオフィーリアが変装していた、という話はオスカーと共にヴァネッサも聞かされている。その後で顔を合わせればこういった話になるのも必然と言えた。

「陛下の采配ですね。私としてはオフィーリア様とも以前より気軽にお話しできるようになって嬉《うれ》しいですよ」

「ふふ。わたくしもですわ。お互いに何はなくとも家の立場は考えてしまいますものね」

オフィーリアの言葉に顎に手をやって頷くヴァネッサ。

ヴェルドガル王国に関して言うなら公爵家と大公家の仲が少し拗《こじ》れていたために、王家に近い立ち位置にいるフォブレスター侯爵家の令嬢であるオフィーリアとしては、公爵家、大公家の者達との交流は少し慎重にならざるを得ない。

それはヴァネッサから見た場合も同じで、当人同士はお互いの人物像を好ましいものと思っていたとしても、少し距離を置いた付き合い方になってしまう、というのはある。だから、こうして気にせずに話をできるようになった今の状況はオフィーリアもヴァネッサも歓迎しているのだ。

「私達も、ヴァネッサ様とお知り合いになれて嬉しいです」

アシュレイが言うとマルレーンもこくこくと頷く。

「私もです。年齢も近いですし、噂《うわさ》として父様も気にしていた方達ですから」

ただ……実際のところは魔人への対策という事で情報が規制されている部分もあり、直接話を色々聞けることを楽しみにしていたのだと、ヴァネッサはそんな風に伝えた。

「では——そうね。みんなの事を話すのならば、迷宮の探索話というのも良いのではないかしら」

「まあ確かに……。今日のような席にはその方が良さそうね」

クラウディアがそう言うと、ローズマリーも同意する。クラウディアにしてもローズマリーにしても自分に絡んだ事件を話して別に憚《はばか》るわけではないが、クラウディアは迷宮に深く関わっているために伏せられている情報もある。ローズマリーについては問題解決しているし暗殺に絡んだ話も冤罪《えんざい》ではあったものの、そのあたりの事を話題に出すとどうしても重くなりがちだ。今日の気軽な席にはやや不向きではあるだろう。

グレイスは頷くと「ではこの前迷宮の新区画に行ったときの話はどうでしょうか」と、笑って提案する。

「ん。まだ記憶にも残ってるし話をするには丁度良い」

「うん。フラミアちゃんやコルリスちゃんは今日不在だけれど」

と、シーラとイルムヒルトもそれに答えて、先日の新区画探索について話をしていく。各々得意な事を語るのにも繋《つな》がるために自己紹介も兼ねてのものだ。

そうして語られる氷雪の森の様子。イエティや雪だるまといった迷宮魔物との戦いの話に、ヴァネッサは興味津々といった様子で目を輝かせて耳を傾ける。そうした姿は――好事家とされる父親に似ているかも知れない。恐らくは興味の方向が少し違うが親子で似た部分があるのだろうと、ローズマリーは王城で見かけた公爵の姿を思い返しながらも、そんな風に分析をして頷くのであった。

そうして一同が最初に向かった先は迷宮前の広場であった。ここは迷宮で得られた素材を手に入れられるため、オーダーメイドへの対応も行われている。

珍しい素材であれ有り触れた素材であれ、気に入ったものを購入し、贔屓《ひいき》にしている職人のところに持ち込んで依頼をしたり、自分で加工したりといったことは貴族に限らず、タームウィルズではよく見られる光景である。

まずここに足を運んだのは、時間帯によって並ぶものが変わるからという事情がある。オーク肉等、ある程度安定供給されているものもあるが、珍品や掘り出し物が並ぶかは迷宮の機嫌と冒険者達の成果次第というところだ。

「ああ、あの毛皮は立派だなぁ。外套《がいとう》や敷物にも良さそうだけれど……必要なものの目録にはなかったからな」

「大きなものは一つしか作れないけれど、小物ならそれなりに作れそうよ」

「んー。魅力的だけれど……予算内に収めたいから一先《ひとま》ずここは見送りかな。一応、父上の代わりという事になっているし」

「それは確かに。本人は余計なものを色々買ってきてしまいそうだけれど……」

ヴァネッサがそう言うとオスカーが笑い、クラークも小さく肩を震わせる。

「丁度先程、こちらの馬車でも同じようなお話をしていたところなのです」

「そうだったんですか……。母様にも父様の買い物は悪い見本と言われています」

テオドールのそんな言葉にヴァネッサが答え、一同からも笑いが漏れた。

「おお。みな揃《そろ》っておるのう！」

と、そんな明るい声と共に、テオドール達に近付いてくる者達がいた。

「ふふ、おはよう」

「良い天気になりそうで結構な事ね」

「おはようございます」

冒険者ギルドから出てきたアウリアと、ステファニア姫、アドリアーナ姫にエルハーム姫だ。護衛の騎士達、使い魔のコルリスとフラミア、それにラムリヤもいる。コルリスが手を振って挨拶をするとマルレーンやオスカーとヴァネッサもにこにこしながら手を振り返す。

「おはようございます。これからコルリス達の迷宮探索ですか？」

テオドールはそんな光景に目を細めつつ、アウリアやステファニア姫達にそう言った。

「そうね。エルハーム殿下から今日は公爵家の買い物に付き合うと聞いていたから、もしかしたら神殿前の市場にも来るかなって思って」

「それでこの子達の見送りがてら、市場も覗きにきた、というわけね」

ステファニア姫とアドリアーナ姫が笑って応じる。コルリス達は現在、自分達で迷宮の旧坑道を訪れて食料を確保している。使い魔となった魔物の安全性周知、友好的な魔物との交流促進を兼ねており、これらはセイレーンのユスティアやハーピーのドミニク、迷宮村の住民がより受け入れられやすくするための下地作りでもある。

現状では魔人達が暗躍しているために高い魔法行使能力を持つステファニア姫とアドリアーナ姫の両名が実戦に出る可能性も想定されている。経験を積む目的で、テオドール達や騎士団、コルリス達と共に迷宮に潜るのも段階的に進められている、という状況だ。

「殿下方に置かれましては御機嫌麗しく存じます」

「お会いできて嬉しく思います」

ステファニア姫とオスカー、ヴァネッサは面識がある。丁寧に挨拶してくる兄妹にステファニア姫とアドリアーナ姫は笑顔を見せてそれに応じる。

「ええ。私も二人と会えて嬉しいわ。公爵家が事件に巻き込まれたことは聞かされていたから心配していたの」

「危ないところで最悪の事態にはならずに済んだと聞いたわ。私はシルヴァトリアから名代として来ている身で、魔人以外の事にはあまり力にはなれないけれど、王城に来てくれればステフ達を交えて話し相手ぐらいにはなれると思うわ」

「そうですね。家族ではないからこそ話せることというのもあると思いますし」

「それは――ありがとうございます」

改めてお辞儀をするオスカーとヴァネッサに、三人は笑って応じる。

それから、アウリアの事も紹介する。

「ふふ。それから、タームウィルズ冒険者ギルド、ギルド長のアウリアさんよ。有名だし王城に呼ばれる事もあるから、面識もあるかも知れないけれど」

「ああ。王城でお見かけしたことはあります」

「面識まではありませんが、お話はしてみたいと思っていました」

「おお。それは嬉しいのう……！」

そんなやり取りをして、アウリアと兄妹は握手を交わす。

「ご存じのようですが、少し父から頼まれた家具類を探しに行こうと思っておりまして。ここで素材になりそうなものを見てからと思っていました」

「ふむ。そういう事であれば何か力になれるかも知れぬのう」

「アウリアさんは色々隠れたお店を知っていそうですね」

グレイスが微笑むと、アウリアは少し苦笑する。

「言っておいてなんじゃが、物によるかのう。ドリスコル公の趣味に合うかも分からぬし」

「知らないお店に案内していただけるのであれば是非」

オスカーが笑って応じると、アウリアは頷いて同行する、ということになった。

「私達は、コルリスが迷宮に潜るし何かあった時に支援できるようにしておく必要があるから、今回の同行は見送らせてもらうわね。楽しそうではあるのだけれど」

「良いお店となると、流石に国外では、ね」

「鍛治関係の目利きならば多少の自信もあるのですが」

と、苦笑するアドリアーナ姫とエルハーム姫である。

「ん。コルリス達も気を付けて」

「みんな強いから、旧坑道なら全然問題ないとは思うけど、油断は禁物よね」

シーラとイルムヒルトの言葉にコルリス達はこくんと頷いて、ステファニア姫達と共に迷宮入口へと続いている月神殿へ歩いて行った。そうして使い魔達共々、笑って手を振りながら神殿の中に入っていく。

「では、市場や周辺のお店を見ていきましょう。そんなには時間もかからないと思うので」

オスカーが言って、メモを手に市場を歩いていく。

「ふむ。ギルドで査定されたものも卸されているのでな。あまり長くは同行できぬが、どこに何があるか、程度の紹介はできるかの」

「ありがとうございます。では——これなのですが」

アウリアの申し出にオスカーがメモを見せて質問をすると「うむ」と頷いて歩き出す。そうしてアウリアが一同を案内したのは、魔物系の素材を扱っている市場近隣の店の一角であった。

「まず木材を調べてみようかなと。樹木系の魔物は家具の材料にする場合も、食器に加工する場合も、かなり良いと聞きましたので」

公爵家の家具や食器は夢魔事件後にテオドールが修復したものもあるが、燃えたり砕けたりして修復ができずに消失したものもあり、そうしたものは調達しなければいけない。

「そういう事であれば適した魔物が先日迷宮で討伐されて素材が出ておったはずじゃが」

「流石はギルド長ですね」

「ふっふ。任せておくがよい」

ヴァネッサの言葉に胸を張るアウリアである。アウリアは店主とも知り合いであるため、事情を説明すると快く迎えてもらえた。そうして一同店内を見ていくと……目的の物はすぐに見つかった。

「ランサーチークの木材……。十分な大きさですね。状態も良いですし、複数の家具に加工しても事足りるのでは」

テオドールが感心したように言うと、アウリアも頷く。ランサーチークは枝を槍《やり》のように射出してくる木の魔物だ。杢目や色が美しく丈夫と言われている。その分強固な防御力を持つ魔物ではあるから討伐の難易度は高い。とはいえ迷宮に出没するランサーチークは自分からは移動してこないことから、無視しての探索も可能ではある。

「うむ。これを転界石で送ってきた冒険者達も、この魔物が出没する区画を専門にしておったはずじゃな」

冒険者グループが迷宮に潜るのは生活のためでもある。そのため、あちこちの区画を回ったり、高難易度区画を踏破したりする事を目的としているのは少数派だ。駆け出しは浅い階層を中心に生活の糧を稼いだりするものだが、実力がついてくればパーティーメンバーの適性、技量に応じてどこかの区画を専門に探索するというのもよくあるケースだ。練度を上げ、より状態の良い素材を確保することで収入を増す、といった形を取れるからである。

「私達とは迷宮に潜る目的が違いますが……状態が良ければ高く買い取ってもらえるから探索区画を限定して専門家になるというわけですね」

アシュレイは納得したように頷いていた。

「そうだね。それに加えて各区画には特色があって、区画専門の冒険者はそれに応じた技能を持っていたりするから、他の仕事を任せる事もできる」

「うむ。テオドールは詳しいのう。迷宮外の依頼でも、適した冒険者達をギルド側が斡旋《あっせん》しやすくなるのじゃな」

そうした事情をテオドールやアウリアが説明すると一同興味深そうに頷く。

「区画専門の冒険者達でなければこの状態のものは確保できない、というわけですね」

「そう考えるとより価値を感じるね」

ヴァネッサが木材を見ながら言うとオスカーも同意する。

「望むならば素材を確保した冒険者達を紹介することもできるのう。公爵はそういった裏話も好むじゃろうて」

アウリアの提案にオスカーもその光景を想像した上で「それは確かに」と同意する。

「それじゃあ兄様、最初に買うのはこれで決まりかしら？」

「うん。家具職人に依頼を出してこよう。それから他のお店も回るのが良いかな」

公爵家が贔屓にしている家具職人がいるのだとオスカーはテオドール達にも伝え、店主に話しかけていた。

「初めてですし、勉強させていただきますよ」

「んー……。値引き交渉は、今回は止めておきましょう。テオドール様やギルド長が良い品だと教えて下さいましたからね。価値のあるものにはきちんと対価を、というのが父上の流儀ですし、僕もそう思っています」

「私達もこのお店で買うのは初めてですからね。良い印象で記憶してもらえれば、これから先、良い関係の構築にも繋がるかと」

そんな二人からの返答に執事のクラークは静かに頷く。

オスカーとヴァネッサの考え方や言動は、父親であるドリスコル公爵の普段の方針が窺《うかが》えるものだ。ヴェルドガル王国の西部は海に浮かぶ諸島群だ。グロウフォニカ王国等々、西方の海洋国家との交易も行われている。良いものにはきちんとした対価をというのは、こうした買い物だけではなく、幅広い方面においての話であり……その上で交易によって利益を出し、しっかりと領地を繁栄させつつも隣国との良好な関係を維持している。

ドリスコル公爵の人望や人脈作りにも繋がっている部分だ。オスカーやヴァネッサがそんな父親からの薫陶を受けているというのはヴェルドガル王国としても歓迎すべきことと言えた。

「なるほど。では……これから先、どうぞ御贔屓に」

店主も笑って応じると、「値引きではありませんが」と、端材から作ったというブローチを持ってきた。

「これは私が作ったものです。店で販売しているものではありますが、お近付きの印のおまけという事で」

「これは——ありがとうございます。御厚意として受け取っておきます」

そんなやり取りをしてブローチを受け取り、一行は店を後にする。買った木材に関しては職人のところに届ける手配を店側が進めてくれた。

「さて。では、依頼を出したら……食器を見に行きましょうか」

「そうした品々の店なら北区じゃろうな。儂《わし》は——まあ今もちょいと抜け出してきておるので……そろそろ仕事に戻らねばならんがのう」

そう言って、アウリアがちらりと広場の向こう――冒険者ギルドの方に目をやる。

ギルドの入口には職員が何やらにこにことしながら立っていて一同の様子を窺っているのが見て取れた。そんな光景にテオドール達は少し笑う。

「そうですね。依頼を出そうとしている職人のお店も北区にありますので、そのままの足で回れそうです。お店の紹介、本当にありがとうございました」

「折角ですので、後で公爵家にお越しください。夕食を用意しているのです」

「おお、それは嬉しいのう。では、仕事が終わったらまた顔を出すとしようかの」

オスカーも笑って答えてヴァネッサと共に丁寧にお礼を言えば、アウリアは満足そうに頷いて冒険者ギルドへと戻っていった。そんなアウリアを見送って、テオドールがオスカー達に言う。

「アウリアさんの代わりというわけではありませんが、食器に関して北区の店なら心当たりがありますよ。何軒か見比べてみるのも良いかも知れませんね」

テオドールが言うと、オスカーとヴァネッサは明るい笑顔を見せる。

「では、よろしくお願いします」

それから再び馬車に分乗し、一行は北区へと移動する。今度はテオドール達が案内する形だ。

「タームウィルズに出てきた後に買い物に行って、家具類も色々見て回りました。今回のように素材から選んでとまでは行きませんでしたが……その際に食器類も何軒か見て回ったのです」

「ああ。私もです。テオドール様やグレイス様と一緒に、私の時も探しに行きましたね」

女性陣の馬車でグレイスとアシュレイが笑い合う。その後も、テオドール達は家に同居人が増えた際に不足した品があれば買い物に出かけている。

テオドール自身、タームウィルズへの引っ越しに際しては家具類、食器類も必要以上には持ち込んでいない。引っ越しに時間や人手をかけたくなかったという事情があったからだ。到着してから必要になるものはある程度分かっていたし、実際に暮らし出すとやはり足りないものなども出てきたため、それを補うために色々と見て回っている。

或《あ》いは新しい生活にガートナー伯爵家での生活のにおいをあまり持ち込みたくなかった、というのもあるのかも知れない。

「ん。私達の部屋の寝台とかも」

「西区の家は、魔人の襲撃の時にダメになっちゃったものね」

シーラの言葉に、イルムヒルトが顔を見合わせて苦笑する。元々二人が住んでいた西区の家は、魔人ゼヴィオンの襲撃の際に戦闘の余波を受けて崩れてしまっているのだ。

その後テオドールの家に間借りし、駄目になってしまった家具や食器等を買い直ししている。

それに加えてクラウディアが迷宮から移動してきた際に寛《くつろ》いでもらうための地下室。迷宮村の住民達が使用人として活動しやすいように色々なものを取り揃えたりといった具合だ。

「わたくし達の場合は王城から入り用なら運び込んだものも多いけれど、それでも買い物には行ったものね。テオドールと一緒にみんなも北区に度々足を運んでいるから、詳しくなっているのは間違いないわね」

ローズマリーが言うとマルレーンもこくんと頷く。

「ふふ。皆様は劇場の内装にも関わっているとお聞きしましたが……そのお話を聞く限りですと、目利きにも期待してしまいますね」

境界劇場の内装やシリウス号の内装はテオドールがグレイス達の意見を聞いて作っている。シリウス号は軍船としての性質があるので一般には見せられないが、境界劇場に関してそうした話を聞いているのか、ヴァネッサは楽しそうに微笑んで言った。

「趣味が合うかは分からないけれど、好みのものを勧めるぐらいの事はできるかしらね」

クラウディアが苦笑してヴァネッサの言葉に応じる。

「いずれにしても、皆で一緒に色々なお店を見て回れるのは楽しみですわね」

「そうですね。時間もありますし、目録にないものを見てみるのも良さそうです」

オフィーリアの言葉に、ヴァネッサも同意する。そんな風にして和気藹々《わきあいあい》とした雰囲気の中、馬車は進んでいく。男性陣の馬車も先程と同様、のんびりと話をしながらの移動だ。

「家具と言えば――父上は大分テオドール様の作って下さった安楽椅子をいたく気に入っていましたよ。別邸ではなく領地の執務室の隣や書斎あたりに運んで、休憩の際に使いたいと言っていました」

オスカーが公爵の近況について話をすると、テオドールとアルフレッドが笑顔で応じる。

「それほど気に入っていただけたというのであれば、作った甲斐《かい》がありますね」

「夢魔事件は大変だったみたいだけれど、公爵家全員が無事だったわけだし……そのお祝いで僕からも何か魔道具を持っていきたいな」

「いいね。買い物が終わったら工房にも寄っていこうか」

テオドールとアルフレッドが盛り上がると、オスカーも笑みを見せる。

「それは……父上や叔父上も喜ぶと思います。夕食は公爵家で用意していますから、それまでなら時間的な余裕もありますよ」

と、そんなやり取りをしつつ、馬車は進んでいった。

やがて家具職人の店に到着すると、オスカーとヴァネッサが足りない家具についての依頼を伝える。

家具職人はオスカーやヴァネッサとも面識があったようで、先日公爵家で魔物か何かに絡んだ事件があったと聞いて心配しておりましたと伝えていた。夢魔を倒した時にテオドールが光の大魔法を使っているので、噂にはなる。夢魔事件の後始末にも関わるので余人に詳細を明かせない部分はあるのだが悪魔の類に公爵家が襲われたと、背景を明かさない形での情報は周知されている。

「僕達も含め、公爵家の者はこの通り大丈夫でした。今日は父が多忙なので、息抜きと観光がてら代わりに依頼に行ってきて欲しいと」

オスカーが笑って言うと、ヴァネッサも補足するように伝える。

「応接間の机や椅子が壊れてしまいましたので……これは後々どうしても必要になりますからよろしくお願いします」

素材運搬の手配も既に済んでいる。そうやって依頼をしている内に店から運搬を請け負った者達が馬車で素材を運んできた。

「おお。ランサーチーク……しかも状態が良い」

「寸法はこのぐらいで——端材を考えると椅子も作れますか？」

「そう、ですね。可能だと思います」

そうして意匠についてのあれこれの話をする。魔法建築で建築様式や美術について調べていたという事もあって、テオドール達もそこに加わる。

「伝統的な意匠も良いですが、ドリスコル公爵は新しい形式の方が好みなのかも知れませんね。これは東——ドラフデニア王国の方で少し前に流行《はや》ったと聞いています」

と、テオドールが土魔法で模型を作って実例を示していくと、ヴァネッサが記憶を呼び起こすように顎に手をやって声を上げた。

「ああ……。確か、その様式のものは父様も好きだと言っていました」

「珍しいものや新しいものはお客と話題を広げるときにも便利だ、とも言ってたね」

「ほうほう。では、これらの意匠と全く同じ……とは参りませんが、参考にしてみましょう」

「参考資料であればペレスフォード学舎から借りられますよ。書物の名前も紙に記しておきましょうか」

「では、僕からの紹介状も」

アルフレッドも笑ってペレスフォード学舎への紹介状をしたためる。机や椅子の依頼も無事に終わる。

そのまま一向は北区の通りを進んで、食器や調度品といった品々を見て回る。

「この細工は……綺麗《きれい》ですね」

「グロウフォニカ王国の伝統工芸の影響が見られるわね」

「流石はマリー様です。公爵領はグロウフォニカ王国と接していますからこれに近いものは時々見かけますね」

アシュレイが見ていた調度品にローズマリーが解説をすると、ヴァネッサも笑顔で補足するように言う。

「なるほど。ですが、そうなると目新しいものとはなりませんね」

「ふふ。その辺は完全に父様の好みですが、そこまでこだわらないと思いますよ」

ヴァネッサが笑って応じる。公爵個人は珍しいもの、新しいものを好む傾向があるが、良い物は良い物として認めるからだ。

グロウフォニカ伝統の形式でもタームウィルズに入ってきた過程で職人達が自分達なりの解釈を交えて少し変化していたりするので、そのへんも含めて面白いと言っていたのだと、そんな風にヴァネッサは父親について伝えた。グロウフォニカ様式の品も、話の種として使いやすいというのもあるだろう。

そうして調度品や家具、食器類を見て回る。オスカーやヴァネッサはテオドール達の好みを聞いて、それを参考にしつつ必要な品々を購入していく。

ドリスコル公爵の依頼品とは関係のない装飾品店や仕立て屋を覗いたりもして、お土産を買ったりとのんびりとした時間を過ごす。

「――いやあ。中々良い物が手に入ったな」

「ふふ。兄様に似合っているわ」

「ヴァネッサの髪留めもね」

店の前で嬉しそうに笑うオスカーとヴァネッサである。木材を買った時にブローチをもらったので、折角ならばとそれに合う品を見繕いに行ったのだ。

オスカーはジャボと呼ばれるレースの襟飾りを。ヴァネッサもブローチに少し手を加えれば木製のバレッタにできそうという事で、職人に髪留めへの改造を依頼している。

テオドール達も折角買い物に来たのだからという事で装飾品を買ったり店頭に並んだものを眺めて楽しんだりしているようであった。

必要な品々を買って、当人用のお土産も確保したところで今度はブライトウェルト工房へと向かう。その道中の馬車内で、アルフレッドは腕組みしながら思案を巡らせる。

「どうせなら普段使い出来て役に立つものが良いよね。それに公爵にも喜んでもらえそうな品で」

「公爵領は海が多いから……そこで役に立つものとか？」

どんなものが良いかとテオドールとアルフレッドが通信機で女性陣にも尋ねると『みんなで話をしてみたのですが、水上滑走の魔道具はどうでしょうか？』とグレイスからの返信がある。

「なるほどね。あれなら確かに……水場の近くなら便利そうだ」

水上滑走は以前、テオドール達が夏に海へと遊びに行った際、即興で構築した水魔法の術式だ。

テオドール達が以前そうしたように遊びにも使えるし、何か有事の折りには港や船上等から海上へと逃げたり避難したりといった事が可能だ。

「――という魔法なのですが。お二人だけでなく公爵家の方々も色々と多忙ですから、息抜きにも使えますし、有事の際の避難等にも使えるあたり、良いのではないかと思います」

「ああ。それは……皆喜びそうで良いですね」

「公爵家の人達全員の数を揃えるなら、出来上がりはまた後日になってしまいそうだけれど」

「まあ、今日は工房で少しどんな形にするか考えるっていう事で」

テオドールとアルフレッドは頷き合い、馬車が工房に到着する。

そこでテオドール達は工房の職人達やジークムント、ヴァレンティナといった面々をオスカーとヴァネッサに紹介するのであった。

◆◆◆◆◆

「――ふむ。水上滑走に必要となると足に装備する形かのう」

「そうですね。特に問題がなければ靴が良いのではと思っています」

ジークムントにテオドールが答えるとオスカーとヴァネッサが口を開く。

「僕達も異論はありません」

「きっと、父様、母様や叔父様も喜ぶのではないかと思います」

そんな二人の言葉に、執事のクラークが人の好《よ》さそうな笑みを見せる。

「公爵家の方々の靴の大きさは存じ上げておりますぞ」

「それじゃあ、決まりかな。靴を作っていこうか」

「勿論《もちろん》、クラークさんの分も一緒にね」

と、アルフレッドが言うと、テオドールも笑顔で同意する。

「クラークは私達と一緒に行動することも多いものね」

ヴァネッサがうんうんと頷く。公爵家にとっては家族同然であるからこそ一緒に逃げられないと意味がない。人質に取られた結果家人を危険に晒《さら》すという事も有り得るからだ。

「おお……。それは――痛み入ります」

クラークは少し驚いたような面持ちになった後で一礼していた。

そうして工房に集まった面々はオスカーやヴァネッサと相談をしながら、どんな形の靴が良いのかと当人達や公爵夫妻の好みについて聞きながら話し合っていく。テオドールがそうした話し合いの結果を受けて土魔法で模型を作っていき――やがてそれらの形も纏《まと》まった。

「それでは、公爵家に移動しましょうか」

「きっと父様も今日の結果を心待ちにしていると思います」

オスカーとヴァネッサがそう言って、靴の模型や今日買った品々を馬車に積んで移動を開始する。工房の方々も是非夕食にとオスカー達が誘って、ビオラやジークムント達も一緒に公爵家へと向かう事となった。

馬車に乗って移動していくと、道中アウリアが公爵家に向かって歩いているのを車窓から見て取る事ができた。

「これはアウリアさん」

「おお。テオドールか」

馬車からテオドールが声をかけると、アウリアが明るい表情で応じる。

「お仕事は終わりましたか？」

「そうさな。何とか、というところかの」

「是非馬車に乗っていって下さい。一緒に行きましょう」

気さくに答えるアウリアに、ヴァネッサが言うと「ではお言葉に甘えて」とアウリアも応じる。

夕暮れ時のタームウィルズを、テオドール達の乗った馬車の車列が進んでいき――やがて公爵家に到着した。

「お待ちしておりました」

到着すると、早速ドリスコル公爵と夫人が一同を迎える。

「ただいま戻りました。少し人数が増えてしまいましたが」

「料理は沢山用意しているから問題はあるまい。……ふむ。二人とも楽しめたようだ。表情を見れば分かる」

公爵は穏やかな表情で言った。

「はい。街を色々巡って様々なお話をして……充実した良い日でした」

「それは何よりだ」

「叔父様も一緒でしたらもっと良かったのですが」

「ふふ。そうだね。レスリーの静養が終わったら家族で少しのんびりとどこかに遊びに行きたいものだ。まあ……レスリーは先に事件の後始末を、と考えてしまうだろうが」

ヴァネッサの漏らした言葉に、少し遠くを見て言うドリスコル公爵。テオドール達も静かに頷くと、ドリスコル公爵は気を取り直すというように表情を変えて、明るい声を出す。

「いやはや。しんみりさせてしまいましたな。さあ、どうぞ。レスリーも皆様の到着を待っておりますぞ」

「オスカー達が選んできた品々のお話やお披露目《ひろめ》も、その時に致しましょう」

公爵と公爵夫人が一同を別邸内部へと案内する。ダンスホールにはテーブルが並べられ、夕食の準備が進められていた。十分な量の料理を用意しているとオスカー達が伝えた通り、ちょっとした宴会の準備といった雰囲気だ。レスリーもダンスホールで待っていて、テオドール達の姿を認めると丁寧に一礼してくる。

「まだ本調子ではないのですが……お陰様で大分復調してきました」

「それは何よりです。僕から見ても、事件直後より大分顔色が良くなっているように思いますね。何かあれば循環錬気でお手伝いしますので何時でも仰《おつしや》って下さい」

そう言ってテオドールと穏やかな笑顔を向け合う。

と言っても、レスリーの場合は夢魔に憑依《ひようい》されていた時に働いた悪事がトラウマのようになっていて、不調もその精神面での負担によるところが大きい。循環錬気で解決できる領分とは少し違うが、公爵家の人々がレスリーを支えているのは傍《はた》からでも見て取れるから、きっと大丈夫だろうと、そんな風にテオドールはグレイス達と話をしている。

料理が出来上がるまではもう少しかかるという事で、まず初対面の面々で自己紹介、それから買ってきたもののお披露目をという流れになる。

「ふふ。七家の方々や工房の職人と知己となれるのは嬉しい限りですな」

公爵はそんな風に上機嫌そうに言う。公爵とアウリアとは面識があり「オーウェン殿も元気そうで何よりじゃな」「ふっふ。ギルド長こそ」と、久しぶりに友人に会ったというような感覚で挨拶を交わす。

「流石と言いますか、ギルド長は顔が広いですね」

「ギルド長殿とは私が先代から家督を継ぐ前からの知り合いだったりするのだよ」

「うむうむ」

オスカーや公爵の言葉にうんうんと頷くアウリアである。子供のような容姿と明るい性格で誤解しそうにはなるが、アウリアはれっきとした大人のエルフだ。長命種ならではの人脈、というところだろう。性格的にも父とアウリアの相性は悪くないだろうなと、オスカーは納得をする。

そうして挨拶も終わったところで、馬車から降ろしてきた荷物を部屋に並べていく。

「ほうほう。これはまた……。おお。ベシュメルク王国の品もあるのか。あの国の品はあまり外には出回らないので、これは珍しい。おお、ウィレミナもレスリーも見てみたまえ。これは中々にすごいぞ……！　この器は200年程前に、ドラフデニア王国のさる高名な芸術家が考案した手法が用いられていてね」

並べられた品々を見て、公爵は感心したり喜んだりと表情を変えながらもテンションを上げて解説を交えたりしている。それを見てウィレミナ公爵夫人やレスリーを始めとした公爵家の面々は微笑みながらも頷いていた。

「父上に満足していただけたようで何よりです」

「ふふ。父様も最近はかなり根を詰めていたようですし安心しました」

オスカーやヴァネッサが言うと、公爵は我に返ったように咳払《せきばら》いする。

「っと。少し興奮してしまいました。申し訳ない。私はここに並んでいるものだけでもかなり楽しませてもらっているのだが……オスカーとヴァネッサはどうだったのかな？」

「んー。そうですね。作成依頼を出してきただけの品もありますし、折角ですし、今日一日のお話をしていこうかなと」

「うむ」

そんな前置きをして、オスカーとヴァネッサは公爵家を出てから戻ってくるまでの出来事を語り始める。

馬車の中での話。ステファニア姫達とコルリス達、アウリアと出会ったこと。店を紹介してもらってランサーチークの木材を買ったこと。一つ一つ身振り手振りを交えながら楽しそうに話すオスカーとヴァネッサに、公爵夫妻とレスリーも微笑ましそうに目を細める。

「ほうほう。ランサーチークとは……！　出来上がりが楽しみですな」

公爵も時折相槌《あいづち》を打ちつつも、話が進んでいく。

「私も皆さんと沢山交流ができて、嬉しかったです」

どんな店に立ち寄って何を買ったか。グレイス達やオフィーリアを交えて装飾品を交換したり、互いの髪を結ったりして楽しい時間を過ごさせてもらったとヴァネッサが伝えると、グレイス達も微笑んで頷く。

実際の店内でのやり取りを再現するように、ヴァネッサはマルレーンに髪飾りをつけてもらい、にこりと微笑む。

「この髪飾りが気に入ったので……おまけで貰《もら》った木製のブローチもそのお店で加工してもらうことにしました」

「その前に立ち寄ったお店の髪飾りもヴァネッサ様に似合っていて良かったですね」

「そうね。装飾も細かくて良かったわね」

そうやって楽しそうにしている女性陣を見やって、テオドールが穏やかな表情で目を細める。そんなテオドールを、オスカーは横目で少し見てから納得したように頷き、工房に向かってからの話を続ける。

「おお……。工房製の魔道具とは」

公爵の反応にオスカーとヴァネッサは笑って目配せをすると木箱に入った靴の模型を取り出す。

「というわけで完成はまだなのですがテオドール様に模型を作っていただきました」

「母様の物や、叔父様の物もありますよ」

木箱を開けると、そこにはそれぞれのために作られた靴の模型が収められていた。

「靴型の魔道具とは。しかもこれは——見た目も好みだな」

「そのまま夜会にも履いていけそうですわね、あなた」

靴のデザインをまじまじと見て、夫人と頷き合う公爵。

「レスリーの物はどうかな？」

「これは……良いですね。気に入りました」

「クラークにも意見を聞いて好みを反映させたつもりですよ」

そんな風に盛り上がる公爵家の面々に「僭越《せんえつ》ながら私の分まで用意していただきました」と、クラークが少し笑って応じる。

「魔道具としては——水上滑走の機能が搭載される予定ですからね。クラークさんも所有していた方が良いのではないかと思いまして」

「水辺の多い公爵領なら、色んな場面で役立ちそうだからね」

テオドールとアルフレッドが魔道具について説明する。

「ほうほうほう。水上滑走……」

公爵は目を輝かせてその話に食いつく。テオドール達が機能についても説明すると、アウリアも「それは楽しそうじゃな」と、興味深そうに耳を傾けていたりするが。

「なるほど……。だからクラークにも、というわけですな。レスリーが復調したら、領地で試してみたいものです」

公爵はクラークにも作ったという意図を理解した上でそう答え、テオドールやアルフレッドに一礼していた。

有事の避難にも使えるというのもそうだが、公爵一家が揃って遊びに行くのにも使える。テオドール達としても、公爵一家の団欒《だんらん》やレスリーの気晴らしにもなると考えて水上滑走を採用した部分があるのだ。

そうしている内に料理も出来上がりダンスホールに運ばれてきた。魚介類をふんだんに使ったスープや貝を焼いたもの。大きな海老《えび》を割ってチーズをかけて焼いたもの等々、海産物が目立つ。

「土地柄、我が家の料理人達は海産物の料理が得意でしてな」

「ん。美味《おい》しそう」

そう言いながら耳と尻尾を反応させているのはシーラである。そうして皆席について、夕食の席が始まった。料理に舌鼓を打ち、楽師達が音楽を奏で、返礼にイルムヒルトがリュートを演奏する。

そんな賑《にぎ》やかで穏やかな時間。

やがて食事も一段落して、のんびりと食後の茶を楽しみながら談話する時間となる。

「テオドール殿も……本当に今日はありがとうございました」

「お礼でしたら、僕の方こそ。みんなも楽しそうでしたし、こんな豪勢な夕食にまで呼ばれてしまいました」

公爵が礼を言うと、テオドールも一礼して応じた。

「ふっふ。皆さんの目利きで選ばれた品々の事もありますが、何よりオスカーとヴァネッサが楽しそうにしているのが嬉しいのです。ここのところ私達に何かと気遣っていたようですからな。良い気分転換になったようです」

「ああ――。そういう事でしたか」

そう言って目を細めるテオドールの表情は穏やかなもので。

公爵はなるほど、と納得する。テオドールと会話をする前に、オスカーとも今日一日の事について話をしていたのだ。その中でテオドールの話題も出た。

「――テオドール様が何故《なぜ》あんなに強いのか、分かった気がします」

オスカーは公爵にそう語った。夢魔と戦った時はとても苛烈であったけれど、婚約者の皆を見る時はとても穏やかで優しそうで。守るべき大切な人のために戦っているのだと思う、と。願わくば、自分も領主として領民達を守るためにそうありたいと。

そうオスカーは伝えてきたのだ。ヴァネッサもそんなオスカーの言葉に思うところがあるのか、静かに目を閉じて頷いていた。

だから……今日テオドール達と過ごした事は当人達にとっては何でもないはずの日常なのかも知れないが、想像していた以上に価値のあるものとなったかも知れないと、公爵は思う。

きっと公爵領の先々も、ヴェルドガル王国の未来も安泰だろうと。公爵はテオドールの穏やかな表情を見ながらもそんな風に未来に想《おも》いを巡らせるのであった。

あとがき

『境界迷宮と異界の魔術師』14巻をお手に取って頂き、誠にありがとうございます！

実は昨年10月末頃、少し体調を崩してしまい大体2週間程入院しておりました。退院した時は術後の傷の痛みもあり刊行作業などにも遅れが出てしまわないか不安だったのですが、段々痛みも無くなってからのタイミングで、無理のないペースで作業を進める事ができました。こうして巻末書き下ろしの執筆も無事に終えて、安堵《あんど》しながらもこのあとがきを書いております。入院の際はウェブ版の投稿が止まってしまうために告知もしましたが、その際温かい励ましのコメントも沢山いただき、応援して下さっている読者の皆様には本当に感謝しております。お陰様で入院中も治療に専念することができました。編集のY様におかれましても、ご心配をおかけしました。お気遣いいただき誠に恐縮です。皆々様に改めて感謝を申し上げます。

さて。14巻の内容としましては、迷宮深層への更なる潜入もあり、それに付随する戦いや魔人達《たち》の動向に関する話もあり、といった趣向となっております。書き下ろしについては13巻の内容に絡んだものですので、そちらも併せて楽しんでいただけたら嬉《うれ》しいな、と。

ウェブでの投稿、書籍版やコミック版に絡んでの刊行作業等々、今後とも頑張っていきたいと思っておりますので、どうぞよろしくお願い致します。

またこのスペースで皆様とお会いできましたら嬉しく思います。ではでは――。

小野崎　えいじ

境界迷宮と異界の魔術師 14

発行　2021年2月25日　初版第一刷発行

著者　小野崎えいじ
イラスト　鍋島テツヒロ
発行者　永田勝治
発行所　株式会社オーバーラップ
〒141-0031
東京都品川区西五反田 7-9-5
校正・DTP　株式会社鷗来堂
印刷・製本　大日本印刷株式会社

ISBN　978-4-86554-850-1 C0093

【オーバーラップ　カスタマーサポート】
電話　03-6219-0850
受付時間　10時〜18時（土日祝日をのぞく）

作品のご感想、ファンレターをお待ちしています

あて先：〒141-0031　東京都品川区西五反田7-9-5 SGテラス5階　オーバーラップ編集部
「小野崎えいじ」先生係／「鍋島テツヒロ」先生係

スマホ、PCからWEBアンケートにご協力ください

アンケートにご協力いただいた方には、下記スペシャルコンテンツをプレゼントします。
★本書イラストの「無料壁紙」　★毎月10名様に抽選で「図書カード（1000円分）」

公式HPもしくは左記の二次元バーコードまたはURLよりアクセスしてください。
▶ https://over-lap.co.jp/865548501
※スマートフォンとPCからのアクセスにのみ対応しております。
※サイトへのアクセスや登録時に発生する通信費等はご負担ください。

オーバーラップノベルス公式HP ▶ https://over-lap.co.jp/lnv/